花村遠野の恋と故意

織守きょうや

幻冬舎文庫

花村遠野の恋と故意

序

公園の中心には、小山のような形の、コンクリート製の滑り台が設置されている。そのまわりを、目隠しの青いシートが覆っていた。

住宅街の中にある公園は、本来ならば子どもたちをはじめとする市民の憩いの場であるはずだったが、今は、複数ある入口のすべてに立ち入り禁止のテープが張られている。シートを持ち上げ、テントのようになったその中に入ると、遊具の側面や土の上に、血の跡がまだ生々しく残っていた。

一か月と少し前、ここで殺人が行われた。まず間違いなく、吸血種による犯行だ。

保存されていた遺体を確認したが、首の肉が大きくえぐれており、悲惨なありさまだった。刑事記録に添付されていた現場写真も見た。遺体も現場も血まみれだった。発見したのは、早朝ジョギングの途中で公園を通り抜けようとした女子大生だったらしいが、彼女も、さぞ驚いただろう。

検視の結果、被害者の体内からは大量の血液が失われていることがわかった。現場に飛び散った血の量もかなりのものだったが、それでも、失われた量に足りない。何者かが――まず間違いなく、被害者を襲った犯人が――持ち去ったと思われる。日本の警察はそう結論づけ、その時点で吸血種の関与が疑われ、アメリカにある吸血種関連問題対策室本部へ連絡が来た。

そんなわけで、対策室の職員たちがこの小さな島国で起きた事件の捜査を始めたのは、発生から一か月近くたってからだった。

「色々不可解ね。深夜とはいえ住宅街の真ん中にある公園に遺体を残して、隠そうともしていない。遺体の損傷も激しすぎる。ハンターに攻撃されて返り討ちにしたものの、事後処理の時間もなく逃げ出した……って可能性も考えたけど、日本国内にハンターはいないはずだし」

警察の資料と現場を見比べていた妹が、横へ来て言った。

「遺体の損傷がひどすぎるから、狂化した吸血種の仕業《しわざ》かとも思ったんだけど、それにしては……」

「そうね。狂化した吸血種が出ていたら、被害はもっと甚大なはず」

砂に沁みた赤黒い血の跡を見下ろす。

そもそも、吸血種はヒトの血液を栄養にしているが、吸血のために対象を殺す必要はない。普通は、「契約者」と呼ばれるパートナーを作って合意の上で吸血を行ったり、血液パックを利用したりして、穏便に血液を摂取する。どうしても正規のルートから血液を入手できずに、同意のない相手から血を吸わざるをえなくなっても、眠っている相手を選んだり、相手を気絶させるなりすれば済むはずだった。

目撃されるリスクを冒して行きずりの相手を襲い、致死量の血を抜く理由がない。

(血を飲むために襲って、結果、死なせてしまったのではなく、最初から殺すつもりで襲った……)

百歩譲って、ヒトから吸血種に変化したてで、吸血の加減がわからなかったとしても、住宅街の真ん中でヒトを襲い、こんな目立つ場所に遺体を放置するのはやはり不自然な気がした。

「とりあえず、近隣の吸血種たちを訪ねてみる？　登録している吸血種しかわからないから、あまり意味がないかもしれないけど」

「本人は名簿に登録していても、未登録吸血種とつきあいがあるかもしれない。この辺りの未登録吸血種は統制がとれていると聞いているから、お願いして協力を得られたらいいんだけど」

「気配を頼りに、当てもなく探し歩くよりはましね。日本は吸血種の人口が少ないから、歩いていてたまたま吸血種とすれ違う、なんてことは期待できないし」

そのぶん、容疑者が限定されているとも言える。

青いシートの陰から出て、歩き出す。と、後ろから、砂を蹴りこちらへ近づいてくる足音が聞こえた。

かすかに、吸血種の気配がした。

1

三百人以上の受講生を収容できる大教室の、階段状になった席の後ろから三列目に、花村《はなむら》遠野《とおの》は座っている。

前の席の女子学生の服装を見て、もう秋だな、と思った。

そういう自分も長袖のシャツを着ているのだが、遠野は夏でも長袖派なので、ワードローブに季節感はあまりない。

窓から見える葉の色はまだ緑だが、上着なしだと夜はそろそろ肌寒いくらいになった。

秋は好きな季節だ。月がきれいに見えるし、初恋の女性と出会ったのも秋だった。

哲学概論の講義を聞き流しながら、シャープペンシルで、ルーズリーフの上に輪郭をとる。

なめらかな頰、細い顎《あご》、形のよい耳、小さめの唇。

初恋の彼女の顔は、九年たった今でも、鮮明に思い出すことができた。顔だけではない、髪型も、立ち姿や、夜風に揺れていた衣服の皺《しわ》まで覚えている。

前の席の女子学生の着ている、クリーム色のカーディガンとストールは柔らかな色合いで、顔映りもいい。似合いそうだな、と思ったら、手が動いていた。

絵の中の女性に、カーディガンを着せていく。髪型は女子学生に似せて、肩から下が緩やかにカールしたロングヘアにした。

(うん、いい感じ)

スケッチに集中していると、あっという間に時間がたった。予定の時間ぴったりに講義は終わり、教授が教室を出ていく。

とたんに教室内は、がやがやと学生たちの話し声で満ちた。

前の席に座っていた女子学生も、隣りに座っていた友達と一緒に席を立つ。ねえ、ニュースとか観てる？　あの猟奇殺人事件、まだ犯人見つからないんだって、と血なまぐさい会話が聞こえてきた。

スケッチが未完成だったので、あと少し、と思い席についたまま手を動かしていると、

「お疲れ」

すとんと誰かが横に座った。

顔をあげると、友人の辻宮朔《つじみやさく》が机に肘をついている。

そうしているだけで、雑誌のグラビアのように様《さま》になっていた。

遠野のかけているものとは違い、純然たるおしゃれのために着用している眼鏡は、今日は細めのセルフレームだ。シンプルなファッションなのだが、素材がいいので妙にスタイリッシュに見える。通り過ぎる女子学生が、ちらちらと視線を投げてよこすのもいつものことだ。

「あれ、欠席かと思った。どこにいたの」

「遅刻しちゃって。入口の近くの席に座ってたんだ」

気持ち悪いくらいうまいね、相変わらず、と遠野の手元を覗《のぞ》き込み、朔が言った。

「彼女の姿をできる限り正確に描けるように、修練を積んだからね。僕は部長みたいな芸術家じゃなくて、ただの職人だけど」

遠野は、初恋の女性の写真を持っていない。それどころか、彼女と会ったのは九年前のたった一度きりだった。だから、その姿を忘れないように、頭の中で何度も彼女の姿を思い描いた。そして、写真のかわりに、実際に絵にも描くようになった。

そんなことをしなくても、月明かりの下に立つ彼女の姿は、目に焼きついて離れなかったけれど。

「正確も何も、想像図だろ……今日の彼女はロングヘアのゆる巻きスタイルなんだね」

いつも同じ少女、もしくは、彼女が成長したらという想像図ばかりを描いているため、それは誰だと尋ねられることもよくある。訊《き》かれれば答えるので、親しい友人たちは大体、遠野の初恋の彼女のことを知っていた。

遠野は大学のオカルト研究部に所属しているが、朔をはじめとするメンバーは、飽きもせずに同じ少女の絵を描いている遠野をおもしろがりはしても、馬鹿にはしないし、蔑《さげす》んだりもしない。彼らが気のいい人間たちであるということもあるし、遠野と彼女との出会いが、オカルト研究部のメンバーにとっては魅力的なエピソードであることも関係しているだろう。

中学高校と変人扱いされ遠巻きにされてきたので、大学生活にも期待はしていなかったのだが、おかげで遠野はそれなりに青春っぽい日々を送ることができていた。

オカルト研究部自体が、変人の集まり扱いされ、若干遠巻きにされている感があるが、それはそれだ。

「いたいた。辻宮！　聞いたぞ、おまえ先週、松野ゼミの雪村さんお持ち帰りしたって？」

名前は知らないが見覚えのある男子学生二人が、階段教室の一段上から声をかけてくる。

朔は座ったまま振り向いて見上げ、あっさりと首を横に振った。

「人聞きの悪い。頼まれて家まで送っていっただけだよ。彼女、かなり酔ってたし」

「はあ？　まじかよ、否認かよ」

「ほんとだって。彼女に訊いてみなよ」

「えー、あ、じゃあさ、一緒になっても気まずくない？　だったらさ、今日の合コン、来ねえ？　おまえが行くなら行こっかなって言ってる女子がいんだよ」

「悪いけどパス。俺は親友と友情を深めなきゃいけないから」

「あ、じゃあ花村も来ればいいじゃん」

向こうは遠野の名前を知っているらしい。ということは、どこかで自己紹介する機会があったのだろうが、まったく記憶にない。

愛想よくするのはタダなので、一応笑顔を作って言った。

「僕はすでに運命の女性と出会っちゃったからね。浮気はしないんだ」

「意味わかんねえし……なんだよもったいねえな、今回レベル高い子ばっかなのに」

これだからオカ研は、とワックスで短い髪を立たせた男子学生が呟《つぶや》く。

もう一人の、赤みがかった髪の男子学生が、オカ研と聞いて思い出したように、一段上の席に身を乗り出してきた。

「でもさ、オカ研、すげえ可愛い一年がいるよな？　部長のほうは髪ぼさぼさで化粧っ気なくて眼鏡で、いかにもオタクって感じだったけど」

「はいはい、彼女たちも合コンには興味ないって。遊びで声とかかけないでね」

笑顔のままだがつれない口調で、朔が二人を追い払う。

つきあい悪いな、と彼らは不満そうだったが、すぐにあきらめて去っていった。

「雪村さんって、こないだ朔が呼び出されてた、ショートカットの子？」

「そうかな。いや、たぶんそれは違う学科の……ちょっと名前忘れちゃった」

「極悪人だね」

「失礼だな。名前も知らない相手でも、なるべく傷つけないようにちゃんと会ってお断りしたんだから、むしろ誠実だと思うんだけど」

この友人は、顔がいいのと、何もかもそつなくこなすせいで、しょっちゅう女の子に声をかけられている。告白されることも少なくないようだが、遠野の知る限り、特定の誰か一人とつきあってはいないようだ。人あたりはいいくせに、興味のない人間のことは心の底からどうでもいいと思っていて、名前も憶えないのだから、朔を好きになる女の子は気の毒だった。

それでも、振った女の子がストーカーになったとか、愁嘆場になったというような話は一切聞かないから、断るときも波風が立たないように、うまくやっているのだろう。

朔は机の上で腕を組み、そこに顔をのせて、遠野のスケッチが終わるのを待つ体勢になっている。

「そういえばさ、今朝またニュースでやってたね。例の猟奇殺人、まだ犯人つかまってないって。児童公園で死体が見つかったやつ」

ルーズリーフに女性の肖像ができあがっていくのを眺めながら、世間話でもするような口調で言った。

「獣に嚙まれたみたいに肉がえぐりとられて、首なんか、ほとんどちぎれかけだったらしいよ。それで、人間の仕業じゃないんじゃないかって説も出てるって。ニュースでは、熊じゃないかって言ってたけど」

合コンよりは、ずっとオカルト研究部らしい話題だ。

遠野は、カーディガンの首まわりのラインを簡単に描き込みながら答える。

「山から熊が下りてきて、街中《まちなか》で人を襲って、また山に帰っていった……っていうのは、いくらなんでも無理がある気がするね」

「百瀬《ももせ》ちゃんが、狼男の犯行じゃないかって色めき立ってたよ。事件当夜が満月だったかどうか調べてみるとか言ってたけど、どうだったんだろ……学祭の発表に合わせた研究テーマとしてどうだろうとも言ってたけど、さすがに怒られそうだよね」

前列に座っていた女子学生と同じ服を着て同じ髪型をした、顔だけが違う女性の絵が完成した。

よし、可愛い。この髪型も似合う。満足してシャープペンシルを置く。後でスケッチブックにきちんと描き直そう。

「完成？」

「一応ね。可憐さは本物の足元にも及ばないけど」

「それ聞き飽きたよ、もう」

呆《あき》れた声の朔を無視して、異なる角度からスケッチを眺める。記憶の中の彼女が成長したら、ちょうどこんな感じだろう。

九年前の彼女の髪は、長かった。明るい光の下で見たわけではないから正確な色はわからないが、月明かりの下できらきらしていた。

「朔は実物を見てないから仕方ないけどね、本物の彼女ときたらもう、凛《りん》として立つ姿が月の女神もかくやというような……」

「それも、もう百回は聞いたよ」

「その頃より大人になってるわけだからさ、こういうフェミニンなスタイルも似合うと思うんだよね。それにしてもなんて可愛いんだろう」

「あ、無視なんだ」

「こんな可愛い女の子が実在するなんて信じられないよね。でも実在するんだよ。もしかしたら妖精か何かだったのかもしれない」

「はいはい、そうだね。うっとりしてないで、完成したなら行こう。部長が、授業終わったら部室に来いって」

朔が言って、立ち上がる。

促され、遠野も席を立った。

「学祭のテーマのことかな」

「たぶんね」

ルーズリーフをクリアファイルにしまい、荷物をまとめる。

少し考えて、クリアファイルは折れないようにテキスト類の間に挟んだ。

今、彼女の髪は長いだろうか、短いだろうか。一度見たきりの彼女を何度も思い出し、成長した姿を想像しては、絵に描く。

それが何よりの楽しみで、もう何年も、遠野の唯一の趣味だった。暗いと言われようと不気味と言われようとかまわなかった。

彼女のことを忘れたことはない。過去に、女の子とつきあってみたこともあったけれど、彼女に対して感じたようなときめきはなく、結局一週間ともたなかった。遠野にとって、初めての恋が、唯一の恋だった。

いつか会えると信じている。そのときにすぐにわかるように、いつも準備をしている。

「学祭は、オカルトに興味がなかったり何も知らなかったりするお客さんにも興味を持ってもらわなきゃいけないわけですから、あんまりマニアックな展示物はよくないと思うんです。それを考えるとやっぱり、時事ネタを取り入れるのが効果的だと思うんですよ」

パイプ椅子に座って、百瀬千夏《ちなつ》が力説している。

その手には、ピンク色のカバーのかかったノートPC。画面に、オカルト関連の記事ばかりを集めたサイトが表示されていた。

「三鷹《みたか》市内の公園で起きたOL惨殺事件、警察関係者からの情報によると、被害者の首にはまるで獣に噛みちぎられたような傷があったそうです。でも、遺体はすぐに隠されてしまって、捜査本部も急に縮小されて、警察は何かを隠しているんじゃないかって。人外《じんがい》の仕業だからじゃないかって、このサイトでも指摘されてます」

ピンクのカシュクールニットにふんわりしたベージュのスカートというファッションで、ふわふわした髪はスカートより薄い色の、リボンのついた髪留めでまとめている。その可愛らしい装いに、オカルト研究部の薄暗い部室はいかにも不釣り合いだが、話している内容はもっと不釣り合いだった。

「猟奇的な連続殺人なんじゃないかって、さっき女の子たちが噂《うわさ》してるの聞いたよ。今のところ、第二の死体は見つかってないみたいだけど」

「あ、でもあの辺りで、先週から行方不明になってる人がいるらしいんです。一人暮らしの若い男性で、実家の家族が行方不明者届を出したって……もしかしたら、第二の被害者は、まだ見つかっていないだけかも」

遠野の一言に、千夏は飛びついて自説を語り始める。さすがにそれは飛躍しすぎなのでは、と思ったが、遠野はコメントを差し控えた。

オカルトに限らず、実際の猟奇殺人事件も、千夏の大好物だ。彼女の自宅には、ＦＢＩ捜査官の著書やら死刑囚の手記やら殺人鬼の描いた絵画のレプリカやら、果ては指紋採取キットといったものまで、マニアックなグッズがそろっている。

「こういう事件について、オカルト研究者の目線で分析して、発表するっていうのはどうですか？　獣の嚙み痕っていうと、やっぱり最初に頭に浮かぶのが人狼《じんろう》ですよね。獣人の中でも一番メジャーだし、話を広げやすいと思います」

ところどころ絵の具で汚れた白衣を着て、キャンバスに油絵の具を塗りつけている部長の久住綾女《くずみあやめ》は、そうかもな、とやる気のない様子で相槌《あいづち》を打った。

華やかな名前がコンプレックスらしい彼女は、ガーリーなファッションの千夏とは対照的で、滅多にスカートをはくことがない。理系の学部ではなく民俗学専攻だったはずだが、何故かいつ見てもシンプルな服装の上に白衣を着ている。油絵が趣味なので、服に絵の具がつかないようにするためだろう。綾女がよく部室で描いているおそろしげな絵は、遠野はよく知らないが、一定の層に高く評価されており、値段がつくこともあるらしい。高校生のときに美術コンクールで入選して以来、彼女の作品を気に入って置いてくれる画廊があるのだと、以前聞いた。

かつては美術部が使用していた名残《なごり》で、部室内にはキャンバスやイーゼルが壁と棚の間に立てたままになっている。

入学してすぐの頃、遠野がサークル棟を見て回っていたとき、開いたままのドアから、部室内で油絵を描いている綾女が見えた。初恋の少女の絵を描くにあたって技術を磨くのもいいかもしれない、と声をかけてみたところ、数年前から美術部は存在せず、元美術部の部室は現在、オカルト研究部の部室になっていると教えてくれた。絵を描くのか、と訊かれ、綾女に初恋の少女の話をしたのが、入部のきっかけだ。

九年前に一度会ったきりの初恋の少女の情報は、遠野の記憶の中にしかない。このままでは探しようもないから、その姿をできる限り正確な絵にして、それを多くの人の目に触れさせることで、現実の彼女の手がかりを探すほかないと思っていた。

自分に画家になれるほどの絵の才能はないとわかっていたが、どうにかして、絵がマスコミに取り上げられるような立場にまでのぼりつめる。そのときに技術が伴っていなければ、どうしようもない。

美術部に入部しようとした目的も含めて、遠野の話を聞いた綾女は、その執念には若干呆れた様子だったが、同時に興味を持ったようだった。そして、初恋の少女の肖像画は、いつか自分が描いてもいい、と言ってくれた。

背もたれのない丸椅子を引き寄せて、遠野は綾女の横に座り、スケッチブックを取り出した。

オカルト研究部には、書類の上では十五人ほどの部員がいることになっているが、実働メンバーは四人だけだ。部長の綾女と、一年生の千夏、そして遠野と朔。研究部といっても大した活動はしておらず、だいたい部室で他愛もない話をしたり、TRPGを楽しんだり、ホラー映画を観にいったりと、のんびり過ごしている。

かろうじてオカルト研究らしき活動をしている、少なくとも、しようとしているのは千夏だけだった。彼女は、構内を歩くとまわりの男子学生がそわそわするほどの美少女だが、中身はかなりディープなオカルトマニアだ。流行《はや》りのファッションに身を包んでいても、携帯電話の着メロはトワイライトゾーンだし、愛読書はアレイスター・クロウリーとラヴクラフトで、結婚したら新婚旅行はトランシルヴァニアでドラキュラ城のモデルになったブラン城に行くと決めているらしい。

今は幽霊部員になっているとはいえ、彼女目当ての男子学生がたくさん名簿に名前を連ねてくれているおかげで——朔目当ての女子学生も少なくない人数が名前を貸してくれたが——オカルト研究部は存続しているといえるので、千夏は間違いなく、最も部に貢献している部員だった。

「現実にあった未解決事件を、オカルト的な視点からどう解釈できるかっていうのは、テーマとしておもしろいかもしれないね。でも、死者が出ている場合は不謹慎って言われちゃうかも」

おそらくかつては美術部で静物画のモチーフとして使われていたのだろう古い肘掛け椅子に脚を組んで座り、綾女のモデルになっていた朔が、やんわりと言う。

ノートPCを片手にプレゼンをしていた千夏は、はっとしたように動きを止めた。みるみるうちに、その表情が曇る。

「そうか、そうですね……考えが足りませんでした」

事件が起きたのは二か月前。遺族は町内に住んでいるはずだし、まだ犯人もつかまっていない。おもしろおかしく学祭の発表テーマとしてとりあげるのは憚《はばか》られる、という指摘はもっともだ。

しゅんとしてしまった千夏に、朔は笑顔で続けた。

「もっとずっと大昔の事件なら問題ないんじゃないかな。もしくは、外国の事件とか。切り裂きジャックみたいな……」

「あっ、切り裂きジャック事件が吸血鬼の仕業ではないかって研究、あるみたいです。読んだことあります」

「そうだな、それなら苦情も来ないだろう。ありきたりだが、当時の写真や資料なんかと一緒に、私と花村の絵を展示するような形なら——辻宮、前を向け」

綾女の声が飛び、朔が「はいはい」と姿勢を元に戻す。

人をモデルに描いていても、綾女の筆はたいてい現実の肌色とはまったく違った色をキャンバスにのせるので、正直に言って、モデルの存在意義についてはよくわからないところもある。しかし朔はおとなしく従い、綾女も満足そうに頷《うなず》いて作業を再開した。

遠野が、自分もイーゼルを立て、大きいサイズのスケッチブックをセットしていると、

「あっ」

と千夏が声をあげた。

「思い出した！　どこかで見たって思って……遠野先輩、私」

数歩分の距離を駆け寄ってきて、描きかけの下描き――初恋の彼女の、現在の姿の想像図を指差す。

遠野も綾女も、せっかく一度前を向いた朔も、一斉に千夏を見た。

「この女の人、見ました。髪型は違うけど、それ以外はそっくり」

☼

九年前の秋、遠野は十一歳だった。今と同じマンションに、今とは違い、両親と一緒に住んでいた。

十月九日、満月の夜。

読み始めた子ども向けの怪奇小説が思いのほかおもしろくて、真夜中までかかって読み終えた後、遠野は窓から外を見ていた。

パジャマに着替えてはいたが、目が冴《さ》えてしまって、ベッドに入る気にはなれなかった。本を読み終えた時点で電気は消していたが、窓から差す月の光だけで室内は十分に明るい。

子ども部屋の窓からは、マンションの駐車場が見下ろせる。駐車場の向こうには、小さな公園のような芝生のスペースがあり、緩やかな丘があった。遊具などはなかったが、居住者の子どもたちはよくそこで遊んでいた。保護者が子どもを見守れるように設置されたベンチもあり、昼間は憩いの場所となっている。

遠野はインドアな子どもだったので、あまりそこで遊ぶことはなかったが、なだらかな丘を月の光が照らしている様子は、昼間のそれとは比べものにならないくらい、魅力的に見えた。

なんとか絵にできないかとスケッチブックを取り出してみたが、なかなかに難しい。苦戦して、何度も描いては消した。

実力不足にがっかりしながら、もっとよく見ようと窓に近づいて、どきりとする。

（ベンチに誰かいる）

いつのまに座ったのか、それとも、先ほどは気づかなかっただけか。

髪の長い、女の子のようだった。

女の子とはいっても、十一歳の遠野よりは大分年上で、高校生くらいに見える。

本棚の横にかけてあった双眼鏡をとって、両目に当てた。

やはり、座っているのは少女だった。黒っぽい、制服のような服を着て、ベンチの背もたれに体を預け、うつむき加減に目を閉じている。

ベンチの向きと姿勢の問題で顔は見えにくかったが、それでも、整った顔立ちをしているのがわかる。

(可愛い……)

端的に言って、非常に好みの顔だった。

いささか長すぎのようにも思える前髪が顔の一部を隠しているが、それも彼女の美しさを損なうどころか、際立たせる額縁の役目をはたしている。月明かりの下で蒼白《あおじろ》く照らされた頬の上に、伏せられたまつげが影を落としている様子は、神聖なものにすら思えた。

夜の風景以上に、彼女をこそ、描きたくなる。

こんな時間に、女の子が一人で、何をしているのだろう。これまで見かけたことはないが、マンションの住人なのだろうか。

どきどきしながらしばらく見つめてから、ようやく、彼女の姿を写し取ろうと鉛筆に手を伸ばした。

スケッチブックを持ち直すため、双眼鏡から目を離して——それで、気がつく。

彼女ばかりを見ていて気づかなかったが、いつのまにか、窓の下の風景に、もう一つ人影が増えていた。

背の高い、男のようだ。

コートを着て、彼女から数メートル離れたところに立っている。

どきっとして、窓から離れた。

男はこちらを向いてはいなかったが、そっとカーテンを引き、その隙間からまた双眼鏡で覗いてみる。

男は、無防備に目を閉じている彼女を観察しているようだった。

しばらくの間、様子をうかがうようにじっとしていたが、やがてゆっくりと、彼女の眠るベンチへと近づいていく。

(どうしよう)

心臓の鼓動が、ときめきとは違う理由で速くなる。じっとりと、手のひらに汗が滲《にじ》んだ。

遠野の部屋は三階にある。ここからでも、窓を開けて大声で叫べば、彼女の目を覚まさせることくらいはできるだろう。しかし、男は少女の知り合いか、家族かもしれない。もしそうだったら、彼女たちに申し訳ないだけではない、近所の人たちも起こしてしまって、大恥をかいて、両親にもこっぴどく叱られることになる。

(でも、もし、あいつが悪い奴だったら)

男が彼女に危害を加えでもしたら、取り返しがつかない。

両親はもう眠っている。

起こして事情を説明していたのでは、間に合わない。

考えている暇はなかった。部屋を飛び出し、裸足《はだし》を運動靴に押し込んで、玄関の鍵も開けたままで走り出す。

エレベーターを待たずに階段を駆け下り、建物の外へ出た。

ベンチまで、数メートルの距離だ。

男は、彼女へ手が届く距離まで近づいていた。

彼女は目を閉じたまま動かない。男が彼女の両肩をつかみ、大きく口を開けた。

「やめろ！」

考える前に、叫んでいた。

男は弾かれたように振り向き、こちらを見る。

その目に遠野に対する敵意はなく、ただ、驚いているようだった。

錯覚かもしれない。しかし、男の目は赤く光っているように見えた。

そして、開いたままの口からは――犬歯と呼ぶには目立ちすぎる、尖った二本の歯が。

(牙？)

かしゅ、と金属がこすれるような音がして、男が動きを止める。

ゆっくりと、遠野のほうへ向けていた顔を彼女のほうへと戻した。何が起きたのか、わからないような顔をしていた。

遠野にも、わからなかった。

男の両手には手錠がかかっていた。

「――の者です。手錠は銀ですがカバーがついているので、暴れなければ怪我はしません。おとなしくしていてください」

事務的な口調ですらすらと言って、彼女が立ち上がる。たった今まで眠っていたようには見えなかった。

「抵抗すれば、後であなたの不利益になります。登録は？」

両手を動かして、鎖を軽く引っ張るような仕草を見せた後、男はあきらめたように肩を落とす。彼女の質問に、力なく首を横に振った。

彼女は携帯電話を取り出して耳に当て、「確保しました。お願いします」とどこかに連絡をした。

それから数秒のうちに、どこかで――おそらくマンションの敷地への入口の辺りで――車のドアが閉まる音がしたかと思うと、体格のいい三人の男が、足早に近づいてくる。

警察官だろう、と一目見てわかった。

うなだれている男を両側から挟むようにして、歩き出す。

一人が、ちらりとこちらを見たが、何も言わなかった。

少女は、連行されていく男を見送ってから、呆然《ぼうぜん》と立っている遠野に目を向ける。

近づいてきて、自分の膝上に手をついて腰をかがめ、

「こんな時間に出歩いてはダメです」

静かに、諭すように言った。

声まで月の光のようだ。

あるいは、日本人ではないのかもしれない。

日本語の発音はきれいだったが、肌は月光の下で蒼白く発光しているようだったし、目も、不思議な色に見えた。

「あの……窓、から、見えたから、あいつが」

階段を駆け下りてきたせいか、突然の出来事に驚いたからか、間近に見る彼女が双眼鏡越しよりもさらにきれいだったからか、心臓が耳から出そうなほど音を立て、口の中が乾いてうまく話せない。

彼女は遠野がパジャマ姿なのを見てとって、ゆっくりと瞬きをした。

「私を助けるために？」

裸足に運動靴をつっかけた足元へと視線を移し、また遠野の顔へと戻す。

それから、微笑《ほほえ》んだ。

「ありがとう」

髪がさらりと細い肩から流れて、光に透ける。

心臓をつかまれて、返事もできない。

「ベッドに戻って、休んでください。私は大丈夫。あなたも、あなたの家族やお友達も、もう大丈夫ですよ」

優しく言って、彼女は遠野から離れた。

男が連行されていったほうへと歩き出す。

笑顔に見惚《みと》れて固まっていた遠野は、はっとして振り向いた。

遠ざかっていく後ろ姿に声をかけようとして、迷う。何と言えばいいのか。

何を訊いても、教えてもらえるとは思えないし、何を言っても、彼女は去っていくだろう。

しかし、今何か言わなければ、もう二度と、彼女に、何も伝えることはできない。

出会ったばかりの彼女に何を伝えたいのかなんてわからないまま、何か言わなければと気持ちばかりが急《せ》いて、結局口から出たのはたった一言だった。

「また会えますか？」

彼女は驚いた顔で振り返る。

それから、わずかに眉を下げ、

「会わずに済むほうが、いいんです」

少しだけ寂しそうに、言った。

✹

髪型だけが違うと千夏が言ったので、それまでに描きためた何枚もの絵を見せて確認したところ、彼女は遠野が今日描いたばかりのラフなスケッチを指し、髪型はこれが一番近い、と言った。

肩より下の毛先がカールして、全体的にゆるやかなウェーブがかかったスタイルだ。

「スタイルがよくて、きれいでかっこいい女の人って感じでした。丈が短めのトレンチコートを着てて」

警察官が容疑者の似顔絵を作成するときのように、千夏の話を聞きながら、「彼女」の現在の姿を絵にしていく。

遠野が初恋の彼女と会ったのは、九年前だ。

当時彼女が何歳だったかはわからないが、おそらく今は二十代後半だろう。遠野がそう言うと、千夏は少し弱気になった。

「その人は、二十代前半に見えました。でも、あれだけきれいな人なら、お肌とかもきちんとケアしてそうだし、若く見えただけかも……ちらっと見ただけだから、二十代後半だと言われれば、そうかもって感じです」

「まあ、小さい子どもから見たら、中学生だって大人に見えるからね」

朔がフォローする。確かに、遠野の記憶の中では高校生くらいだったとしても、実際にはもっと若かった可能性はある。

しかし、そうだとしたらなおさら、そんな年頃の女の子が、夜中に何をしていたのか。

遠野の見ていた限りでは、彼女は眠っているふりをしてあの男を油断させ、危害を加えようと近づいてきたところで反対に拘束して、警察に引き渡した――ように見えた。いわゆる、囮《おとり》捜査だ。

素直に考えれば彼女も警察関係者ということになるが、いくらなんでも若すぎる。かといって、日本の警察が、ただの子どもを囮にするとも考えられなかった。

そして、彼女に手錠をかけられたあの男は、いったい何者だったのか。それも謎《なぞ》だ。

「その男は吸血鬼で、彼女は、吸血鬼を狩るハンターだったんですよ」

初めて遠野にその話を聞いたとき、千夏は大真面目にそう言った。

彼女がオカルト研究部に入部することになり、その歓迎会を開いたときだった。

「おもしろいね、それ」と朔が乗っかり、綾女も、「ありえるな」などと本気か冗談かわからない口調で賛同したが、遠野は、冗談だと思って笑っていた。

しかし、少なくとも、千夏は本気だったのだ。その証拠に、彼女は二日後、当時市内で若い女性が夜道で襲われる事件が多発していたこと、ちょうど遠野が謎の少女と会った直後に、被疑者が逮捕されたと報道されたことをレポートにまとめ、新聞や雑誌の記事といった資料とともに部室に持参した。

千夏が、外見からは想像もつかないほど行動的であることを、遠野はそのとき知ったのだ。

女性たちは皆、突然後ろから襲われており、首に噛みつかれたという被害者もいた。そして、彼女たちは皆、ひどい貧血を起こしていた。

死者は出ていなかったが、被害者たちの記憶が曖昧《あいまい》で、何らかの薬物が使われたのではないか、と当時は報道されたらしい。

「吸血鬼事件、なんて呼ばれて、ちょっと騒ぎになったみたいですよ。でも、秋頃に犯人は逮捕されて、収束したって書いてありました。逮捕後のことはほとんど報道されてないみたいですけど」

「じゃあ、普通に変質者だったんじゃ……」

「政府が隠してるんですよ、吸血鬼の存在を！　だって、そんな特徴的な事件が、ろくにテレビに取り上げられないまま立ち消えになったって、おかしいじゃないですか。規制がかかったんですよ、きっと」

あのとき居酒屋でそんな会話を交わしたことを、千夏も覚えているだろう。彼女は遠野のスケッチブックを手にとり、色々な角度から眺めながら、「うん、そっくりです」「このまんまです」と興奮した様子で繰り返していた。

「私が見たのが、遠野先輩の初恋の吸血鬼ハンターさんだとしたら、またこの町に現れたのには理由がありますよね。実は九年前の事件の真犯人は逮捕されてなくて、犯行を再開したとか？　封印が解けたとか、つかまえてたのが逃げ出したとかかも」

「いつ、どこで彼女を見たの？　百瀬さん」

高揚を抑えこんで、尋ねる。

彼女の正体に関する考察よりも、重要なのはそこだ。

たとえば、駅やコンビニだったら、防犯カメラに映像が残っているかもしれない。店の中なら、店員から情報を得られるかもしれないし、どちらへ向かって歩いていったかがわかれば、彼女の住居や滞在先のヒントになる。

「えっと……昨日です。あ、もう今日になってたか……日付けが変わった直後くらい。いるものがあってコンビニに行った帰りに、すれ違って。どこかで見た顔だなって思ったんです、でもそのときは思い出せなくて。美人だったから、芸能人だっけ？　って……」

「どの辺り？」

「うちの近所の……コンビニと家の間です。あの、よかったら今日、案内します」

「うん、ありがとう」

朔に、「食いつきすぎ」と耳元で囁《ささや》かれる。落ち着け、という意味だ。

抑えたつもりだったが、千夏を引かせてしまったかもしれない。慌てて笑顔を作って礼を言うと、千夏はほっとした様子で頷いた。

彼女は、若干男嫌いというか、男性不信気味なところがある。朔や遠野のことは平気らしく、むしろ先輩として慕ってくれているようだが、それは、遠野たちが彼女に生々しいところを見せないからだろう。遠野は初恋の彼女以外の女性には興味がないし、朔は千夏と同じく異性に人気があるが、そのすべてをうまくかわして飄々《ひょうひょう》としている。

千夏自身へ向けた感情でなくても、あまりがつがつしたところを見せるのは紳士的ではなかったと反省した。こんなことでは、初恋の彼女本人を目にしたときのことが思いやられる。

「どうせなら、今すぐ行ってきたらどうだ」

それまで黙って筆を動かしていた綾女が、のんびり言った。

「百瀬の家は、三鷹だろう。ちょうどいい。三人で行って、竹内の様子を見てきてくれ」

「竹内？」

急に出てきた名前に、遠野は首を傾げる。

誰だっけ、と思ったが、

「竹内くんが、どうかしたんですか？」

千夏が言うのを聞いて、ぼんやりと思い出した。

そういえば、そんな名前の部員がいた気がする。千夏に勧誘されて入部届に名前だけ書いて、結局ほとんど部室に来ることもないまま幽霊部員になった、何人もいる一年生の一人ではなかったか。

もともと引きこもりがちだったのが悪化したらしくてな、と、綾女が筆を動かしながら続ける。

「今月に入ってからは、家から一歩も出なくなってしまったそうだ。それまでは、夜になるとコンビニに行くくらいのことはしていたらしいんだが」

「部長、彼と交流があったんですか？」

「部員名簿に連絡先が書いてある。携帯にかけても出ないから自宅に電話して、母親に聞いたんだ。学祭の前に、大学側に活動内容を報告するだろう。学祭の展示の場にも、もう二、三人いたほうが恰好《かっこう》がつくしな。竹内はおとなしい奴だったが、オカルトへの興味は比較的ありそうだったから、たまには顔を出さないかと連絡をしてみたら」

本人ではなく、母親が電話に出て、事情を話してくれたということらしかった。引きこもってしまった息子のことで、誰かに話を聞いてほしかったのかもしれない。

学祭を前にして、何人か「見せ部員」を用意しておきたいのはわかる。なにも引きこもってしまった幽霊部員をわざわざ駆り出さなくても、という気もするが、おそらく、幽霊部員たちの中で一番害がなさそうで、オカルトに関しても少しは興味がありそう、ということで彼が選ばれたのだろう。

相手が男子学生なら、千夏が行くのが効果的だが、彼女一人で行かせるわけにはいかないし、護衛が一人では心もとないから三人で行ってこい、ということらしい。

部長は行かないんですかとは、誰も言わない。彼女はほとんど外に出ない。だいたいいつもこの部室で絵を描くか、本を読んでいる。日本語の本ではないときもあった。いつ授業に出ているのかもよくわからない。どうも四年以上大学にいるらしいが、正確に何年生なのか確認したことはなかった。

「急に自宅を訪ねて、迷惑がられませんか?」

「見舞いに行きたいと言ったら、いつでも来てくれと言われた。母親も困っているようだ」

手回しのいいことだ。

話しながら、綾女は少し体を引いて、絵の全体像を確認するような仕草を見せる。黒いゴムで適当にしばっただけの癖のない髪が、幾筋か肩にかかっていた。彼女が筆を持ったままの手でうっとうしそうにそれを後ろへ払うと、筆についた絵の具が肩のあたりをかすり、白衣に深緑色の跡がつく。

「例の死体が発見された二丁目の公園も、徒歩圏内だろう。狼男の仕業かもしれないんだったな。学祭の発表には使えないとしても、ついでに見てきたらどうだ」

千夏は、竹内を訪ねることについてはあまり気乗りしない様子だったが、綾女に重ねて言われ、頷いた。公園で起きた殺人事件については、やはり興味があるらしい。

当然、遠野に異論はない。初恋の彼女に関する情報は、少しでも早く手に入れたい。

今日は忙しいねと笑いながら、朔はすでに鞄《かばん》を手にとっていた。

☼

引きこもっているという竹内の家は、千夏の家と同じ三鷹の住宅街にあった。

千夏と竹内は、二人とも、現在通っている大学の付属高校出身で、一年生のとき、同じクラスだったらしい。

特別親しかったわけでもなく、クラスが変わってからは交流もなかったのだが、ちょうど千夏が綾女から、部室の継続的な使用権を確保するために部員の頭数を集めるようにとの命を受けた直後に、偶然構内で再会し、千夏から部に勧誘したという。

高校生の頃、彼が教室でホラー小説を読んでいるのを見たことがあったから、と千夏は勧誘の理由を説明したが、それ以上に、性格がおとなしく、千夏に声をかけられても調子に乗って口説くようなタイプではなかったからというのが大きな理由だろう。

千夏が遠野の初恋の少女によく似た女性を見かけたというコンビニまでの道も、竹内宅のすぐ近く——ほとんど目の前にあった。

「ここです。この辺りに立ってました。塀のほうを向いて」

「こんな何もないところで？　何してたんだろ。誰か待ってたとか？」

「あ、誰かと一緒でした。えっと……そっちはちゃんと見なかったけど、高校生くらいの女の子かな。おそろいのコートを着て、何か話してました」

こっちへ行くとコンビニなんですけど、と千夏が道の先を指差す。

「その時間ならバスも動いてないし、徒歩圏内にはコンビニくらいしかないよね。何してたんだろう……あ、知り合いを見つけて立ち話してたとかかな」

「だとしたら、この近くに住んでる人ってことになりますよね？　遠野先輩の初恋の人、私のご近所さんだったってことですか？　灯台下《もと》暗しですね」

「もしくは、この辺りに住んでる人に用があって訪ねてきてたとかね」

朔と千夏が話しているのを聞きながら、遠野は考えを巡らせる。

住宅街のど真ん中だ。商業施設も駅も近くにはない。住宅街の中の隠れ家レストラン、なんてものがあったとしても、その時間ならとっくに閉まっている。彼らの言うとおり、深夜にこの辺りで見かけたということは、この付近に住んでいるか、この付近の民家に用があったと考えるのが自然だった。この辺りの家をすべて回って聞き込みをすれば、何か手がかりがつかめるかもしれない。彼女がもしもコンビニに寄っていれば、防犯カメラに映像が残っているだろうが、あまり期待はできない。違法な手段を使ってまで映像を入手するべきかどうかは迷うところだった。

（タクシー会社を当たって、昨日女性を二人この辺りに降ろさなかったか訊くとか……でも、タクシーを利用したとも限らないし）

なりふり構わず手段も選ばず彼女を探すことについては、まったく抵抗はない。金をかける用意もあるし、法を犯す覚悟もあった。しかし、彼女を見つけたとき、自分がなりふり構わず手段も選ばなかったということを知られたくはなかった。警戒されたり軽蔑されたりするようなことはあってはならない。

九年前のあの様子からすると、彼女は警察関係者か、少なくとも、捜査に協力する立場の人間のようだった。となると、ますます、いざ再会したときに印象を悪くしないよう、慎重に動かなければならない。

「遠野？　さっきから静かじゃない？　もっと興奮してべらべら運命論について語り出すかと思ってたのに、意外と冷静だね」

「本人に会ったとき、がつがつしてると思われたくないからね。顔を合わせたときにスマートに振る舞えるように落ち着いていないと。それに、いつかこんな日が来るとは思ってたんだ。彼女と僕が運命でつながってるなら、必ずまた巡り会えるはずだからね」

「うわー」

イッタイ、と朔は苦笑したが、

「まあ、九年越しの初恋が実るチャンスとなれば、浮かれるのもしょうがないか」

すぐに笑顔でそう続ける。

「親友としては協力しないわけにはいかないよね。俺にできることがあれば言ってよ」

「期待してるよ」

協力というのはおそらく、知り合った後で合コンをセッティングするとか、うまく二人きりになれるチャンスを作ってくれるとか、そういう趣旨だろうが、朔は人脈が広く情報通なので、情報収集の面でも頼もしい。

千夏はにこにこして、先輩二人のやりとりを眺めていた。

「運命の彼女探しについては、これから作戦を立てるとして」

辺りを見回して、朔が言う。

「事件が起きたっていう公園も、この近くなんだよね？」

「近いですけど、竹内くんの家を挟んで反対側です。先にお見舞いに行ったほうが」

「そうだね、あまり遅くなってもよくないし」

まず、綾女に頼まれたおつかいを済ませる必要がある。

ほんの数メートルの距離を歩いて、「竹内」と表札のかかった二階建ての家の前へ三人で移動した。

まだ日が暮れる時間ではないが、空はどんよりと曇って、すでに辺りは薄暗い。

竹内宅の、道に面した二階の部屋の窓には、カーテンがかかっていた。あそこが竹内の部屋だろう、と直感する。

（あの部屋の窓からなら、丁字路を見下ろせる）

竹内が今カーテンを開けて外を見れば、遠野たちがここに立っているのも見えるだろう。

昨夜、彼女がここにいたのなら、それも見ることができたはずだ。ちょうど九年前のあの日、遠野が彼女を見つけたときのように。

しかし、カーテンはわずかな隙間もなく、閉じられたままだ。

インターホンを押すと、竹内の母親が喜んで迎えてくれた。

突然の訪問にもかかわらず、驚いた様子もない。どうやら、今日訪ねることについても、綾女が連絡をしておいてくれたようだ。

彼女は遠野たちをリビングに通して紅茶を出してくれたが、肝心の竹内本人は、鍵のかかった部屋から出てこなかった。すぐに呼んできますと言って二階へあがっていった母親が、お友達と先輩が来てくださったわよ、と弾んだ声で話しかけるのが聞こえたが、数分後、彼女は申し訳なさそうに一人で階段を下りてきた。

「ごめんなさいね、せっかく来てくださったのに」

リビングのテーブルで紅茶を飲んでいた三人に頭を下げ、端の席に浅く腰掛けてため息をつく。

「トイレ以外は、ほとんど出てこなくなってしまったんです。お風呂も、夜に私たちが眠ってからシャワーを浴びているみたいで……。ちょっと前までは、夜になると出かけることもあったのだけど、今はそれもなくなって」

もともと、内にこもりがちな子ではあったんですけど、と右手を頬に当て、困った顔で言った。事実、心配しているのだろうし、困ってもいるのだろうが、その様子に悲愴《ひそう》さはない。引きこもりといっても、何年も続いているわけではなく、暴力をふるうというようなこともないから、それほど深刻な事態とは考えていないのだろう。もともと、おっとりとした性格であるらしい彼女は、最初に紅茶を飲み終わった朔に、おかわりを勧めた。朔は愛想よく礼を言ってカップを差し出す。

「竹内くん、ずっとこもりきりじゃなくて、夜は出かけていたんですか？」

「ええ、一週間くらい前までは。散歩に出たり、近くのコンビニに行くくらいだけれど……完全に引きこもってしまうよりはいいと思って、口を出さずにいました。私が声をかけると嫌がるものだから」

それが、ここ最近はまったく外出しなくなってしまったのだとすると、緩やかにだが、事態は悪化していると言える。しかし、何故そうなったのか。夜だけ部屋から出てくる息子に、気を遣って家族が声もかけずにいたのなら、干渉されるのが疎ましくなって外出をやめたということもないだろう。

もともと、大学も休んで、夜中のコンビニくらいしか出かけることもなかったのなら、外部的なストレスは少なそうに思えるが、夜のコンビニで誰かに絡まれでもしたのだろうか。

引きこもっている人間を説得するより、学祭のときだけ、朔に適当な女の子を呼んできてもらうのが手っ取り早いのではと、薄情なことを考えながら、遠野は紅茶を飲み干した。

「二階にあがってもいいですか？　ドア越しにでも答えてもらえないか、僕たちからも話しかけてみたいんですが」

全員のカップが空になった頃を見計らって、朔が提案する。

「ええ、もちろん、どうぞ。たぶん本人は出てこないと思いますけど……」

竹内の母親は二つ返事で、三人を二階の竹内の部屋へと案内する。

ドアの前まで連れていき、息子にドア越しに一声かけると、「ごゆっくり」というように遠野たちに頭を下げて、自分は退いた。

しかし、一階までは行かずに、心配そうに階段の途中で見守っている。

見たところ、二階には竹内の部屋と、もう一部屋、襖《ふすま》で仕切られた和室しかない。やはり、家の前から見えたのは、竹内の部屋の窓のようだ。

「竹内くん？　辻宮です。大丈夫？　ずっと、部だけじゃなくて大学にも出てきてないって、部長が心配してるよ」

朔がドアをノックして、声をかける。

「今、学祭の展示のテーマを皆で考えてるんだ。竹内くんの意見も聞かせてもらえると嬉しい。学祭当日に顔だけでも出してみない？　十一月の十二日と十三日、どうかな」

返事はなかった。しかし、部屋の中に誰かいる気配はする。

千夏が鞄から、各部へと配られた学祭の企画書のコピーを取り出して、朔に手渡した。

朔がそれを、ドアの下の隙間から室内へ滑り込ませる。

「急に来てごめん。いつでもいいから、気が向いたら部室に顔出してよ。これ、よかったら見てみて」

やはり、返事はなかった。

無言のまま、朔と視線を合わせる。今日はあきらめて帰ろうか、という顔だ。

すみません、と階段の途中で竹内の母親が頭を下げ、いえいえ、こちらこそ突然押しかけてしまって、と朔が手を振った。相変わらず、外面《そとづら》は完璧だ。

まず竹内の母親が、次に階段の近くにいた千夏が、それに続いて朔が、順番に階段を下り始める。

最後に残った遠野は、足を止め、竹内の部屋を振り返った。

「……竹内くん、僕、花村だけど」

そっとドアに近づき、低い声で尋ねる。

「昨日の夜、十二時頃……窓から外を見なかった?」

ふとした思いつきだった。

やはり返事はなかったが、ドアに耳を近づけると、中で衣擦《きぬず》れの音がした。

「この女の人、見たことないかな」

講義中にルーズリーフに描いたスケッチを、クリアファイルから出して、ドアの下に差し入れる。服装は違うが、顔はよく似ていると、千夏のお墨付きをもらったスケッチだ。

夜に二階から見下ろしたのでは、顔まではっきり確認できたかどうかは怪しい。そもそも、彼がその夜、タイミングよくカーテンを開けたかもしれないなんて、期待するほうが間違っている。しかし、わずかでも可能性があるなら試したほうがいい。

そして、遠野は、運命を信じている。

端の部分だけが廊下側に出ていたルーズリーフが、部屋の内側から引かれて見えなくなった。竹内が、それを手にとったということだ。

しかし、それ以外の反応はなかった。

「遠野ー?」

階段の下から、朔が呼ぶ声がする。今行く、と返事をして歩き出す。

「また来るね」

振り向いてもう一度声をかけたが、最後まで返事はなかった。

　　　☀

惨殺死体が発見されたという公園は、竹内の家を挟んで、コンビニとは反対側にあった。

事件からは二か月たっているはずだが、現場となった公園の入口には、まだ黄色いテープが張られている。

公園のまわりはぐるりと植え込みに囲まれているが、治安のためだろう、植え込みは大人の腰の高さくらいまでしかなく、道路からも公園が見通せる。公園はかなりの広さがあって、ベンチやブランコ、鉄棒、それに、コンクリートで作られた小山のような滑り台もあった。

犯人がつかまっていないのだから仕方がないが、こんなに長く立ち入り禁止になっていては、近隣の人たちは不便だろう。――いや、立ち入り禁止が解除されたところで、殺人事件の起きた公園で子どもを遊ばせる気にはならないか。

「すみません、遠野先輩、私の趣味につきあわせて……人狼探しより、初恋の人探しのほうが大事ですよね」

申し訳なさそうに千夏が言った。

そんなことないよ、と笑って首を振る。

確かに、遠野は猟奇殺人についてはさほど興味がなかったが、彼女たちも、遠野の初恋の女性探しにつきあってくれているのだからお互い様だ。

「こうして彼女がいた場所の近くを歩くだけで手がかりが見つかるかもしれないし――それに、僕と彼女が赤い糸でつながってるなら、きっと運命が引き合わせてくれるはずだしね。焦らず、どーんと構えておこうと思って。もちろん、チャンスを引き寄せるための努力は惜しまないけど」

「遠野先輩さすが、さすがです！」

「二人とも本気で言ってるからつっこむのも馬鹿馬鹿しくなってくるよね」

遠野と千夏の会話には交ざらず、笑顔で突き放した感想だけ漏らして、朔は黄色いテープに近づいた。簡単に乗り越えたりくぐり抜けたりできそうなそれを、片手でちょっと持ち上げてみせる。

「でも、どうしようか。中、入ってみる？　ここからじゃ、何も見えないけど」

「う、気にはなりますけど……学祭のテーマにしないなら、そこまでしなくても……」

千夏は、好奇心と黄色いテープの間で揺れているようだ。

入口からは、血の跡など、事件を思わせるようなものは何も見えない。現場保存の必要性がある場所なら、テープだけ張って放置しているということはないだろうが、警察官の姿も見当たらなかった。

「百瀬ちゃん、事件が起きる前にもこの公園に来たことある？　近所なんだよね」

「あ、はい。通り抜けに使うくらいでしたけど……」

「中を見通せるような場所ってないのかな。公園って、普通何か所か出入口があるよね」

「あっ、そうですね。出入口、こっちにもあります。こっちからなら、何か見えるかも。遺体が公園のどこで見つかったかとか、私は知らないんですけど……」

朔に言われて、千夏は思い出したというように歩き出す。彼女について遠野たちも移動し、公園の西側に回った。

そちらの出入口にも黄色いテープが張られていたが、角度が変わると見えるものも変わる。公園の奥に、青いシートで区切られた一角があるのが見えた。コンクリートの大きな滑り台の陰になって、シートの一部しか見えないが、あそこが遺体の発見された場所なのだろう。

そして、その前に、誰かが立っていた。こちらには背を向けている。

テープの内側にいるということは、警察の関係者だろうか。しかし人影は小柄で、どうやら未成年の女の子のようだった。自分たちと同じ、野次馬か。

彼女がわずかに体の向きを変え、眼鏡をかけた横顔が見える。

心臓がどくんと鳴った。

(あの顔——)

彼女は、こちらとは反対側へ向かって歩き出そうとしている。

行ってしまう、そう思った瞬間、黄色いテープをくぐっていた。

「ちょ、遠野!?」

「遠野先輩!?」

慌てたような朔たちの声も無視して、立ち入り禁止の公園内に入り込む。

九年前と同じだった。迷っていたら手遅れになる。考える前に走った。

スマートさのかけらもない。彼女が足を止めなければ、腕をつかむくらいのことはしていたかもしれない。

しかし彼女は、遠野が声をかける前に振り返った。

肩につかない長さの髪が揺れる。近い距離で目が合う。

「——あなたは」

遠野を見てそう言った、声も。

あのときと同じだ。覚えている。

髪は短くなっていたし、黒縁の眼鏡をかけていたが、まぎれもなく、記憶の中の「彼女」

だった。

「遠野！　どうしたのさ急に、——っと」

ばたばたと足音が近づいてきて、すぐ後ろで止まる。

一目見て事情を察したらしい朔が、一拍置いて、彼女に笑顔を向けた。

「突然ごめんね。君、もしかしてお姉さんとかいない？　よく似た人を知ってるんだけど」

朔は遠野の描く絵を何度も見せられ、話も繰り返し聞かされている。彼女の顔を見て遠野と同様に驚いているだろうに、それを感じさせない完璧な笑顔だ。

「いえ……」

彼女は曖昧に否定して、遠野と朔とを見比べる。その目には、困惑の色が浮かんでいた。

突然知らない男たちに声をかけられたのだから、不審に思うのは当たり前なのだが、その割には落ち着いている。

逃げ出したりはせずに、何故か彼女のほうも、じっとこちらを見ていた。

「朔先輩、遠野先輩！　もうっ、立ち入り禁止だって……あ」

「朱里《あかり》？　どうしたの」

千夏が駆け寄ってきて足を止めたのと、目の前の彼女によく似た面立ちの女性が戻ってきて声をかけたのがほぼ同時だった。シートに区切られた先にいて見えなかったが、彼女の前を歩いていたらしい。

彼女が女性に、碧生《あおい》、と呼びかける。

アカリとアオイ。それが、彼女たちの名前らしい。そうは見えなかったが、日本人のようだ。

姉妹であることは、一目でわかる。

ショートカットの、高校生くらいの女の子のほうは記憶の中の彼女に、ロングヘアの女性のほうは遠野の描いた想像図に、そっくりだった。千夏が昨夜見かけたというのは、ロングヘアの女性——碧生のほうだろう。

「彼らから……」

彼女——朱里が、碧生に小声で何か囁いた。

美女と美少女が顔を近づけて密談というのは絵心をそそられる図だったが、漏れ聞こえてくるのは、「犯人像に合わない」「ただの残滓《ざんし》」と、どこか非日常的な言葉ばかりだ。

九年前のことと併せて考えれば、なんとなく、彼女たちがこの場所にいた目的は想像がついた。

再会に浮かれている場合ではない。このチャンスを逃したら、また会える保証はない。ようやく見つけた運命の糸の端をつかむ方法を、必死に考える。

連絡先を訊いたところで、教えてはもらえないだろう。こうして顔を合わせてしまった以上、尾行して住所もしくは滞在先をつきとめるというのも無理がある。一度警戒されてしまったら、そこから印象をプラスにするのは至難の業だ。ここは、押さずに引くべき場面だ。

「あの、僕は、怪しい者じゃありません」

名刺があればよかったが、そんなものはないので、学生証を取り出して手渡した。顔写真入りなので、身分証明になるはずだ。

「花村遠野といいます。武蔵野《むさしの》市内に……ここから二駅先の、カーサ鈴宮に住んでいます。この町で起きた事件について、お話ししたいことがあります」

学生証を受け取った碧生の表情が変わる。

「何か知っているの？」

「意味のある情報かどうかは、僕にもわかりません」

新しいルーズリーフを取り出して半分に破り、携帯電話の番号を書きつけて差し出した。

「連絡をください。お役に立てるかもしれないので」

碧生が受け取る。よし。すぐに背を向けた。

「あ、これ」

「どうぞ、身元の確認をしてください。怪しい者ではないとわかってもらった上で、連絡をしてもらえればいいので」

本当は今すぐにでもその手を握り、九年前から好きでしたと伝えたかったが、そんなことをしてはこれきり縁が切れてしまう。

この日をずっと待っていた。

またこの町で会える可能性に賭けて、母親の転勤で両親が引っ越してからも一人、九年前と同じ家に住み続け、中学、高校、大学と、自宅から通える学校に進学した。全部この日のためだったのだ。

やっと、報われる。

碧生の手に学生証を残したまま、背中に彼女たちの視線を感じながら、後ろ髪を引かれる思いで、鉄の意志で足を動かして公園を出た。

朔は、ふーん、という顔でついてくる。

千夏も、彼女たちのほうをちらちらと振り返りながら、小走りに追いかけてきた。

「いいんですか、先輩、せっかく」

「うん」

「でも……」

声が届かない距離まで来て、横に並んだ朔が口を開く。

「引いてみる作戦なんだ？」

「理性で本能を抑えこんだ結果。誉めてくれていいよ」

ざかざかと大股に歩いて公園から遠ざかりながら答えた。ここで振り向いたら負けだ。速度を落としたら、駆け戻りたくなってしまう。

「遠野先輩、えらいです！　立派です！」

こちらは九年間想い続けていても、相手にとって遠野は知らない人間なのだ。いきなり距離を詰めようとすれば、強固な壁ができてしまう。

警戒されずに近づくには、まずつながりを作ること。そのためには、相手からこちらに接触する理由を用意すること。こちらから無理に動こうとせず、あくまで相手に選ばせる形をとること。

すべて打算の結果の行動なのだが、千夏の目には、好意を押しつけることなく、ただ協力を申し出て潔く引くという紳士的な行為と映ったらしい。

素直に遠野の振る舞いを賞賛する千夏に、「僕は紳士だからね」と当然のような顔で応えながら、これからのことを考えた。

おそらくこれで、糸はつながった。今はそれでいい。

彼女はやはり、自分のことを覚えていないようだったが、それは仕方がない。九年も前に一度会ったきりの子どものことなど、忘れていて当然だ。大事なのはこれからだ。

これから先、どうすれば近づけるか。そして、離れずにいられるかだ。

(ああ、それにしても)

口元が緩む。

見つけた。出会えた。信じていた甲斐《かい》があった。

彼女は記憶の中と変わらず美しく、現実の存在としてそこにいた。

まだ、何も始まってはいない。しかし、これからどうやって、を考えることができる、それだけで幸せだ。歌い出したいくらいだった。

「あっ、朔、念のために言っとくけど、惚れちゃダメだからね。信じてるからね」

「どっちに?」

「どっちにも！　自分の恋愛にかまけてたら僕へのサポートがおろそかになるだろ。集中して」

「あのね……」

朔は呆れた声を出したが、まあ九年越しの再会だからね、大目に見るよ、とため息をついた。

そして、口元の緩んだ遠野の顔を見て、悪い顔してるなあ、と言った。

2

竹内宅を、今度は朔と二人で訪ねるため、大学の前からバスに乗った。二日連続の家庭訪問だ。今回は、綾女を見習って、大学を出る前に連絡をしてある。

千夏にも一応声をかけたのだが、申し訳なさそうに断られた。竹内は千夏の高校の同窓生なので、あまり足しげく通って、自分に気があるのではないかと勘違いさせたくないのだろう。

自意識過剰とも言い切れない。事実、竹内が入部したのは、千夏に声をかけられたからだろうし、千夏に勧誘された男子学生のほとんどが、入部届を出した後で彼女を口説こうとして失敗している。揉《も》め事にはならなかったが、それは朔がうまく取り計らったからだ。丸め込んだ、と言うべきか。効果があるからといって、千夏に部員勧誘をやらせるのは考えものだと、今では綾女を含めた部員全員が気づいていた。

席は空いていたが、どうせ大した距離でもないので、吊り革につかまって立つ。誰も座っていない優先席の前に並んで立った朔が、「それで」と口を開いた。

「例の彼女から連絡は来たの？」

「まだ。昨日の今日だしね、慌てないで待つよ」

「このまま連絡が来ないって可能性は？」

「ないと思うけど……ちょっと、不安になるようなこと言わないでくれるかな」

「かっこつけて立ち去ったりするから」

「ほぼ初対面の相手に、いきなりぐいぐい行っても引かれちゃうだろ」

千夏が遠野の対応に感動していたのは、これまで彼女自身がさんざん一目惚れされては口説かれて、対応に苦慮してきたからだろう。

朱里も碧生も美人だったから、同じような苦労をしているかもしれない。好感度を上げるとまではいかないまでも、下げないためには、あの選択は正しかったと思いたい。

「目的があってあそこにいたみたいだから、ナンパ男なんかお呼びじゃないよ。ああやって、お役に立ちますってアピールしたほうがまだ目があると判断したわけ。あそこでいきなり告白するほど、僕だって空気読めなくないの」

まあねえ、と朔が苦笑した。

「九年前も、何か囮捜査みたいなことしてたんだっけ。彼女たちって、警察関係者なの？」

「わからないけど、今回も、公園で起きた事件のことを調べてるみたいだったね。だから、その調査が終わるまでは、この町にいるか、少なくとも、出入りはしてるんじゃないかな」

それも、昨日の時点で、急ぎすぎることはないと判断した理由の一つだ。

ヘッドフォンをした乗客がバスを降りていき、車内には遠野たちと、一番後ろの席に座った女子中学生二人だけになる。彼女たちとは距離が離れているので、会話の内容を聞かれる恐れもなかった。

遠野は吊り革を左手に持ちかえ、視線を正面の窓へと向けたまま続ける。

「新たな殺人事件が起きればまた会えるのかなとも思ったんだけど」

「怖っ。八百屋《やおや》お七!?　おまえ、ときどき発想が怖いよね」

「僕が事件を起こすとまでは言ってないだろ」

この男は、親友だなどと言いながら、自分を何だと思っているのか。

じとりと横目で睨《にら》みつけるが、朔は謝るどころか、サイコパスだ、怖い怖い、などと小声で言って笑っている。

心外だったが、朔相手に怒っても仕方がないので、ため息を一つついて視線を前へ戻した。

「事件を捜査している相手に会いにきてもらおうと思ったら、犯人になる以外には、協力者になるしかないだろ。この健気《けなげ》さを誉めてほしいね」

彼女たちも、情報はほしいはずだ。それをこちらが持っていると匂わせれば、おそらく、遅かれ早かれ接触してくる。

学生証を置いてきたのは保険だ。

「まあね、遠野が犯人じゃなくて協力者になるほうを選んでくれたことを、親友としては喜ばしく思うよ」

朔が肩をすくめるのと同時に、バスのアナウンスが、降りる予定の停留所の名前を告げる。

幅の広い平打ちの指輪をはめた人差し指で、朔が降車ボタンを押した。

「で、役に立つこと、話したいことって何？」

「それはこれからなんとかする」

「ハッタリ？　リスキーなことするね」

「誤解させるような言い方はしたけど、嘘《うそ》はついてないよ」

遠野は、この町で起きた事件について話したい、と言っただけだ。たとえば九年前に遠野が彼女と初めて会った、あのときのことだって、「この町で起きた事件」であることに変わりはない。話したいことがあるのは本当だった。

とはいえ、実際に彼女たちと話をすることになったとき、役立つ情報を持っていたほうが印象がいいのは間違いない。だからこそこうして、竹内を訪ねるという口実で、事件現場となった付近を見分して、少しでも事件に関する情報を集めようとしているわけだ。

「やっぱり僕って健気だよね。この愛と誠意が彼女に伝わればいいんだけど」

「あーうん、健気、という見方も……できるかな……まあ、一途ではあるんじゃない」

朔はもはやこちらを見ようともしない。言葉もおざなりだ。それでも親友か。もう一度睨もうとしたが、ちょうどバスが停留所に着いて、朔は吊り革から手を放した。

ＩＣカードで乗車賃を支払い、先にステップを降りていく背中を追いかける。

停留所から歩き出しながら、朔は「ところで」とこちらを向いた。

「あの姉妹のうち、どっちが運命の相手なわけ？　九年前に会った本人は碧生って人のほうだろうけど、あの朱里って子の顔はまさにその頃の彼女と同じ顔なんだろ。一目惚れした、そのままの顔が今まさに目の前にある……となると、遠野が恋してるのはどっちなのかって話になる。この場合、俺は、遠野がどっちと仲良くなるのを応援すればいいのかな？」

「そんなの決まってるよ」

傘を持ってくるべきだったかな、と思いながら、厚い雲を見上げて答える。

「運命の相手は一人しかいないからね」


竹内の母親は、今日も笑顔で迎えてくれた。二人をリビングへ案内しようとする彼女を、立ち寄っただけですから、と押しとどめて、そのまま竹内の部屋がある二階へ向かう。

心配そうにはしていたが、息子のプライバシーを尊重したのだろう、今度は、母親はついてあがってはこなかった。

閉ざされたドアの前に立ち、軽く三回ノックしてから、朔が声をかける。

「竹内くん、辻宮です。花村もいるよ」

部屋の中で、人の動く気配がした。

竹内が中にいるのは間違いない。朔は、少しドアに顔を近づけて続けた。

「ちょっと、近くまで来たから寄らせてもらったんだ。学祭のチラシ見てくれた？　もしよかったら、ちょっとでも部室に顔出さない？　当日に、展示スペースに来るだけでもいいからさ。無理にとは言わないけど」

「……なんで僕なんですか」

お。

思いがけず声が返ってきて、遠野と朔は顔を見合わせる。

朔は、一度離れたドアにまた近づき、

「一年生の部員、皆百瀬ちゃんが目当ての人たちばっかりで、オカルトに興味ありそうな人がいなくってさ。俺たちもいずれは卒業するわけだし、部を継いでくれる後輩はやっぱり育てときたいなーって、そういうことかな。竹内くんは本が好きで、オカルト関連の本もよく読んでたって、百瀬ちゃんに聞いてたし」

すらすらともっともらしいことを言った。とっさによくこれだけ、と感心する。まったくのでたらめということもないのだが、ものは言いようだ。

さりげなく、千夏に迷惑がかからないようにと牽制《けんせい》までしている。

「地味に活動してる部だから、わっと人数を増やして盛り上げようとは思ってないんだけどね。このまま部がなくなっちゃうのは嫌だから、学祭をきっかけに、もっとオカ研に興味持ってもらえたらいいなって――今、学祭の展示をどうするか皆で考え中なんだけど、候補に出てるのは、実際に起きた未解決事件を、オカルト研究の観点から読み解くってテーマで」

朔がそこまで話したとき、かちゃ、とドアの内側で音がして、ノブが回った。

朔がドアから離れ、遠野の隣りに並ぶ。

ドアは内側にそっと引かれて、わずかな隙間から、竹内が顔を覗かせた。

「すみません、部屋、散らかってるんで、ここで……」

「ああ、いいよ、もちろん。開けてくれてありがとう」

綾女に言われて訪ねはしたが、こうもすぐに会えるとは思っていなかったので、こちらの心の準備ができていない。朔に任せようと一歩後ろに下がり、とりあえず笑顔を作った。

そういえばこんな顔だったか。何度かは部室に来たこともあったはずだが、ほとんど覚えていない。

目が丸くて、割と可愛らしい顔つきをしている。引きこもりと聞いて勝手にやつれて顔色の悪い姿をイメージしていたが、頬は丸みを帯びていた。ただ、髪は明らかに伸びすぎだ。

「昨日は、風呂とか入ってなかったんで……来てもらったのに、すみません」

ぼそぼそとだが、竹内はそう詫《わ》びて、ひょこりと頭を下げる。

社会性が失われていないということだ。思いのほかあっさりとドアを開けてくれたことを考えても、想像していたほど深刻な引きこもりではないのかもしれない。

一歩も家から出なくなったと聞いていたが、そうは見えなかった。

「学校へは、まだ、何か……ちょっと、行きたいって気持ちになれないんですけど、そのうち……。来てくれてありがとうございます。あと、これ」

昨日遠野がドアの下から滑り込ませた、ルーズリーフを差し出して言った。

「この人のことは、見ていません。カーテンは、いつも閉めているから……」

「あ、だよね。ごめん、ちょっと訊いただけなんだ」

ドアの隙間から顔を覗かせた竹内の目が、誰かを探すように動く。

千夏がいないか、確認したのだろう。次は一緒に来るよ、と言おうかと思ったが、少し考えてやめた。竹内は無害に見えるが、千夏に無断で無責任なことは言えない。

「うん、じゃあ、そのうちね。無理しなくていいけど、待ってるよ」

竹内は会釈で応じた。偏った知識からの先入観で、引きこもりになる人は対人恐怖があるのかと思っていたが、そういうわけでもなさそうだ。伸びすぎた前髪のせいで表情は見えにくいが、問題なく会話も成立する。

それならば何故、家から出ないのだろうと不思議だったが、人はあるとき、理由もなくそうなってしまうことがあるらしいから、何故と問うのも意味のないことなのかもしれない。

綾女には、思ったより元気そうだった、学祭までには気が向いたら顔を出してくれるかも、とでも報告しておこう。

「早く帰ったほうがいいですよ。この辺、最近物騒ですし」

挨拶をして階段を下りようと背を向けた朔と遠野に、竹内は思い出したように言った。

「すぐ、暗くなりますから」

竹内の母親に挨拶をして、竹内宅を出る。

すぐに暗くなる、と竹内は言ったが、まだ五時前だ。曇っているせいで明るくはないが、夜の気配は薄かった。

さて、と朔を見ると、遠野が口を開くより先に、朔のほうから首を縦に振って歩き出す。

「はいはい、公園ね」

「あれ、ついてきてくれるんだ」

「最初からそのつもりだったんだろ。っていうか、そっちがメインだったんだろ」

なんだかんだ言って、つきあいのいい男だ。

今日も彼女たちがいるとは限らないが、他に当てがあるわけでもないし、何か手がかりがつかめるかもしれない。昨日は彼女たちに譲ってろくに現場を見ずに去ってしまったから、もう一度見ておきたいと思っていたのだ。

もちろん、警察がすでに調べて、めぼしい証拠は回収しているはずだ。素人の自分がちょっと探してみて新発見があるとは期待していないが、今は手がかりがほぼゼロの状態だから、少しでも情報がほしい。現場を見ておいて悪いことは一つもない。

公園へ向かって歩き出した直後、

「こら、やめなさい」

穏やかに叱る声が聞こえてきて、そちらへ目をやった。

竹内宅の前の道で、犬の散歩をさせている老人が、立ち往生している。

頭と背中の部分が茶色くて、腹から下は白っぽい大きな雑種の犬が、ふんふんと鼻を鳴らして、民家の塀の匂いを嗅いでいる。それを老人がリードを引いて止めていた。

そういえば千夏は、一昨日の夜、碧生がちょうどその辺りに立っているのを見かけたと言っていた。そのとき一緒にいた女の子というのが、朱里だろう。彼女たちはこの場所で、何をしていたのか。

「こんにちは」

少し戻って、声をかけた。

老人は飼い犬のほうに体を向けてリードを引きながら、顔だけでこちらを向いてこんにちは、と答える。髪が灰色なので老人だと思ったが、近くで見れば、背筋がぴんと伸びていて若々しい。まだ六十代かもしれない。

「いつも、散歩のときはこの道を通られるんですか？」

「ええ、大体は」

そういえば、昨日も見かけたような気がする。

遠野がそう言うと、老人は、「散歩は毎日していますから」と答えた。

「今日はたまたまこの時間で――そうですね、昨日も、これくらいでしたか。でも、普段は散歩は夜のことが多いんです。大きい犬を怖がる人も多いので……」

「夜？」

千夏が朱里と碧生を見かけたのも、公園で事件が起きたのも、深夜だ。

どちらも、現場はこのすぐ近く。というか、彼女たちがいたのは、まさにここだ。

「いつもは何時頃に散歩に出るんですか？　夜、十二時頃は――」

遠野が言いかけると、老人はいやいや、と手を胸の前で横に振った。

「そんな遅い時間は出歩きません。せいぜい九時か、どんなに遅くても十時くらいですよ」

それもそうか。夕食を終えて、腹ごなしに犬の散歩、となるとそれくらいの時間帯だ。

この様子では、彼が何かを目撃したということもなさそうだった。そもそも、何かを目撃していたら、警察に申し出ているだろう。

礼を言って老人と犬を見送る。

さて今度こそ公園に、と方向転換をしかけて、クリーム色に塗られた外塀が目に入った。

なんとなく気になって、近づいてみる。

先に歩き出していた朔が、足を止めて振り向いた。

「遠野？　どうかした？」

「うーん……」

あの犬は、この塀を気にしていたようだった。それが、なんだか引っかかる。

塀に手を当ててよく見たが、落書きも汚れもなく、特に匂いもしない。おかしなところはなかった。

(でも、改めて見ると、きれいすぎる……？　ような)

薄暗いせいもあってわかりにくいが、周辺と比べて、一部分だけがワントーン明るい気がする。気のせいかと思う程度の違いだったが、遠野にはそう見えた。

一見しただけでは気づかなかったが、なんとなく気になったのもそのせいかもしれない。

「ねえ、朔」

「何？」

朔は数歩分の距離を戻ってきて、塀に顔を近づけている遠野を、呆れた顔で眺めている。

塀のほうを向いたままで言った。

「犬の嗅覚って、人間の何倍なんだっけ」

千夏は、ルミノール試薬を持っているだろうか。

☀

朔からの電話を受けた千夏は、すぐに「ルミノール反応実験キット」とラベルの貼られたビニールコーティングの箱を持って駆けつけた。

珍しく髪をひとつにまとめて、襟《えり》付きのジャケットをはおっている。ＦＢＩ捜査官を意識したファッションらしい。

彼女は箱から霧吹きのようなノズルつきのプラスチックボトルを取り出し、「これがルミノール溶液です」とどこか得意げに言った。

「ネットで買いました。届いた日に実験してみてそれきりだったので、役に立つ日が来たのが嬉しいです」

捜査機関が使う以外にいったいどんな状況で必要になるものなのか、どこの誰が何のためにこんなものを買うのか、まるでわからないが、普通に流通しているらしい。

千夏がスプレーボトルを手にして塀の前にしゃがみこみ、朔は腰をかがめ、膝に手を当ててその手元を覗き込んだ。

「ルミノール反応って、あれだっけ、ブラックライトをあてるんだっけ？」

「ブラックライトで照らすのもありですけど、溶液をスプレーすれば、暗いところなら勝手に光りますよ。でも一応、ブラックライトも持ってきました。どの辺りですか？」

とりあえず、と遠野が犬が匂いを嗅いでいた辺りを指すと、千夏はシュッとそこに溶液を吹きかける。二回、三回。そして、ライトをかざした。

すぐに効果が現れる。ルミノール溶液を吹きかけたところは、真っ青に光っていた。

大当たりだ。

「先輩……これって」

「うわー……」

ルミノール検査をしたいと遠野が言い出した時点で、可能性は想像していたはずだが、千夏も朔も顔を強張《こわば》らせている。

遠野が千夏からスプレーボトルを受け取り、もう少し上に溶液を吹きかけてみると、塀の上のほうにも飛沫《ひまつ》の跡が浮かび上がった。

血の跡はきれいに拭き取られ、一見しただけではわからないが、ルミノールに反応する程度の血液の成分は残っていたようだ。

もう何か所か吹きつけてみたが、血の跡は広範囲にわたっているようだった。

この出血量で、被害者が生きているとは思えない。

間違いない。ここは、殺人の犯行現場だ。

「ここで事件があったなんて、発表されてないよね？」

遠野が訊くと、千夏はふるふると首を横に振った。

千夏が知らないなら、警察の公式発表も報道もされていないのだろう。

しかし、一昨日の夜、朱里と碧生はここにいた。偶然ではないだろう。彼女たちは、事件のことを調べていたのだ。

　肉眼でわかるような血の跡は残っていなかったにもかかわらず、彼女たちは、ここで事件が起きたことを知っていたということだ。

「け、警察に……通報、しないとですよね」

「いや……」

おそらく警察は、事件のことを把握している。何らかの理由で、情報を伏せているだけだ。朱里と碧生がここにいたというのは、そういうことだろう。

　遠野がそう言おうとしたとき、

「その必要はありません」

　陶製の鈴を鳴らしたような、声がした。

　遠野はその場にいた誰よりも早く振り返る。

　気配にも足音にも気づかなかったが、いつのまにか、丁字路の角に朱里が立っていた。その後ろに碧生もいる。

　また会えたね、やっぱり運命だ！　と叫んで彼女をリフトし、くるくると回りたいところだったが、想像するだけにとどめた。

　千夏が慌てて遠野の手からボトルを奪い、実験キットごと体の後ろに隠したが、今さらだろう。

「一週間前、ここで事件があったことについて、警察はすでに把握していますし、捜査も行われています。ただ、情報は統制されているので――ここで事件があったことについては、できれば口外しないでください」

怒っている風もなく、淡々と朱里が言う。

「何故、気づいたんですか？　痕跡は消されていたはずですが」

その後ろで碧生が携帯電話を取り出し、どこかに電話をかけ始めた。

小声で早口だったが、清掃、壁の塗り替え、というような言葉が聞こえる。

朔が、両手をロングジャケットのポケットに入れて立ったまま、体ごと首を右に傾けた。

「もしかして、血を洗い流したのは君たち？」

朱里はそれには答えなかったが、それが答えのようなものだ。

それも、情報の統制の一環ということだろう。

一般人ではない彼女たちは、一般に公表されていない情報を持っていて、この場で起きた事件についても知っていた。一昨日の夜は、現場を検証していたところに、千夏が通りかかった。そういうことらしい。

「あの、警察はどうして、事件のこと公表してないんですか？　これって、公園の死体と同じ犯人なんじゃ」

もしそうだとしたら、連続殺人だ。近隣住民には、むしろ公表して警戒を促したほうがいいのではと、まさに近隣住民である千夏がおずおずと言った。

朱里は千夏に目を向けて、少し迷うようにしてから口を開く。

「住民の方々がパニックになるのを防ぐため――です。公園での事件が報道されたので、十分に警戒してもらうように、警察からも注意していただいていますし……少し、通常とは違った事件なので」

具体的な部分については言葉を濁した。通常とは違った事件と聞いて、九年前の夜のことを思い出す。振り向いた男の赤い目と、尖った牙。

「九年前の、若い女性が次々と夜道で襲われた事件みたいに？」

朱里も碧生も、驚いた顔で遠野を見た。碧生は携帯電話を耳に当てたまま、動きを止めている。

千夏も、あ、と声をあげた。

獣に食いちぎられたような跡、という情報から、彼女は、公園の事件が人狼の仕業ではないかなどと騒いでいたが――九年前の事件については、別の仮説を立てていた。その仮説によれば、朱里と碧生は、「それ」を狩るハンター、ということになっていたはずだ。いくらなんでも、と部内でも誰も本気にはしていなかったが。

「――はい。そうです」

朱里が頷いて認める。

「犯人が、吸血種である可能性が高いからです」

千夏は、脇をしめて右手でガッツポーズをした。

嘘、と朔が呟く。

碧生が何か言いたげにしたが、朱里は遠野たち三人を順番に見て、丁重に申し入れる。

「お話を聞かせてください」

喜んで、と、遠野と千夏の声が重なった。


第二の殺人は、第一の殺人の現場となった公園にほど近い、住宅街の中の丁字路で行われた。

現場を見にいったが、血の跡は警察によってすっかりきれいにされていた。あの場所で事件があったことなど、誰も気づかないだろう。

警察からの発表や、報道もされていない。しかし、三人の学生たちは、その現場にいて、何かしていた。彼らは明らかに、そこで事件が起きたことを知っている様子だった。

彼らが事件にかかわっているのなら、わざわざ自分たちに接触してきたりはしないだろうし、犯行現場に戻る必要もないから、彼らの中に犯人がいるとは思えない。何らかの理由で、彼らは、独自にこの事件について調べているのだろう。

吸血種には独特の気配があるが、三人からは、かすかにその気配を感じた。おそらく、彼ら自身が吸血種か、その関係者なのだろうが、身分証を預けてくれた花村遠野という青年の名前は、名簿に登録されていなかった。一緒にいた二人も同じ大学の学生のようだったが、彼らの通う大学には、名簿上確認できる吸血種はいなかったはずだ。彼らが吸血種だとしても、未登録ということになる。

話を聞かせてほしいと申し入れると、意外なことに、二つ返事で応じてくれた。未登録吸血種であるなら、ずいぶんと気安いと驚いたが、そういえばもともと花村遠野は、自分たちに学生証を預けることまでして、敵ではないことを示そうとしていた。彼らのほうも、情報交換を望んでいるのかもしれない。

都内の未登録吸血種には自治組織があり、それを束ねるリーダーのような存在もいると聞いている。十年以上もうまく自治を行い、平和に社会の中で生活していた彼ら未登録吸血種たちにとっても、今回の事件は青天の霹靂《へきれき》だろう。何か動きがあるかもしれないとは、予測していた。

（未登録吸血種のリーダーから協力が得られれば、捜査は大きく進展する。――でも、もし協力が得られないなら、彼らより先に犯人を見つけないと、私刑にされてしまうかも）

遠野たちに接触できたのは、幸運だった。

一般に、未登録の吸血種たちが、吸血種を管理する対策室の存在を良く思っていないことは知っているが、彼らはどうも様子が違うようだ。なんとかして協力をとりつけたい。

道端でするような話でもないので、どこか落ち着いて話せるところで、と言ったら、部室を使おうと彼らのほうから提案してくれた。何やら携帯電話で連絡していたから、そこにも仲間がいるのだろう。

緊張した面持ちの百瀬千夏と、鼻歌でも歌い出しそうな弾む足取りの花村遠野と、何を考えているのかまったくわからない辻宮朔を、歩きながら観察する。

千夏も朔も、滅多に見かけないような美形だった。それだけで、たとえ公園で声をかけられていなくても、気にしていたかもしれない。

吸血種には美形が多いと言われている。ひとたび吸血種になれば、血液の摂取を続ける限りほとんど年はとらなくなるから、自ら望んで吸血種になるのは、その多くが、美しいまま時を止めたいと願った人間だ。吸血種側から、仲間にしたいと選ばれて勧誘されることもあるが、その場合もやはり、仲間は美しいにこしたことがないということか、容姿の優れた者が選ばれることが多いようだった。

至近距離で横から見ると、千夏がコンタクトレンズを入れているのがわかった。個人差があるものの、吸血種化すると瞳の色が薄くなると言われていて、カラーコンタクトでそれを隠している吸血種も多い。千夏のコンタクトレンズに色がついているかどうかは、一見しただけではわからない。

朔は眼鏡をかけているが、度は入っていないようだ。気をつけて見なければ気づかないほどごく薄く、レンズに色がついている。紫外線をカットするレンズだ。

これだけのことでも、怪しく思えてしまう。

二人とも、自ら望んで吸血種化するには少し若いが、吸血種に気に入られそうな容姿だ。吸血種ではないにしても、吸血種に定期的に血液を与える「契約者」かもしれない。

横を歩いている妹も、同じように彼らを観察しながら、考えを巡らせているようだった。

もう暗かったが、大学の門は開いていて、守衛に呼び止められるようなこともなく敷地内に入ることができた。

部室はこっちです、と先頭に立って案内してくれていた遠野が、こちらを振り返ろうとして前へつんのめる。道路のくぼみに足をとられてバランスをくずしたようだ。転倒はしなかったが、あいたっ、と声をあげ、体勢を整えてから恥ずかしそうにごまかし笑いをした。

彼も人好きのする顔をしているが、千夏や朔のように飛び抜けて美しい容姿ではない。それだけで吸血種でないとはもちろん言えないが、吸血種やその契約者なら、五感や身体能力は極めて高いはずで、少なくとも何もないところでつまずくようなことはないはずだった。

それすらわざと、自分たちの目をあざむくために演技しているのでなければ。

（でも、何故か気になる――どこかで、会ったような？）

視線に気づいたのか、遠野が振り向いて目が合った。にこ、と笑顔を向けられ、困惑しながら会釈を返す。

こうも友好的だと、反対に不安になってくる。未登録の吸血種やその身内が、対策室の職員に進んで協力するというのが、そもそも想定外なのだ。

いや、この三人全員が吸血種もしくはその関係者であるとは限らない。全員から気配を感じる以上、どこかで吸血種に接触してはいるのだろうが、たとえば一人だけが吸血種で、後の二人は何も知らず、その一人から気配を移されただけということもありえる。個別に話を聞いたほうがいいかもしれない。

（それに、三人から感じる吸血種の気配は、昨日会ったときよりも薄い気がする……）

昨日と今日とで、気配の強弱が違う、その意味を歩きながら考える。

パターン1、彼らの中に吸血種がいるのだとしたら、その誰かは、おそらく気配のコントロールができるのだ。昨日自分たちに声をかける前には気配を消したが、それ以前に仲間に移っていた気配を、自分たちに察知されてしまった。今日は警戒して、自分たちに会う前から気配を抑え気味にしていたから、仲間たちに移った気配も昨日より薄くなったのだろう。

(捜査には協力するけど、自分が吸血種であることは知られたくない？　その心理自体には、おかしいところはないけれど、私たちはすでに昨日彼らから吸血種の気配を感じとっている。今さら気配を消したって、意味がない)

それではパターン2、彼ら自身が吸血種なのではなく、誰かの気配を移されただけならばどうか。今日よりも昨日のほうが気配が強かったということは、昨日のほうが、気配を移した吸血種と近くで、もしくは長く接触していたということだ。

しかし、彼らは警察未発表の事件現場を知っていて、吸血種と聞いても当たり前のように受け入れ、事情聴取にも応じてくれた。しかも、三人から等しく吸血種の気配がするのだ。これで、全員がたまたま気配を移されただけの、吸血種と無関係の一般人、ということはないだろう。

(素性を明かしたくないけれど捜査には協力したい未登録吸血種の遣いとして、彼らが私た

ちに接触してきたということはありえる……でも、ただの使者なら三人もいらない）

三人の中に吸血種がいるということだけを明かし、誰が吸血種なのかを伏せたまま捜査協力をするつもりかもしれない。未登録吸血種としての立場を守るために——それなら理解できる。その場合、残りの二人は契約者だろう。それが一番ありそうだ。

隣りを歩く妹に目配せをして、イタリア語で耳打ちすると、彼女も頷き、同意を示した。

これからそれを確かめなくては。

「ここです、部室」

「久住先輩ただいまー」

「部長、聞いてください、すごいんですよ！」

サークル棟の端の部屋のドアを開け、三人が室内へなだれ込む。

彼らが部室と呼ぶその部屋は、油絵の具の匂いがした。イーゼルの前に置いた丸椅子に、白衣を着た女性が座っている。彼女も、フレームのない、薄いレンズの眼鏡をかけていた。久住綾女部長です、と遠野が紹介してくれる。

オレンジがかった白熱灯のせいでわかりにくいが、注意して観察すると、彼女の目の色が薄いことがわかった。茶色に、緑が混ざっているようだ。外国の血が入っているのかもしれない。

彼女からも、ごくかすかにだが、吸血種の気配を感じた。

仲間がそろっても、彼らのほうからは何も言い出さない。

四人全員が事情に通じているわけではなく、一人でも、吸血種と無関係の人間が交ざっている可能性があるなら、この場で吸血種の話はしないほうがいいだろう。

（合計、四人）

一人一人と話して、それぞれがどこまで知っているのかを見極めるのが先だ。

「お一人ずつ、個室でお話をうかがえますか」

「個室……そこに物置にしてる小部屋があるから、それでよければ。狭いけど」

千夏と遠野が、部室の壁についたドアを開け、小部屋の中を片付け始める。話をするためのスペースを作ってくれているらしい。

彼らがしまってあったキャンバスを小部屋の外に運び出しては、ドアの脇の壁に重ねて立てかけるのを繰り返している間、姉妹は小声でやりとりをし、朱里が小部屋で順番に面談をし、その間、碧生が残りの三人の相手をしつつ、その反応を見る、ということに決まった。

朔と綾女が、観察するようにこちらを見ていた。

「ちょっと埃《ほこり》っぽいけど、ここに椅子を入れて話すのでどうかな」

背もたれのない丸い椅子を二つ小部屋の中に運び込んで、遠野がこちらを見る。

「ありがとう。完璧よ」

「ありがとうございます。それでは……私がお話をうかがいます。どなたから」

朱里が室内の四人を見回すと、「じゃあ、僕から」と、遠野が笑顔で手をあげた。

3

オカルト研究部の部室の一角、物置として作られた二畳ほどの小部屋の中で、遠野は朱里と向き合って座っている。

笑顔の遠野に対して、朱里は少し居心地が悪そうにしていた。何せ、二畳分のスペースしかない物置だ。しまってあったキャンバスは一部外に出してスペースを作ったが、それでも、ゆったりしているとは言い難い。つまりそれだけ、互いの距離が近い。

「えっと、狭いよね」

ドア一枚隔てたところに皆がいる状況ではあるのだが、知り合ったばかりの男と密室で二人きりなのだから、緊張するのも無理はない。少しでも安心してもらおうと、遠野のほうから声をかけた。

「ごめんね、埃っぽくて。僕は普通に部室で話してもいいんだけど、個室で一人ずつのほうがいいのかな？」

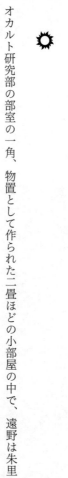

「私はどちらでもかまいませんが、お友達に聞かれたくないかと……」

事件のことを話すにあたり、先入観が入らないように一人ずつ話を聞きたいのかと思っていたら、そうではなく、訊かれる側のプライバシーに配慮してのことらしい。

(友達に聞かれたくないようなこと？)

てっきり、事件のこと——怪しい人間を見なかったかとか、何故竹内宅の前の道で犯行があったことに気づいたのかとか——について訊かれるのかと思っていたが、この口ぶりでは、遠野自身に関することにも質問は及ぶようだ。

それ自体はむしろ歓迎なくらいだが、それなら、こちらからも質問がしたいなあ、と欲が出てくる。あまり調子に乗っては嫌われてしまうかもしれないので、今はおとなしくしているが、訊きたいことなら山のようにあった。

事件の情報はいらないから、住所や連絡先や趣味や好みのタイプや好きな食べ物を教えてくれないかな、と遠野がぼんやり考えていると、

「そうでした、忘れないうちに。まずはこれを、お返しします」

朱里が、カードケースから遠野の学生証を取り出した。昨日遠野が碧生に渡したものだ。

表を向けて差し出してくれる。

受け取るとき指先が触れそうになり、朱里はぱっと手を引いた。

（あれ、警戒されてる？）

好意を持たれているなどとは思っていないが、嫌われることもしていないし、無害であることはアピールしてきたつもりだったので、若干ダメージを受ける。

朱里も、しまったと思ったのか、気まずそうに目を泳がせた。

「……すみません」

「いえいえ」

申し訳なさそうに謝ったのが可愛かったので一瞬で許す。

嫌われている、というわけではなさそうだ。今はそれで十分だった。

気を悪くしていないことを示すため、笑顔を向けたが、朱里はそれに対しても、戸惑った表情を浮かべる。

「それでは……質問させてください」

「はい、どうぞ」

協力するという姿勢を見せるため、頷いて姿勢を正した。

朱里は、少しほっとしたようだ。表情を引き締め、口を開く。

「改めまして、私は、朱里・アウトーリ、国際連合総会第三委員会内吸血種関連問題対策室の職員です。答えたくない質問には答えなくてもかまいません。お訊きした内容は、必要に応じて、対策室において共有される可能性があります。花村遠野さん」

「はい」

初めて聞いた朱里のフルネームや肩書について気になるところは多々あったが、とりあえず追求は後にして神妙な顔を作り、質問に備える。

朱里はまっすぐに遠野を見て、最初の問いを発した。

「あなたは吸血種ですか？」

予想していた質問とは違った。

そのせいで、反応が遅れた。

「……えーと、それはつまり、僕は容疑者ってこと？」

「いえ、事件とは関係なく、吸血種かどうかという質問です。検査することもできますが、プライバシーですし、強要はしたくないので、申告していただければと」

なるほど、友達に聞かれたくないだろうと言っていたのはこれか、と理解する。

吸血種、というものの厳密な定義はわからないが、それは後で確認すればいい。遠野は人の血を吸うかどうか、という質問なら、答えられる。

「自分で把握している限りでは、違うと思う。――『いいえ』」

彼女がふざけているわけではないのは、真剣な表情を見ていればわかったから、遠野も茶化さず真剣に答えた。

「身近に、吸血種はいますか？　お友達や、恋人など」

「それも、いいえ、かな。知る限りでは」

朱里が、あれ、というように、わずかに髪を揺らす。軽く目を見開き、二回瞬きをした後で、次の質問をした。

「……花村さんが、吸血種という存在を知ったのは、いつですか」

最初の二つの質問とは違い、どこか、おそるおそる探るような訊き方だ。

「遠野でいいよ。……今回、というかさっき、朱里さんに聞いたときかな」

遠野の答えを聞いて、朱里の表情が変わった。

まじまじと遠野を見、口を開いて、何か言いかけてやめ——

「……そうでしたか」

一度天井を見上げてから目を閉じて、深く息を吐く。

目を開けて視線を遠野へ戻すと、失礼しました、と頭を下げた。

表情が暗い。見るからに、落ち込んでいる。

「私の、早とちり……勇み足でした。吸血種と聞いても、あまり驚かれていないようでしたし……その、てっきり」

遠野たちが、ある程度事情を把握している——前提となる情報を共有していると思っていたようだ。

確かに、一般的な大学生は、「吸血種」と聞いた時点で何だそりゃという顔をするだろうし、そもそも、事件現場かもしれない場所でルミノール検査をすることもないだろう。

「僕たち、オカルト研究部員なんだ。だから、普通の人たちよりはちょっと柔軟っていうか、そういうものを受け入れるベースがあったからかも」

騙《だま》すつもりはなかったのだと説明する。知らず早口になっているのに途中で気づいて、一度言葉を切った。

「それに——吸血種って呼び方は初めて聞いたけど、たぶん僕、以前にもちょっと、見かけたことがあって……その、吸血種の人を。ずっと前だけど。だから、そういうものが存在すること自体は、薄々気づいてたっていうか」

千夏のようにわかりやすく表情が変わるわけではないが、明らかに消沈している朱里を見ると、申し訳ない気持ちになる。

遠野がそう誤認させたところもあるので、なおさらだった。

「その、ごめん。聞いちゃいけないこと、聞いちゃったかな？　それなら、誰にも言わないって約束するよ」

「いえ……そういうわけでは。お気遣い、ありがとうございます」

朱里はうつむきがちになっていた顔をあげた。

背もたれのない椅子に座り直し、すみませんでした、と頭を下げる。見苦しいところを見せた、という意味の謝罪のようだが、遠野にしてみればただ可愛いだけだった。

知らない表情を見せてくれるだけで、嬉しい。

「吸血種っていうのは、僕たちが——何も知らない一般の人がイメージする、吸血鬼みたいなものってことでいいのかな。日光に弱くて、夜になると出歩いて、人の血を吸う？」

「日光に対する耐性は個体によるので、一概には言えませんが……おおむね、その理解で大丈夫です」

朱里は頷き、再び、正面から遠野と目を合わせた。

「吸血種が、ヒトが突然変異したものなのか、最初からヒトとはまったく別のものとして存在したのか、それはまだわかりません。ですが、ヒトの血液から栄養を得て、若い姿のまま長い時を生き、ヒトとは違う……たとえば、五感や身体能力が、ヒトとは比べものにならないほど優れているとか、そういう特徴を持っている、吸血種と呼ばれる人たちが、現実に存在しています。これからいろいろとお話をする前提として、まずはそれを信じてください」

「うん、信じた。それで、朱里さんと碧生さんは、その吸血種関係のトラブルを処理する仕事をしてる、ってことでいいのかな？」

「はい、私と碧生の普段の勤務地はボストンですが、私たちは日系人で日本語に不自由がないので、今回の事件の担当になりました。日本国内には、まだ対策室がないんです」

「全部の国に対策室があるわけじゃないんだね」

「はい。日本に住む吸血種の数は、欧米と比べるとずっと少ないので、そこまで予算を割けないというのもあると思います。今回の件もあって、今後作ろうという動きはあるようですが……それでも、日本政府は吸血種の存在を認知しているので、警察の協力を得られるのが助かります。政府が吸血種の存在を認知していない国もありますから」

「吸血種の存在を認知している国としていない国があるのはどうして？」

「その国で吸血種が関係していると思われる事件が起きたか、その国に吸血種が住んでいることが認められた場合に、アメリカの本部から、各国に説明がされます。これまで吸血種との関わりが確認されていない国もあるんです」

「本部はアメリカなんだ」

なんとなくイメージで、ヴァチカンか、ドラキュラ伝説のあるトランシルヴァニアか、そのあたりかと思っていた。

「はい、いくつかの州に支部もあります。吸血種の数が多いので」

なるほど、アメリカは多民族国家だ。特に都会は、外見も文化も異なる人種で溢《あふ》れているから、吸血鬼——いや、吸血種が紛れ込むにはうってつけだろう。

「事件が起きた場合は今回みたいにニュースになればわかるとして、その国に吸血種が住んでいるかどうかは、どうやって調べるのかな」

「基本的には自己申告です。本部では、各地の吸血種を名簿に登録して管理しているので——きちんと申告して登録された吸血種は、様々な援助を受けることができます。専門家によるカウンセリングを受けられたり、生活の相談ができたり、輸血用の血液パックを優先的に回してもらえたり」

列に並んだ黒いマントの吸血鬼——想像力が乏しいせいか、古い映画のドラキュラ伯爵そのままだ——が名簿順に名前を呼ばれ、血液パックの配給を受けている図を想像してしまった。それはなかなかシュールだ。

「登録制なんだ……なるほど、ちゃんと登録される側にも見返りがあるんだね」

「はい。管理といっても、一方的に監視するようなシステムではなく、変化したての吸血種のセーフティネットになっています」

「変化っていうのは、吸血種になるってこと？　その、普……吸血種じゃない人間が」

「はい。現在確認されている吸血種はほとんどが、誰か別の吸血種によって変化した元人間です」

「血を吸われると、吸血種になるの？」

「いえ——吸血種化するのは、吸血種の血液を体内に入れた場合です。事故で吸血種の血液を摂取してしまう、なんてことは珍しく、ほとんどが本人の希望によるものです」

「血を吸われただけでは、吸血種にはならないんだね」

「はい。血管に直接歯をたてての吸血行為で、吸血種の唾液が体内に入った場合は、血を吸われた側が吸血種化した場合に近い状態になることがありますが、一時的なものです。体内の血が入れ替わるタイミングで元に戻ります」

「近い状態って、具体的には？」

「日光を心地よく感じなくなったり、身体能力が向上したり、体が若返ったり」

「それなら、喜んで血を提供する人いっぱいいそうだね」

「はい、少なくありません」

朱里はわずかに眉を下げ、目を細めて口元に笑みを浮かべる。やれやれ、という表情だ。可愛い。

それにしても、驚くほど、何を訊いても答えてくれる。

「ごめんね、いっぱい質問して。朱里さんと碧生さんは、その、吸血種を管理しつつ援助もしている対策室の一員で、今回は、二丁目の公園で起きた殺人事件の捜査のためにこの町に来たんだよね。そういう、対吸血種の警察みたいなことも、対策室でやるんだ？」

「はい。吸血種に関連することは、何でもです。一応、内部で担当は分かれていますが。専門家の助けが必要なことも多いので、法整備や医療、福祉、今回のように犯罪の捜査の場合は、他の委員会や外部組織と連携することもあります」

姿勢を正して頷いて、朱里はまた、真顔に戻った。

「対策室には、国際刑事警察機構《ICPO》から出向してきている職員もいて、吸血種による事件が起きたときは、ＩＣＰＯのデータベースや連絡網を使わせていただいています。ＩＣＰＯを通じて、吸血種ではない一般の国際指名手配犯への対応と同じように、各国の警察組織と情報を共有するんです。現地での捜査に関しては、現地の警察に協力をお願いしますが、吸血種を逮捕するにあたっては専門的な知識や経験が必要になるので、対策室の人間が捜査に加わるのが通常です。今回は、私と碧生が派遣されました。日本の警察の内部で、吸血種の存在を知っている方はごく一部なので、私や碧生は、形としては、特殊な犯罪の専門家として日本の警察に協力している、ということになっています」

「念のための確認だけど、この情報って、僕が聞いてもいいこと？」

話してもいいことと伏せるべきことは当然分けているだろうが、あまりにすらすらと内情を話してくれるので心配になる。

朱里は微笑んで頷いた。お気遣いありがとうございます、と柔らかな声で言う。

「混乱を招かないよう、みだりに話すべきではないとされていますが、調査のために必要がある場合には、民間人の――吸血種ではない方に、話をすることもあります。信じない方のほうが多いので、たとえば吸血種が能力を行使するところを目撃した人がいても、ごまかしてしまうことがほとんどですが」

確かに、特別オカルトが好きな人間でもなければ、深夜に赤い目をして牙の生えた男を目撃しても、吸血鬼が実在したのだ、と結論づけたりはしないだろう。酔っていたか、夢だったと思うのがせいぜいだ。夢ではないと思っていても、自分が見たもののことを人に話したところで、信じてもらえるわけがないとあきらめて、言いふらすこともしない人間が大半なのではないか。そして、事実、吸血鬼がいるなどと言われても、誰も信じない。証拠写真があったとしても、トリック写真だと言われるのが関の山だろう。

たとえ遠野が「この事件は吸血種の仕業だ、政府は吸血種の存在を隠している」などと言いふらしたところで、オカルト研究部のメンバー以外に信じる人間がいるとは思えない。

「法整備を含め、あらゆる面で環境が整っていないので、今の段階で吸血種の存在を一般に公表することは混乱を招くだけです。でも、いずれは知ってもらう必要があります。吸血種は現実に存在し、ヒトと共存していかなければいけないのですから」

　朱里は真剣な表情で続ける。

「たとえば、もし今後、吸血種が大きな事件を起こして、その存在を隠しておけなくなって──そのときに初めて吸血種のことが一般の人たちの知るところとなったら、第一印象として、吸血種イコールおそろしいもの、と認識されてしまいます。その前に、特別有害とか、危険とか、そんなことはなく、ただ吸血種というものが存在するのだということを、知っておいてもらうべきだと思っています。すぐには受け入れられないかもしれませんが、理解し合うためには、まず知ってもらわなければ始まりません。だから、少しずつでも、こうして吸血種でない方に吸血種について知っていただくことは、悪いことではないと──むしろ、双方にとって意味のあることだと思っています。個人的には、ですが」

　おそらく彼女にとって、それは大事なことなのだろう。

　職務としてだけでなく、信念に基づいて話しているのを感じた。

　背筋を伸ばし、少し熱っぽく、まっすぐな目で語る彼女を魅力的だと思ったが、この状況でそれを態度や口に出すほど空気が読めないわけではない。うっかり見惚れてしまいそうになる自分を押しとどめ、頭の中で情報を整理する。

　吸血種の存在を知る民間人は少ない。

そして、ヒトと吸血種の共存を理想としているらしい朱里たちにとって、吸血種に理解のある民間人の存在はただ貴重なだけでなく、望ましいものであるはずだ。

これからの自分の対応次第では、今後も、最低でも「理解ある一般人」の一人として、彼女とつながっていられる可能性があるということだった。

「つまり、実際には、吸血種は危険な存在ではないってことだね？」

「はい。私の所属する対策室にも吸血種のスタッフがいますが、非常に温厚な性格です。ほとんどの吸血種は、血液のためにヒトを襲うようなことはしません。同意の上で血液を提供してくれるパートナーを選んだり……先ほども言いましたが、登録すれば、輸血用の血液を回してもらうこともできます。ヒトを襲う理由も必要もないんです」

「ヒトを襲うような吸血種はごく一部ってことだね。吸血種じゃないヒトの中にも、ごく少数、他人に危害を与える、犯罪を犯す人たちがいるわけだけど、同じような割合なのかな」

「そのとおりです。その、ごく一部の吸血種だけを見て、吸血種全体がヒトにとって有害な存在であるという誤った印象を持たれてしまわないように、あらかじめ、できるだけたくさんの人たちに吸血種について知ってもらうべきだと、私は考えています」

日本国内に吸血種関連問題対策室はまだないと言っていた。その設立を手伝いたいと申し出たら、どうだろう。自分も対策室に入りたいと言ったら？　おそらく彼女は、協力してくれるのではないか。

まずは今回の事件解決に協力し、一般人として、吸血種を知り理解することに前向きであるという姿勢を見せる。事件解決までの短い間にできる限りの好印象を与え、そのうえで、彼女の賛同を得られそうな、吸血種とヒトとの共存のためのビジョンを伝える。具体的に、そのために何をしようと思っているのかも。今後もつきあっていくに値する人間であると思わせ、連絡をとり合う理由を作る。

彼女とのつながりを絶たないためにはどうすればいいか、遠野の脳はフル回転していた。

「今回は、公園で見つかった遺体の件と、それから、さっきの丁字路にあった血の跡、町内で少なくとも二件の殺人事件が起きているみたいだけど、あれはどちらも、吸血種の仕業ってことでいいのかな」

朱里は、神妙な顔で肯定する。

「ほぼ間違いないと思います。私や碧生が呼ばれたのは、そのためです」

公表されていませんが、と前置きしてから言った。

「どちらの被害者も、かなりの量の血液を失った状態で発見されました。現場に残っていた血の量を全部合わせても、失われた血の量に足りませんでした」

つまり、被害者は単に多量の出血をしたというだけでなく、血を抜かれていたということだ。その時点で、普通の犯罪ではないだろう。――住宅街の真ん中に惨殺された遺体を置き去りにしていることだけを見ても、普通の犯罪とは言えないかもしれないが。

「それに、吸血種には独特の気配というか、匂いのようなものがあります。それほど精度は高くありませんが、その気配を数値化して読み取る計測器もあります。警察が測定したところ、事件現場には、吸血種の気配が残っていました」

ほんのわずか、迷うように視線を動かした後、「実は」と朱里が口を開く。

「公園でお会いしたとき、花村さんからも、お友達の皆さんからも、吸血種の気配を感じました。今日もそうですし、先ほど、白衣の……久住さんでしたか、彼女からも。いずれも、残り香、もしくは移り香のような、ごくかすかなものでしたが」

「僕たちから？　それって、どういうことになるのかな」

「花村さんたちの中に吸血種の方がいて、よほどうまく気配を消しているか――もしくは、ごく最近、皆さんが吸血種と接触したかです」

なるほど。初めて公園で顔を合わせたとき、朱里と碧生が不審げに自分たちを見ていたのを思い出した。

「だからさっきも僕に、知り合いに吸血種はいないかって訊いたんだね」

「はい。公園でお会いしたときだけでなく、今も気配は感じているので、昨日たまたま吸血種に接触しただけ、ということはないと思います。移り香のような気配だけなら、それほど長くは残りませんから。花村さんたち自身が吸血種ではないのなら、昨日も今日も、吸血種に会っているということだと思います」

朱里の言う気配、というのがどんなものかはわからないが、彼女の話のとおりなら、昨日と今日の二日間で、自分たち全員が会った誰かの中に吸血種がいたということだ。

同じ大学に通っているのだから、全員がその誰かに会っているというのは別段おかしなことではない。

「身近に吸血種がいて、僕たちはそうと知らずにその人に接している、ってことになるのかな。この大学内にも、吸血種はいるの？」

「花村さんの学生証をお預かりした後、調べてみましたが、名簿に、この大学の学生や職員の名前は確認できませんでした。プライバシーなので、たとえいても、個人名を明かすことはできないんですが……名簿上の数は、市町村単位で見ても多くありません。ただ、私たちに確認できるのは、登録している吸血種だけなので」

「登録していない場合もあるんだね」

「はい。登録することを推奨してはいますが、強制はできませんから」

自ら名簿に登録するような吸血種が、今回のように、吸血種の犯行であることが明らかな形で事件を起こすとは思えなかった。対策室が動くことは目に見えていたはずだし、そうなれば、この町に住む吸血種にとってはマイナスでしかないはずだ。

となると、容疑者は、この町に住む未登録の吸血種の誰か、という可能性が高くなる。犯人を絞り込むために、まずこの付近に住む誰が未登録の吸血種なのかをつきとめる、というのは、捜査の方向性としては間違っていない。

朱里たちは吸血種の気配を感じとることができるようだから、遠野たちが協力すれば、昨日と今日の行動をたどってみて、遠野たちに「気配」とやらを残したのが誰なのかを特定することは、それほど難しいことではないだろう。

（でも、それってもしかして、割とデリケートな問題かも？）

遠野たちに気配を残したのが誰かがわかり、それが名簿に登録していない吸血種だったとしても、その誰かが一連の事件の犯人であるとは限らない。ただ、一人の、未登録の吸血種の素性が明らかになるだけだ。

未登録ということは、その彼、もしくは彼女は、自分が吸血種であることを、対策室にも知られたくないと思っているということではないのか。

事件に関係があるかどうかもわからないのに、いたずらにそのプライバシーを暴くことには抵抗があった。未登録の吸血種が、自分たちと面識のある誰かだとしたら、なおさらだ。

──そうは言っても、初恋の相手にいいところを見せたい、という気持ちのほうが強いので、遠野は朱里たちに協力することになるだろうが。

(僕はともかく、部長とか、朔はそのへん気にするかもなあ)

二人とも、権威や権力には──ことさら、それらによる統制に対しては反発するタイプだ。

一人ずつ個室で話をするというやり方だと、クッションのないままぶつかることになってしまうかもしれない。自分が間に入ったほうがよさそうだ、と考えながら、教師に教えを乞う優等生の顔で朱里に向き直った。まずは前提としての情報を、できるだけ多く仕入れておきたい。

「ちょっとすれ違ったりしただけでも、気配って移るものなのかな。たとえば一時間くらい一緒にいないと、とか、肌が触れそうなくらい近くにいないと気配は移らないってことなら、僕たち全員とそんな形で接触した誰かって、大分限られてくると思うんだけど」

「気配の移り方やそれがどれくらい残るかは、どれくらい長く吸血種と一緒にいたかや、離れてからどれくらいたっているかや、その吸血種の発する気配の強さなどによって変わります。たとえば、皆さんのうちのどなたかが、契約者として吸血種に血を提供しているような場合は──」

「契約者?」

「あっ、すみません。特定の吸血種のパートナーになって、定期的に血液を提供するヒトのことです。多くの場合は、吸血種の家族だったり、恋人だったりしますが……吸血種に血を吸われると、一時的に若返ったり、身体能力が向上したりしますので、そのために吸血種と『契約』するヒトもいるんです」

なるほど、吸血の効能――副産物というべきか――を知れば、若さや能力のためにあえて血を吸われたいと考える人間は、当然いるだろう。吸血種とはウィンウィンの関係だ。

「ですから、今回のようなケースは、本当に稀《まれ》なんです。吸血種は血液を得るために、ヒトを襲う必要はないはずなので――まして、相手が死ぬまで血を吸う必要なんて。吸血種に変化したばかりで加減を知らないにしても、遺体は酷いありさまでした」

まるで力を誇示するような、と言って、朱里は眉根を寄せる。

騒ぎにならないうちにと住宅街の血の跡を消したのが朱里たちなら、犯人は何も隠蔽《いんぺい》工作をしていない。

騒ぎになってもかまわないと思っているのか、もしくは――むしろ、騒ぎにしたいと思っているのかもしれない。もしそうだとしたら、朱里たちは、なりふりかまわず襲ってくるかもしれないような凶悪な相手と、吸血種というものの存在を一般人に隠しながら、不利な状況で対峙《たいじ》しなければならないということになる。

「そもそも吸血種は、吸血種でないヒトと比べると圧倒的に数が少ないので、吸血種による犯罪も、相対的に少ないです。吸血種が、吸血種でないヒトと比べて特に暴力的であるとか、そういうこともありません。ただ、吸血種はヒトと比べて身体能力が高く、その気になれば、素手でヒトを殺害することもできます。たまたま、殺人自体に快楽を見出すような人間が吸血種に変化したような場合は、厄介です。とても」

「そんな危険な相手を、朱里さんと碧生さんだけでつかまえるつもりなの？」

「必要に応じて、応援を要請することもありますが――私たちは訓練を受けていますし、日本の警察にも協力をお願いしているので。逮捕に成功したら、本国に連れ帰ることになるでしょう。吸血種を収容しておけるような刑事施設は、この国にはありませんから」

だから安心してください、というように朱里は毅然と胸を張った。その目は使命感に満ちている。

遠野が心配しているのはこの町の平和ではなく朱里たちの身のほうなのだが、伝わっていないようだ。

「そもそも日本国内で吸血種によるトラブルが起きることは稀なんですが、この周辺では特に、未登録の吸血種たちのネットワークが発達していて、自治ができているようなんです。問題が起きても吸血種の間で解決するから、騒ぎにならない。変化したての吸血種が吸血種でないヒトに迷惑をかけた、というようなこともまったく聞きません。エリアを統治するリーダーのような存在がいるのでしょう。最後に吸血種による事件が問題になったのは、十年近く前のことです」

九年前、立て続けに夜道で女性が襲われる事件が起きて、遠野の目の前で一人の男が逮捕された、あれが最後ということだろう。

訊きたいことがあったけれど、まだ早い気がした。

今は情報を仕入れ、どうすれば朱里たちの役に立てるかを考えることだ。

「その、未登録吸血種のリーダーみたいな人？　を見つけて協力を得られたら、捜査は一気に進展しそうだね」

「はい。でも、難しいと思います。未登録の吸血種たちは、対策室に良い印象を持っていないことが多くて……私たちには見つからないようにしているでしょうし、見つかったとしても協力してもらえるかどうか」

それは、たった今朱里から話を聞いただけの遠野にも想像がついた。未登録でいるのには理由があるだろう。未登録の吸血種たちが、対策室に好意的であるとは思えなかった。

彼らの中にネットワークがあるということは、一人見つけて味方になってもらえれば、全員から情報を集められる可能性があるが、その逆もありえるから、慎重にならざるを得ない。

それこそ、名簿に登録することもなく、ひっそりと社会に溶け込んでいる吸血種のプライバシーを暴いたりすれば、反感を買い、全員を敵に回すことになりかねなかった。

(十年近くトラブルが表に出ていないということは、何かあっても内々で解決して、処理してきたってことだ。それだけ、未登録の吸血種のコミュニティがしっかりしてるってこと)

それなら、彼らもまた、今回の事件については苦々しく思っているはずだ。対策室に加えて警察まで動く事態になってしまったことについても危機感を持っているだろう。

未登録吸血種の自治組織があるということはわかっていても、その実態については朱里もよく把握していないようだ。彼女の言うようにリーダーがいて、自警団のようなものがあるとしたら、彼らのほうでもすでに調査を始めているかもしれない。

事件を収束させたいという思いは同じだろうから、なんとか協力できればいいのだが。

(僕たちに気配を移した吸血種を見つけ出して、事情を話して協力を仰ぐしかないけど、容疑者扱いじゃなく、あくまで捜査の協力者として接する、お願いするって姿勢じゃないと……でも、対策室が未登録の吸血種の身元を調査するってだけで、印象は悪いだろうし)

難しいが、そこに、自分が——対策室とは無関係の人間が、役に立てる余地があるかもしれない。

考えこんでいた遠野に、あの、と朱里が遠慮がちに声をかける。

「すみません、私からも、質問を続けていいでしょうか。こちらからもお訊きしたいことがあったのに、止まってしまっていたので……」

「あ、そうだね。僕のほうからばっかり質問しちゃってた。ごめんごめん、どうぞ、何でも」

「花村さんやお友達の皆さんは、吸血種のことについては、何もご存じなかったんですよね。でも、第一の事件現場だった公園にいらしたり、今日も第二の事件現場を調べていらしたり、一連の事件のことを調べていらっしゃるようでした」

「うん、まあ、近くに用事があったから、そのついでってこともあるんだけど、ニュースで事件のことを知って、気になって。さっきも言ったけど、僕たちはオカルト研究部で、実際の事件をオカルト的な観点から分析するっていう企画を考えてて——秋の学園祭に向けてね。それで、ちょっと調べてみようかってなったんだ。人外の仕業だなんて本気で思ってたわけじゃなかったし、百瀬さん……あの、外にいた髪ふわふわの女の子、彼女は、人狼が犯人なんじゃないかなんて言ってた。確信も何もなく、ちょっと現場を見てみよう、くらいの気持ちだったんだ」

「そうだったんですか……」

そこで、朱里たちと鉢合わせたのは偶然だった。しかし、朱里たちが、遠野たちが事件について何か知っていて調べていると思ったとしても無理はなかった。

「公園での事件についてはテレビで流れてしまいましたが、あの二丁目の角のところで二件目の殺人があったことは報道されていません。でも、皆さんはあの場所が犯行現場だと気づいていましたよね。その理由を教えてください」

「気づいたってほどのことじゃないんだ。ただ、犬がね、壁のほうに鼻を近づけて、ふんふんいってたから、何かあるのかなって気になって。近づいてみたら、ちょっとだけ、ほんとにうっすら、壁の色が違ってる部分があって……それで、もしかしてって思っただけ」

ほとんどただの思いつきだ。第一、あの場所をうろついていたのだって、もともと、朱里と碧生があの場所に立っていたのを千夏が見かけて教えてくれたからだ。ルミノール検査も、事件現場である公園で何か調べている様子だった彼女たちがこの場所にもいたのなら、ここにも何かあるのでは、という考えがあったから思いついたことだった。それで、まるで自分が特別に鋭い観察眼の持ち主であるかのように思われてしまうのはいたたまれない。

「百瀬さんが、ＦＢＩもののドラマとか犯罪捜査とか、そういうのに興味ある子で、ルミノール反応実験キットも持ってるっていうから、試しに調べてみようかなって。そしたらたまたま当たってただけで……あ」

胸の前で手を振ってみせたとき、さっき朱里から受け取って膝の上に置いていた学生証が滑り落ちた。

プラスチック製のそれは、朱里の椅子の左側の床にぺたりと着地する。

ごめんね、と声をかけ、椅子から腰を浮かせて手を伸ばした。

拾ってくれようとしたのだろう、同じタイミングで朱里も手を伸ばし、顔と手が数センチの距離まで近づく。

(うわ)

髪が揺れた拍子に清潔な石鹸《せっけん》のような香りがして、頭の中にあった打算や計画や、仕入れたばかりの情報が、一瞬にして真っ白になった。

手の甲と指先が触れるか触れないかのところで、朱里が弾かれたように手を引く。

「す、すみません」

「……ううん、こっちこそ」

爪の先で、床から学生証を浮かせて拾い上げた。

朱里は、遠野の手に触れそうになった右手を自分の胸に押し当て、左手で隠すようにしている。まるで、毒のあるものにうっかり触りそうになったかのような反応だったが、その目に嫌悪感はなく、むしろ、罪悪感が浮かんでいるのが見てとれる。

預けていた学生証を返してもらったときもそうだった。指が触れそうになると、慌てて手を引き、距離をとる。

朱里の反応は明らかに過敏だ。ほんの少し指が触れることすら我慢できないほどに嫌われているとしたらさすがにショックだが、話しているときの態度や表情を見た限り、そんな感じはしなかった。かといって、「意識されている」などという甘酸っぱい雰囲気でもない。

（もしかして、男全般が苦手……とか？）

「すみません。本当に、あなたがどうというわけではなくて……」

「気にしてないよ。こっちこそごめんね」

内心ものすごく気にしているが、笑顔で言った。

申し訳なさそうな朱里を元気づけるように、明るい声で、かつ優しく提案する。

「あのね、僕の知る限り、オカ研に吸血種はいないし、もしいたとしても、本人は名乗り出ないだろうから、もう、全員一緒に話したほうが効率的なんじゃないかな。同じ説明を何度もするより」

もし彼女が本当に、男性全般との接触に対して拒否反応を示すのなら、距離を詰めるには思っていた以上に慎重にならなければならない。できるだけ無害に見えるように、紳士的に、

「ここ、やっぱりちょっと狭いしね」と付け足す。

朱里が、ほっとした顔をした。成功だ。

「プライバシーに配慮するにしても、皆を集めて、今僕が聞いたのと同じ話をして、そのうえで、個人的に話したいことがあったらこの番号に連絡してくださーい、ってやったほうがいいんじゃないかと思うんだけど、どうかな」

昨日今日の行動を照らし合わせて、全員が接触したのは誰かを割り出すなら、どうせ皆で話をしなければならない。ならば最初から一緒に話をしたほうが合理的だし、朱里も、個室で二人きりで話すより気楽なはずだ。

「そう、ですね。はい、ご配慮ありがとうございます」

「どういたしまして。自分の町で起きてる事件なんだから、解決のために協力できることはしなくちゃね」

(男が苦手なら、駆け引きにも慣れていないだろうし、一度仲良くなりさえすれば、レアな存在になれるってことだしね)

心を許してもらうには時間がかかるかもしれないが、顔も見られない状態ですでに九年待ったのだ。あと数年くらい、どうということもない。

重要なのは仲良くなるまでの時間、彼女の近くにい続けることだ。この事件が解決しても、連絡をとり続けられるような関係になること。それは、この事件の解決のためにどれだけ役に立ち、彼女たちの信頼を得られるかにかかっている。

笑顔で立ち上がってドアを開け、壁に寄って、ドアを手で押さえたまま「どうぞ」と朱里を促した。朱里は戸惑った表情で礼を言い、申し訳なさそうに会釈して部屋を出る。

遠野の前を通るとき触れないように、彼女はほんの少し体を傾けた。


遠野が朱里から聞いた話と、遠野が朱里に話した内容を、他の四人と共有する。

吸血種と聞いて、そんな馬鹿なと笑うような人間は、オカルト研究部には一人もいない。

彼らはあっさりとその存在を受け入れ、興味津々といった様子だった。中でも、千夏は興奮を隠しきれずにいる。

「吸血種は人間にとって危険じゃない、むしろ助け合う関係になれるってことですよね」

こういった反応は予想外だったらしく、むしろ朱里と碧生のほうが戸惑っているようだった。

綾女も、珍しく絵筆を置いて、身体ごと朱里と碧生のほうを向いて話を聞いている。

「なるほど、話を聞いた限りでは、吸血種は、伝承の吸血鬼というより、特異体質の超能力者のようなものか。ヘマトフィリアとは違い、血液は嗜好品ではなく、食糧なんだな？」

「はい。でも、摂取する血液は少量で良いので、映画のように、吸血行為で人を死なせてしまう、などということはほとんどありえません」

「つまり、この一連の事件の犯人は、殺す必要のない人間をあえて殺して、死体を晒《さら》しているということか」

「何のためにそんなことするんでしょうね！　吸血種に対する偏見を助長する行為だってわかってるんですかね」

憤慨した様子で、千夏が言った。

百瀬ちゃんはどういう立場なの、と、まるで吸血種側代表のような口ぶりの彼女に、朔が苦笑する。千夏は、だって、と唇を尖《とが》らせた。

「一般人と吸血種がお互い気兼ねしないで交流できる世の中が早く来てほしいのに、こんな事件のせいで、吸血種の印象が悪くなって、その実現が遅れるなんて許せません。私も事件解決にはできる限りの協力をします」

義憤に燃えた様子で宣言する。

助かります、と朱里が律儀に頭を下げた。

「協力するのはかまわないし、町内で聞き込みをするとかだったら、君たちより俺たちのほうがやりやすいだろうけど……そういうのは、もう警察が動いてるんだろ？　俺たちにできることって何かあるかな」

朔が疑問を口に出すと、はい、ご協力いただけたら助かります、と顔をあげた朱里が彼のほうを向いて答える。それから、室内の皆を見回して言った。

「皆さんには、吸血種に特有の気配が残っていました。この学内には、名簿上登録されている吸血種はいませんから、未登録の吸血種と、どこかで接触したのだと考えられます。それが誰かを突き止めるために、情報を提供していただきたいんです」

「その前に、あなたたち自身が吸血種じゃないってことを確認したいの。協力してもらえるかしら」

それまでは説明を朱里に任せていた碧生が口を開く。

こちらも朱里と同じで、丁寧に、一人一人と目を合わせながらの「お願い」だ。

「もちろん検査は個室でするから、プライバシーは守られるわ。少量の血液を採取させてもらうか、もしくは——」

「それは断る」

説明しかけた碧生の言葉を、綾女の声が遮った。

強い調子ではない。しかし、きっぱりとした口調だった。

皆の視線が彼女に集まる。

それに動じることなく、白衣の両腕を胸の前で組んで、綾女はさらに言った。

「検査に応じれば疑いが晴れるのはわかっている。しかし、血液の採取には応じられない。対策室がどうこうという問題ではなく、たとえば警察からの依頼でも、令状がない限りは応じないだろう」

協力する気満々だったらしい千夏は自分のバッグを両手で抱きしめて、おろおろと綾女と碧生を見比べている。

朔のほうは、顔色一つ変えない。綾女の反応に驚いた様子はなかった。予想していたのだろう。

遠野にも、わかるような気がした。

「それは何故か、教えていただけますか」

碧生ではなく、朱里が丁重に尋ねる。

協力を拒否されたことに対し、気を悪くしたような様子はなかった。碧生もだ。朔が綾女を見るが、綾女の表情は変わらない。

「たとえば自分が、特定の行為によって感染する病原体の持ち主だとして」

綾女が口にした喩《たと》えに、朱里と碧生が、はっとした顔をした。

「意図的にうつそうとしなければ他人にうつらないものでも、その病気になったのが自分のせいでなくても、うつそうと思えばうつせる状況にあるというだけで、犯罪者予備軍のような目で見られるとしたら、いい気はしない。今後危険な行為に及ぶかもしれないから、という理由で、管理しようという考え方自体が気に入らない」

強い口調ではなかったが、厳しい内容を、はっきりと伝える。

「殺人犯を探しているのであって、吸血種を探しているのではないだろう。犯人探しには協力するが、未登録の吸血種をあぶり出す手伝いはしたくない。同じ理由で、私の血液も提供する気はない」

感情的ではなかったが、この上なく明確な意思表示だった。

朱里も碧生も、じっと綾女を見ている。綾女も、目を逸らさなかった。

短い沈黙の後、

「俺も。注射嫌いだし」

ひょいと手をあげて、ごく軽い調子で、朔が綾女に同調する。

千夏は困った顔で、敬愛する先輩二人と朱里たちとの間で視線をさまよわせ、救いを求めるように遠野を見た。

「あ、わ、私は……その」

「僕はいいよ。自分の血を検査されるくらいなら」

遠野が言うと、目に見えてほっとした様子で息を吐く。

朔が苦笑した。彼も綾女も、自分以外の部員にポリシーを押しつけるつもりはないのだ。

「でも、未登録の吸血種を探すのに協力するのは、ちょっと考えてからにさせてほしい。自分以外の誰かのプライバシーだからね。それも、吸血種であることを秘密にしたい人の、重要な情報だから」

僕たちの知ってる人、もしかしたら、友達かもしれないし、と付け足した。

遠野たちに気配を移した吸血種は、吸血種であることを対策室に隠しているという。それを知られてしまったら、場合によっては、彼もしくは彼女はもうこの町にいられなくなるかもしれない。初恋の相手の頼みでも、はいどうぞと情報提供に応じるわけにはいかなかった。

「捜査に協力する気がないわけじゃないんだ。それをわかってもらえるといいんだけど」

「ええ、もちろん」

朱里が口を開きかけたが、彼女より先に碧生が答える。

「ちゃんと考えて話してくれて嬉しい。ちょっと感動しているくらいよ」

きちんと口紅を塗られた唇の、端が笑みの形にあがっている。

意外な反応に、綾女がほんのわずか眉をあげた。

「私たちの話を聞いて、あっさり吸血種の存在について受け入れたってだけでも信じられないくらいなのに、あなたたちは、無闇に吸血種を恐れていない。一度話を聞いただけで、吸血種のことを正しく理解してくれているってことだわ。吸血種は怪物ではなく、特異な体質と能力を持っている以外はヒトと変わらない。そう思っていなければ、彼らの人権について思いが至らないはずだもの」

あなたは誠実な人ね、と綾女のほうを見て嬉しそうに笑う。

いかにも大人の女、といった服装とメイクや言葉遣いとは不釣り合いな、無邪気な笑顔だ。おそらく素なのだろう、そんなふうに笑うと、どきりとするほど幼く見えた。大人っぽいファッションにごまかされていたが、思っていた以上に若いのかもしれない。

しかしすぐに彼女はその笑顔を消して、

「私も朱里も、吸血種が未登録でいることを選択する自由を、侵害するべきではないと思っているわ。でも、今この町で起きている事件を放っておくこともできない。今は手がかりが必要なの。また次の犠牲者が出るかもしれない」

綾女と目を合わせ、真剣な表情で言った。

綾女は彼女の視線を受け止め、落ち着いた口調で言葉を返す。

「そのために、無関係かもしれない誰かの人権を侵害していいということにはならないだろう。少なくとも自分からそれに加担する気はない」

「皆さんのおっしゃっていることは……よく、わかります」

今度は朱里が、そっと一歩進み出て、口を開いた。

「もちろん、皆さんに気配を残したのが誰かがわかっても、この町に住む未登録の吸血種が一人判明するだけで、その人が今回の事件の犯人だということにはなりません。私も碧生も、その人を犯人扱いするつもりはありません。名簿に登録していない吸血種は、同じ境遇の仲間たちの間でネットワークを持っています。一人未登録の吸血種を見つけて、協力を得られれば、事件解決に大きく近づくことができます。そのために、この町の未登録の吸血種と話をしたいんです」

胸に手を当て、お願いします、と綾女に、それから一か所に固まって立っている遠野たちに向かって、頭を下げる。

「捜査の過程で、未登録の吸血種の個人情報がわかったとしても、極力プライバシーに配慮して、決して本人の同意なく公開するようなことはしません。協力をお願いできないか、話だけでもさせてほしいんです。情報提供を強いるようなことは、決して」

「その誰かは、対策室に情報を把握されること自体望んでいないだろう」

冷たく言いながら、綾女の目には迷いが見えた。気持ちが揺らいでいるのがわかる。

ほだされまいとしている、その時点で、ポリシーはさておき手を貸してやりたいと思っているということだ。

妥協点を提示してやるのは自分の役目だろうと思ったので、まあまあ、と苦笑しながら間に入った。

「一晩、考えさせてもらえないかな。今は話を聞いたばかりだし――皆で話し合って、昨日と今日の行動を書き出してみるよ。そのうえで、その情報を二人に伝えるかどうかも話し合いたい。さっきも言ったけど、捜査に協力したくないわけじゃないんだ。ただ、自分以外の誰かのプライバシーに関わることだから、ちゃんと考えてからにしたい」

「……もちろんです」

朱里が表情を和らげ、頷く。

綾女は、彼女にしては珍しく、ばつが悪そうに目を逸らした。綾女は相手が居丈高だと反発するが、丁寧に「お願い」されると弱い。彼女のポリシーと折り合いがつくように条件をつけて調整すれば、協力をとりつけることはできそうだった。一方で朔は、女の子に懇願されようが泣かれようが平気なので情に訴えても意味がないが、綾女ほど確固たる信念があるわけではないから、遠野が口添えすればなんとかなるだろう。

(協力を渋る仲間をまとめあげて捜査に貢献とか、僕かなりおいしいポジションじゃない？)

後で朔には礼を言わなければ。

思わずにこにこしてしまいそうになるのを抑えて言った。

「未登録吸血種のことは別にしても、協力できることはあると思うよ。僕は二十年近くこの近辺に住んでるから、何かいつもと違うことがあったら気づくと思うし……百瀬さんなんか、事件現場のすぐ近くが自宅だしね。自分の町で起きてる事件の解決のために協力したいって気持ちは、ここにいる皆同じだからさ」

「はい。ありがとうございます」

「頼もしいわ」

彼女たちと親しくなるために、どうにかして捜査の協力者になれないか、どうすれば警戒されずにそれが可能かとあれこれ考えを巡らせていたが、こうして彼女たちのほうから協力を求められることになるとは。遠野にとっては、願ってもない展開だ。警戒どころか、「考えてみる」と言っただけで感謝までされている。

そして、どうやら、この調子なら、自らに課した最初のミッションもクリアできそうだ。

ここまでうまくいきすぎていて怖いくらいだったが、ここで油断して台無しにはできない。

緊張を抑えて、姉妹に笑顔を向ける。

がっついて見えないように、あくまで自然に。

「僕の電話番号は渡してあるけど——こちらから話したいことがあったら、どこに連絡すればいいかな?」

かくして遠野は、朱里と碧生の連絡先を入手することに成功した。


大学を出て、遠野たちと別れ、夜道を歩く。

「いい子たちね」

「そうね」

率直な感想だった。

柔軟で、偏見がなく、はっきりしている。そして、もともと彼らがオカルト好きということを差し引いても、不思議に思えるほどに協力的だった。

彼らから、どの程度の情報を得られるかはまだわからないが、慣れない土地で協力者を得られたことは、幸運と考えていいだろう。

「彼らの中に、吸血種はいると思う?」

「わからない。話した感じ、怪しいとは思わなかったけど、断言はできない。全員に気配が残っているということは、あのメンバーの中に吸血種がいると考えたほうが自然だけど」

もしも彼らの中に吸血種がいるとしたら、かなり気配のコントロールに長《た》けている。四人全員から気配を感じるが、そのいずれも薄く、残り香や移り香のようなものなのか、本人から発せられているものなのかは、判断がつかなかった。

「でも、未登録吸血種でもそうでなくても、彼らが協力者であることには変わりがない。彼らが何も知らないのだとしても、吸血種に気配を移されたという事実自体は手がかりになるし、何かを知っているとしても、自発的に話してもらえないなら知らないのと同じことよ」

彼らの中に犯人がいるとは思えないが、念のため事件が起きた日のアリバイだけ調べて、容疑者から完全に外していいとわかったら、彼らのプライバシーまで探る必要はないだろう。協力してくれている彼らに対して、不誠実なことはしたくない。

彼らの中に未登録吸血種がいるのなら、是非他の未登録吸血種たちに話を聞くための仲介をしてほしい――せめてその情報だけでもほしいが、それは強要できることではない。綾女の言うとおり、自分たちは殺人事件の犯人を探しているのであって、未登録の吸血種を検挙したいわけではないから、無理やり話させるわけにもいかない。

後は本人たちの判断に委ねるほかなかった。対策室内部の強硬派には甘いと詰《なじ》られそうだったが、これからしばらく行動をともにして、信用を得られたら、あるいは、彼らのほうから話してくれるかもしれない。

彼ら自身の申告する通り、彼らの中に吸血種がいないのなら、そして自分たちに気配を移した吸血種に心当たりもないのだとしたら、誰が彼らに気配を移したのか。その「誰か」のプライバシーについて彼らは気にしているようだったが、その人物こそが一連の事件の犯人であるかもしれない。彼らに協力してもらえるかどうかで捜査状況は大きく変わる。

彼らに気配を残した吸血種が犯人ではなかったとしても、この町に住む未登録吸血種と接触できるというだけで意味があった。未登録吸血種同士で連絡をとり合っているのなら、その誰かから、また他の未登録吸血種の情報が得られるかもしれない。

しかしそれも、彼らの協力なくしてはどうしようもなかった。

一晩考えると言ってもらえたのだ。一晩は待って、明日にでもまたこちらから、誠意をもって説明しよう。

「まずは予定通り、名簿に登録している吸血種たちに話を聞いて回りましょう。未登録吸血種のネットワークについても、何か情報が得られるかもしれない」

名簿に登録している吸血種と未登録吸血種は、特に対立しているわけではない。むしろ交流があるケースも少なくなかった。しかし、わざわざ未登録であることを選んだ別の吸血種の情報を対策室に漏らせば、情報提供者は仲間内で立場を失うだろう。吸血種には吸血種の生活がある。彼らも社会の中で生きている。

説明される前からそれを理解していたというだけで、オカルト研究部の学生たちは評価に値する。そして同時に、怪しくもあった。

彼らが特別聡明である、という可能性ももちろんあるが、普通は、そこまでは考えが及ばないものだ。

自分や、自分の大事な人が当事者でもなければ。

4

翌日は、一コマしか授業がなかったので、その後で朔と待ち合わせ、早々に部室へ行った。

綾女はいつも通りそこにいて、絵の具を練っていた。

一年生の千夏はまだ授業があるので、合流は午後からになると連絡があった。

朔はデッサン用の肘掛け椅子に座って文庫本を読んでいる。

(何か、変な感じだ)

昨夜は朱里と碧生が、この部室にいたのだ。

夢と現実が融合したかのような、不思議な感覚だった。

(でも、現実なんだ)

朱里にもらった手書きのメモを取り出す。十一桁の電話番号が、きっちりした字で書かれている。当然、もう暗記したし、電話帳にも登録してあったが、メモを捨てる気にはなれなかった。

「意外だったな」

にこにことメモを眺めながら、遠野が、ん？　とおざなりに返事をすると、朔は肘掛け椅子の背もたれに体を預けたまま、顔だけ遠野のほうに向ける。

「未登録の吸血種のプライバシーのこと。おまえのことだから問題点に気づきはしても、自分の恋路が最優先かと思ってたけど」

「そりゃ、最終的にはね。その人には悪いけど、彼女と仲良くなるためだったら何だって利用させてもらうつもりでいるよ。昨日は、彼女たちがああいう考え方が好きそうだったから言っただけ。人権に対する意識があるってとこ見せて、そのうえで協力したほうが印象いいだろ」

「うわー計算高い」

「恋の前にはすべてが許されるんだよ。朔も協力してくれるだろ？」

協力ねえ、と朔は目を細めて思案する顔になった。

脚を組み、肘置きに腕をかける。綾女の絵のモデルになるときにとっているポーズだ。癖になっているのかもしれない。

「彼女たちの所属する対策室って、要するに公権力の側だろ。個人の情報を、それを管理したがってる組織に渡す手伝いをするっていうのは、あんまり気乗りしないけど……」

「おまえ、そんな人権派じゃないだろ。ただ権力側に協力するってことが気に入らないだけなくせに。二人とも、感じよかっただろ？　あんなに一生懸命頼んでるのに、無下にするつもり？　健気だと思わないの。僕たちの町のために来てくれたんだよ。しかも二人とも美人だし」

「美人なのは関係なくない？」

「考えてみなよ、親友の九年越しの恋より大事なことなんてあるのかって。僕との友情より大事なこと、と言い換えてもいい」

「無視かよ。……わかったよ、もう。百瀬ちゃんも喜んで協力するだろうけど、久住先輩はおまえが説得しろよ」

朔はうるさそうにため息をついて、キャンバスに向かっている綾女を目で示した。よし、第一関門はクリアだ。

あとは、綾女だ。目の前で朔が寝返っても、平然と絵筆を動かしている彼女へと向き直る。さて、と姿勢を正した遠野が声をかけるより早く、彼女のほうが口を開いた。

「先月だったか、深夜にアニメを観たんだ」

何の脈絡もない発言だったが、こういうことは珍しくない。そこから思いもかけないルートで話がつながったりするので、遠野も朔も、「何の話ですか」と笑ったりはしなかった。

「部長がアニメ？　珍しいですね」

「ああ、何年か前に話題になっていたSFアニメの再放送だったんだが」

綾女が、パレットの上で絵の具を練りながら、簡単に内容を説明してくれる。

そのアニメなら、遠野も観たことがあった。ごく普通の少年が、子どもにしか操縦できないヒト型兵器に乗り込んで宇宙から来た侵略者と戦うという近未来SFで、謎の多いストーリーや戦う美少女のヒロインが話題になった。

しかし、ヒロインは物語の半ばで、主人公をかばって命を落としてしまう。

友情が芽生え、もしかしたら淡い恋心さえ抱きかけていたかもしれない少女を失って、主人公は悲嘆に暮れる。しかし数日後、ヒロインは以前と変わらない姿で、記憶だけを失って、主人公の前に現れる――。

「実はその少女は、主人公をかばって死んだ少女のクローンなんだ。顔も声も、遺伝子までが同じだが、本人ではない。主人公もそれを知らされるが、物語はそのまま、クローンの少女をヒロインとして進んでいく。果たして彼は、その『二人目』の少女が、『一人目』とは別の存在であると認識しているのか。頭では理解していても、感情の面では、二人を同一視してしまうのではないか？　主人公がどう思っているかは作中では触れられないが、観ている側としては気になったな」

この時点でようやく、何の話なのかわかった。

朔にも訊かれたことだ。

朔がちらっとこちらを見た。

「視聴者の、それもコアなファンの間では、『一人目』だけが正ヒロインであり、『二人目』のことは断固として認めないとする意見もあるようだ。しかし私は、主人公が死んだ『一人目』に操《みさお》を立てるべきで、『二人目』と親しくなるのは裏切りだ、とは思わない。そうなったからといって、『一人目』への気持ちが嘘だったということにもならないと思っている。大切なのはこれからも主人公は生きていかなければならないということと、今目の前にいるのが誰かということだと思うからだ」

「朱里さんは碧生さんのクローンじゃないですよ」

「碧生は生きているしな。成長して、現実に存在している。しかしおまえが一目惚れしたのは、九年前に出会った謎の少女で、昨日ここにいた現在の碧生ではないだろう」

綾女は一度こちらを見て、すぐにまた視線を前へ戻して続ける。

「こんな話もある。十年近く前に読んだ本なんだが、主人公は、古い肖像画の女に一目惚れするんだ。しかし、絵が描かれたのは何百年も前で、モデルになった女性は当然、死んでいる。主人公は、モデルとなった女性について調べ、彼女の歴史をたどっていく。途中は覚えていないが、最後に主人公は、肖像画の女性にそっくりの女性と出会って終わるんだ。もちろん本人じゃない。肖像画の女性の、何代か後の子孫なわけだが」

その話は知らなかったが、言いたいことはわかった。

「顔が同じだからって、あれほど執着していた恋を捨てて、目の前にいる別の女に乗り換えるのかと、そのときは思ったな。私も子どもだった。しかし考えてみれば、もともと顔しか知らずに惚れた女だ。相手は主人公のことを知りもしない。すべてその主人公の中でだけ起きていたことだ。裏切るも何もない」

九年越しの恋だと騒いでいたくせにそんなものかと、咎《とが》めているのではない。ぶっきらぼうな話し方だが、これは、心配してくれているのだ。そして、成功しているかはさておき、慰めようとしている。

思わず口元が緩んでしまった。間が悪いことに、こちらを見た綾女がそれに気づいて、む、と眉根を寄せる。

つまり、と少し腹立たしげに言って、綾女はまた遠野から目を逸らし、前を向いた。

「おまえが朱里ばかり見ているのは誰の目にも明らかだが、気にすることはないと言いたかったんだ」

「僕、気にしてるように見えます？」

「見えないな」

無用な心配だったか、とため息をつく。言わなければよかった、と思っているのがわかった。優しいところを見せるのが恥ずかしいくせに、こうして、気にかけてくれたのが嬉しい。

「必要か否かは関係なく、優しくされるのは嬉しいです。ありがとうございます」

「嫌な奴だな」

「ええ、ひどいな……感謝してるのに」

綾女はもうこちらを向いてくれない。

朔に手振りで、「前を向け」と指示を出す。朔はいつも通り、肘掛け椅子でポーズをとった。

この話題はこれくらいにして、本題に入ることにする。

「未登録の吸血種のプライバシーについては、守られるように朱里さんたちに話してみます。方法を考えますよ。たとえば、対策室にはその人たちの個人情報を知らせずに、僕たちだけでその人と接触して情報提供を依頼するって手もあるし」

「私たちだけで捜査するつもりか？」

「ある程度は……というか、一定の段階までは、それもありかなって。捜査に協力するけど、提供する情報は選択するってことも可能だと思うんです。でもそのためには、まず僕たちが情報を集めないと。どこまでを彼女たちに教えるかはさておき」

まだ千夏は来ていないが、先に少し情報を整理しておいてもいいだろう。そのこと自体については二人にも異論はなさそうだった。遠野は椅子を引き寄せ、二人のほうを向いて座る。

「僕たちが全員、昨日も一昨日も接触した相手って、このメンバー以外で誰かいるかな。僕と朔と百瀬さんは一緒に外出したけど、部長は一緒じゃなかったし」

「通学途中とか帰り道に接触したとか？　あとは食堂とか、学内の、皆が利用する施設の職員さんとかならありえるのかな」

「しかし、あいつとあいつが怪しい、というような候補者が浮かんだとしても、私たちには確かめようがないだろう。吸血種の気配なんてわからないからな。結局、その時点で、朱里たちに確認してもらわなければならなくなる」

「あ、そうでもないかもしれません。朱里さん、吸血種の気配を数値化して計測する機械があるって言ってたから、それを借りられれば……」

外部の人間が借りられるものなのかはわからないが、少なくとも技術的には、朱里と碧生には情報を伏せたまま、遠野たちに気配を残した吸血種が誰かということを突き止めることができそうだ。

学内の人間をかたっぱしから調べていくのは現実的ではないが、候補者を数人に絞れば、計測器でチェックすることもできるはずだった。

朔と綾女も、それなら、と思ったのだろう。さきほどまでより真剣に、自分たちだけでの捜査を現実のものとして考え始めたようだった。

「僕たちに吸血種の気配が移って、それを朱里さんたちが感じたってことは、僕たちがその人と長時間一緒にいたか、その人が、少し接触しただけで移るほど強い気配を発していたか……もしくは、接触した直後だったかだって、朱里さんは言ってたな」

あの日学校を出てから、遠野、朔、千夏の三人は行動をともにしていたから、朱里たちと会う直前に、吸血種とすれ違うなりしたという可能性はある。しかし、一緒に外出していなかった綾女にも同じ気配が残っていたということは、やはり、学内で気配を移されたのだろうか。

「僕たちに移った気配が、僕たちから部長にも移る、ってことはありえるのかな」

「移り香の移り香ってこと？　それは朱里ちゃんに確認しなかったの？」

「うん、あと、触ってなくても気配が移ることはあるのか、とか……あ、距離によって変わるとは言ってたな。じゃあ、抱き合ったり握手したりはしなくても、近くにいるだけで気配が移ることはあるんだろうね。ただ、触ったほうが濃く気配が残るんだ、きっと」

朱里の言っていた計測器で、そういった気配の濃淡までわかるのかどうかは確認していない。もし、これくらいの気配の濃さなら何時間以内に会った相手、というように絞り込みができるのなら、大分捜査は楽になりそうだが。

「そういえば、彼女たちに会ったのは、二回とも、竹内くんの家に行った帰りだね」

ふと思いついた、というように朔が言った。

こちらを振り向こうとして、自分が絵のモデルになっていることを思い出したらしく、顔を前に戻してから綾女に尋ねる。

「先輩、竹内くんが自宅から出なくなったのって、いつごろからでしたっけ」

「二か月……一か月半くらい前からだな」

ちょうど、一件目の事件が起きた頃だ。

報道されてはいないが、二件目の事件が起きたのは一週間前だと、朱里が言っていた。そして事件は、彼の自宅のすぐそばで起きている。二件目の事件現場など、彼の部屋から見下ろせる場所で起きたのだ。

場所と時期。すべてが偶然なのだろうか？

「竹内くん、一週間くらい前までは夜だけは外出していたのが、今はそれすらもなくなったって、お母さんが言ってたよね」

朔が、顔を前に向けたまま、今度は遠野に向かって言う。

そうだね、と遠野が答えると、じろりと睨まれた。

「気づいていたくせに、朱里ちゃんに話さなかったの？　竹内くんのこと」

「あー、まだ、可能性の段階というか……ただの思いつきだからね」

こんな言い訳は通用しないだろうと思ったが、やはり朔にはお見通しのようだ。「そんな理由じゃないくせに」と言わんばかりの目でこちらを見ている。

笑ってごまかすと、責めるというより呆れた顔になった。

(完全に嘘ってわけでもないんだけどなあ)

竹内が夜しか出歩かなかったこと、二件目の事件が起きた頃から夜も外出をしなくなったこと、事件はいずれも彼の自宅のすぐ近くで起きていること。それに加えて、彼を訪ねた直後に会った朱里と碧生が、遠野たちから、吸血種の気配を感じたということ。怪しむ要素はあるが、すべてごく弱い状況証拠でしかない。怪しいと思えば怪しく思えるだけで、どれも偶然かもしれない。

しかし綾女は納得しなかったようだ。絵筆でパレットの絵の具を撫《な》でながら怪訝そうにしている。

「未登録の吸血種であるという情報はともかく、竹内が事件と関係しているかもしれない可能性が高いなら、朱里と碧生に情報を提供しないわけにはいかないだろう。なにしろ、連続殺人事件だ。昨日の時点で頭に浮かんでいたなら、どうして言わなかったんだ」

「今日また竹内くんに話を聞きにいこうと思ってるんです。容疑者扱いはそれからかなと思って」

「確証を得るまで伝えないということか。後輩のプライバシーに配慮したのか？　それとも、朱里と碧生の手を煩わせないように、自分で先に確認しようとしたのか」

「まあ、それはどっちも、ちょっとずつありますけど」

メモに書かれた数字を指でなぞり、うっとりと目を細めた。

もはや文字や筆跡すら愛しいが、それ以上に、彼女が自分を信用してこれを書いてくれたことが嬉しい。調査のためにこの町にいる間しか使われない番号だとしてもだ。再会して二日でそこまで近づけたという事実に、そして、夢にまで見た彼女に手が届きそうになっているという事実に、口元が緩む。ついうっかり、気持ちも緩んで、

「この事件が解決したら、二人とも、この町からいなくなっちゃうんだよなあ――って」

思ったことが、口からこぼれていた。

綾女が絵筆を動かす手を止め、朔も椅子の上からこちらを見る。

彼らのほうを向いて、「愛する人の役には立ちたいけど、ジレンマだよね」と笑ってみせたら、綾女はパレットを置き、頭痛をこらえるように自分のこめかみに手をやった。朔は呆

れた顔で、百瀬ちゃんがいなくてよかったよ、などと呟いている。

「昨日、あの二人に協力できないと言った私が言うのも何だが――いや、私はただ、捜査のためという理由があるからといって無闇にプライバシーを暴くべきではないと言っただけだ。協力自体を拒んだわけじゃない。知っている情報を伏せたせいで犯人逮捕が遅れたら、新たな犠牲者が出るかもしれないんだぞ」

昨日は碧生に、疑うに足りる十分な理由がないならいたずらに個人のプライバシーを侵害すべきではないと、あれほど毅然と主張していた綾女が、今度は真面目に捜査に協力しろと、遠野を諭す側になっている。

朔の目まで冷たく、あれ、僕そんなにダメな感じ？　と、さすがにちょっと不安になった。

「冗談ですよ。ちゃんと話します。ちょっと思っただけですよ。あの二人を引き止めるために事件解決を遅らせようなんて、まさか、本気で考えるわけないじゃないですか、嫌だなあ」

明るく言って取り繕ったが、朔も綾女も、じとりとこちらを見ているだけで笑ってはくれない。これは信じていない目だ。

（……あ、あれ？）

そんなに引かれるようなことを言っただろうか、と思ったが、それを口に出せばさらに視線が冷たくなりそうだったのでやめた。

好きな相手とできるだけ長く一緒にいたい、と思ってしまうのは、当たり前のことだと思うのだが。

サイコパスめ、と綾女が吐き捨て、朔もあきらめたような顔で、知ってたけどね、と息を吐いた。

遠野は、冗談だよ、と何度か繰り返したが、二人の目はしばらくの間冷たいままだった。

☼

千夏が授業に出ている間に、朔と二人で竹内を訪ねることにした。

しばらく訪ねるつもりはなかったのだが、朱里の話を聞いて事情が変わった。遠野たちに気配を残した吸血種は、彼かもしれない。

千夏を待ってもよかったが、なんとなく、日が高いうちに行こうという話になった。たとえ竹内が吸血種だとしても、危険があるとは到底思えなかったが、事件現場のすぐ近くに住んでいる未登録吸血種であれば、一応は容疑者だ。夜に訪ねるのは、少し抵抗がある。

それに、早いうちに彼から何か情報を得ることができれば、今日中にそれを朱里たちに報告できるかもしれない。

三日連続の訪問に、さすがに嫌な顔をされるかと思ったのだが、竹内の母親はむしろ嬉しそうだった。竹内も、驚いてはいるようだったが、ドアを開けてくれ、さらに今度は、部屋に入れてくれた。

引きこもりの部屋と聞いて受ける印象とは違い、散らかってはいない。遠野たちが連日訪ねてきたから、それを機に掃除したのかもしれない。ただ、まだ外は明るいのに、カーテンは引かれていた。

「気が向いたら顔出してなんて言っておいて、昨日の今日でごめんね。竹内くんに訊きたいことがあって」

「はあ……僕にですか」

竹内の部屋には椅子は一つしかなかったので、促されて朔と二人、ベッドのふちに腰かける。キャスターつきのデスクチェアに座った竹内と、向き合った状態になった。

「ちょっとね、意見を聞かせてほしいんだ」

どこか不安げにしている竹内に、朔が笑顔を向け、

「――吸血種について」

さらりと、その言葉を告げた。

竹内は、ぱちぱちと二回瞬きをして、きゅうけつしゅ、と繰り返す。

「えっと……コウモリとか虫とか、全般についてですか？」

注意して反応を見ていたが、竹内の目に動揺はなかった。

ふっと緊張が解ける。

「いや、ヒトに対する吸血行為を行うとされている伝承上のモンスター全般って意味でね。いわゆるヴァンパイアをメインに、グールとか、ラミアとか、マレー半島のペナンガランとか、種類も多いだろ？　研究対象としてはおもしろいかなって思って」

「ああ……」

念のため、朱里たちから計測器を借りられたら確認したほうがいいが、おそらく竹内は吸血種ではない。朔にもわかったのだろう。いつもの調子で、すらすらとそれらしいことを言ってごまかしてしまう。

「学祭の展示、何にしようかって皆で考えてたんだけど、オカルト的な視点から、実際の事件を分析するっていうのはどうかって意見が出てさ。ほら、この近くで殺人事件が起きただろ？　あれも、かなり凄惨な現場だったみたいだから、人間の仕業じゃないとしたら——仮に人外の、たとえば吸血鬼なんかの仕業だとしたら、どういうアプローチができるかなって。不謹慎だけど」

朔がそこまで言ったとき、竹内の顔色が変わった。

吸血種と聞いても反応しなかったが、事件の話には反応したのだ。朔が、ちらりと遠野を見る。

「どうかした？」

「……いえ」

竹内は目を逸らし、言葉を濁した。

ここは追及するところだ、と判断して、「もしかして」と遠野も口を開く。

「——事件のこと、何か知ってる？」

わかりやすく、竹内の目が左右に泳いだ。

目に見えて動揺している。

それでも、竹内が連続殺人の犯人かもしれない、とは思わなかった。

彼は、怯えているように見えた。

「竹内くんが外出しなくなったきっかけは、わからないけど……ちょっと前までは、夜にコンビニに行くくらいはしてたんだよね。一週間前から、それもなくなったって聞いた。人目につかない夜だけはときどき外に出ていたのに、ぱったりそれをやめたってことは、何か理由があるんじゃないのかな」

朔に目配せをして、メインの話し役を交代する。

少し前のめりになって、自分の膝の上で両手の指を組んだ。

「昨日さ、僕たちが帰るとき、暗くなる前に帰ったほうがいいって、最近物騒だからって、言ってくれただろ。もしかして、何か見たことがあったのかな。この辺りは夜は危険だって思うようなものを」

竹内はしばらくまた視線をさまよわせ、答えなかった。

迷っているようだ。話すべきかどうか。

根気強く待っていると、やがて、竹内は下を向いたままで口を開く。

「……誰にも、言ってないんです」

それから、そうっと目をあげて、長く伸びた前髪の間から、探るように遠野と朔を見た。

続けて、というように朔が小さく頷く。言いふらしたりはしないからと、口に出さなくても伝わったはずだ。

それに励まされるように、竹内も頷き返し、

「一週間前の夜、一時か、二時くらいだと思います」

ぽつぽつと、彼が見たもののことを話し出した。

「コンビニに行こうと思って、出かける準備をして、外の様子を確かめようと思って、窓か

ら前の道を見たんです。この辺りは深夜はほとんど人通りがないけど、酔っ払いとかがいて絡まれたら嫌だから……前に一度、そういうことがあったんで。それで、カーテンの隙間から覗いてみたら」

竹内は立ち上がり、閉まっているカーテンを少しだけ開けて、隙間から窓の下を示す。

ルミノール反応のあった、壁の辺りを指差した。

「そこに……」

人が倒れていたのだという。うつぶせで、血まみれだった。塀にも血がたくさん飛んでいて、死んでいるのは明白だった。それも、普通の死体ではないと一目でわかったと、話しながら竹内は顔を引きつらせた。

「はっきりとはわからなかったけど、首や腹のあたりの肉が、えぐれてなくなっているように見えました。血に濡れて、黒くなってて、そう見えただけかもしれないけど」

「そのとき窓の外を見るまでは、異変には気づかなかったんだよね。物音を聞いたりは？」

朔の問いに、竹内は首を横に振る。

「そんなに気にしていたわけじゃないですけど、家の前で人が争っていれば聞こえます。でも、悲鳴とか物音には気づきませんでした。野良猫が喧嘩してるなとか、どこかの犬が吠えてるなとか、それくらいで……前の道を通る人が大声で話していればそれも聞こえますけど、話し声が聞こえたのも、せいぜい十時か十一時くらいが最後だったと思います」

被害者は、悲鳴をあげる間もなく、殺されたということか。争いの果てにではなく、急襲され、何が起きたかもわからないうちに――その割に現場はかなり凄惨だったようだから、死体は殺された後で損壊されたのかもしれない。

「通報はしなかったんだね」

報道されていないのだからそうだろうと思っていたが、確認のために尋ねる。犯人が近くにいるかもしれない状況で外に出てみなかったのは理解できるが、安全な家の中から通報すらしなかったというのは何故だろうと思っただけで、彼を責めるつもりはなかったのだが、

「死体があっただけなら、通報しましたけど」

竹内はぱっと顔をあげ、言い訳をするように言った。

「死体の前に人が立っているのも見えて、怖くなって」

「え、それって、犯人を見たってこと？」

「殺すところを見たわけじゃないですけど……」

何かヒントになる情報が得られるかもしれないとは思っていたが、まさか犯人を目撃していたとは。

思わず身を乗り出した遠野と朔に、竹内は少し体を引いて、困ったように眉を下げ、

「男だったと思います。髪は短かった。そんなに背は高くなくて、黒っぽい、多分革のジャンパーを着て……じっと死体を見ていて、慌てた感じじゃなかったから、ただの通行人じゃないと思いました。写真とか、撮ればよかったのかもしれないけど、そのときは頭が回らなくて」

死体のそばに立っていたという男のことを、少しずつ話し始める。

顔をはっきり見たわけではないらしい。それでも、重要な目撃情報であることは間違いなかった。

「びっくりして、ただ、見ていました。そしたら、そいつが、こちらを向こうとしたんです。気のせいかもしれないけど、ちょっとこっちに体を向けようとしてるように見えて、とっさに窓から離れました。気づかれたかもって、どきどきして、冷や汗だらだらで」

それはそうだろう。

話しているうちにそのときの感情が甦《よみがえ》ったのか、今、窓の下には誰も立っていないのに、まるで誰かの視線から逃げるかのようにカーテンの陰に隠れて、竹内は続ける。

「口封じに来たらどうしようってびくびくしてたけど、そんなことはなくて、十五分くらいしてからもう一度見てみたら、男はいなくなっていました。そのときはほっとしたけど、でも、見られたんじゃないかって不安は消えなくて……確かめようもないし、いつまでも落ち着きませんでした」

　窓から離れ、椅子に戻って下を向いた。

「見られたかどうか、はっきりわからなかったから、今のところ見逃されてるだけかもしれない。自分が通報したってわかったら、目撃者だってことがバレて狙われるかもしれないって……。自分は何も見てなかったことにするのがいいんじゃないかって思ったら」

　通報はできなかったのだと、小さな声で言う。十分理解できる感情だった。竹内はそのことを恥じているようだったが、誰も彼を責めることはできないだろう。

「でもやっぱり気にはなったから、そのうち誰かが通りかかるはずだと思って、カーテンの隙間からときどき見ていたんです。そうしたら、しばらくして、何人か人が来ました。パトカーのサイレンなんかは聞こえなかったけど……なんとなく雰囲気で、警察だって思いました。写真を撮ったり、通行止めの看板みたいなのを設置して、血まみれになっている壁や地面のところをシートで覆ったりして、何かしていました。僕が見ていた限り、通行止めにするまでもなく、誰も通りかかりませんでしたけど」

　しばらくしてシートが外されたときには、もう死体も血も、跡形もなくなっていたのだという。

（対策室の指示だな、きっと）

同じことを考えたらしい朔と視線を交わした。その時点で朱里たちはまだこの町に来ていなかったかもしれないが、第一の事件が吸血種によるものとわかってから、対策室と警察は連携していたはずだ。騒ぎになる前にできるだけ証拠を保全して、現場を清掃したのだろう。

「警察が来たからには、誰かが通報したんだろうって思って安心してたけど、次の日もその次の日も、ニュースにもならないし、あの死体はどうなったんだろう、あれはなんだったんだろうって、わけがわからなくて、不安になって……夢だったのかなとか、もしかして、映画の撮影とかドッキリとかだったのかとも思って、でも誰にも話せなくて……もし、あの死体が本物で、あの男は犯人で、僕にも気づいていたとしたら……目撃したってバレたら、今度は僕が狙われるかもしれないって、怖かったから」

そこまで話して、竹内は顔をあげ、

「信じられませんか」

不安の滲む声で言った。

朔と二人、すぐさま首を横に振る。

「もちろん信じるよ。実は、僕たちたまたま、竹内くんを訪ねた帰りに、警察関係者に声をかけられて、事情を訊かれたんだ。この辺りで殺人事件が起きたらしいってことも聞いた。

町内がパニックにならないように、報道もしないで、秘密裡《り》に捜査しているんだって。オフレコだって言われたんだけど——だから、竹内くんが見たものは夢なんかじゃなくて、本当にあったことだと思うよ」

死体も血痕もなくなってしまったのでは、ますます通報などできるはずもない。証拠もないのに死体を見たと言ったところで、相手にされず、警察の庇護もないまままただ注目を集めて、犯人に気づかれてしまうおそれすらある。実際には朱里たちが捜査をしていたわけだが、竹内はそれを知らなかったのだ。事件のことを知っているのは自分と犯人だけなのではと思ったら、うかつに動けなかったのも無理はない。

よほど不安だったのだろう、遠野の言葉を聞いて、竹内は目に見えてほっとしたようだった。大変だったねと声をかけると、泣き出しそうに顔を歪めた。

どこまで話していいものかわからなかったので、朱里たちの素性については一応伏せて、警察に、公園で起きた事件のことを調べている人たちがいること、竹内が見たものがその事件に関係しているかもしれないことを説明する。吸血種云々については、話すも伏せるも朱里たち次第だ。

「この辺りで怪しい人を見たとか、何か情報があったら教えてくれって、連絡先を聞いてるから、僕たちから捜査担当の人に話してみるよ。その人たちが、竹内くんに話を聞きにくるかもしれないけど、それは問題ないかな」

「はい……その、犯人に知られないように、配慮だけしてもらえれば」

もしも竹内自身が吸血種であるのなら、今回の事件が吸血種の起こしたものであること、その捜査をしているのは対策室の人間に違いないということにはとっくに察しがついているはずだ。しかし彼は、捜査している人間を紹介すると言われても、動揺した様子はなかった。

彼はただの目撃者で、彼のことを朱里たちに話したところで、未登録吸血種のプライバシーは侵害されないということだ。

「犯人がつかまって事件が解決したら、教えてもらえるようにお願いしておくよ。そうしたら竹内くんも、気にしないで外に出られるようになるだろ」

彼が引きこもりがちになったのは事件が起きる前からだから、事件が解決すればすぐに出られるようになるというわけではないだろうが、きっかけくらいにはなるはずだ。

話を聞きにくるときは警察とはわからないようにしてほしいと言っておくと約束し、立ち上がった。朱里たちに連絡しなければならない。

「よろしくお願いします。あの……ありがとうございます」

竹内が、部屋から二階の廊下まで出て、階段の上で見送ってくれる。

彼は、肩の荷を下ろしたような表情になっていた。

携帯電話を取り出した。

「竹内くんは、吸血種じゃないみたいだね」

バス停に向かって歩きながら、朔が言うのに頷いて、携帯電話を取り出した。

竹内は吸血種ではなく、容疑者から外れる上、情報を持っていた。

綾女のポリシーに反することもなく、友人を捜査機関に引き渡す罪悪感を抱くこともなく、朱里たちに協力できる。一番良い結果と言える。

「違っててよかったよ。吸血種ってだけで容疑者扱いはしないだろうけど、事件現場のすぐ近くに住んでて、ちょうど一週間前から引きこもりが悪化してる、となるとさすがに疑われただろうから」

本人の了承をとったから、朱里たちに竹内の名前や自宅を教えることができる。朱里たちが直接会えば、彼が吸血種でないことも確認ができるはずだ。

となると、遠野たちがどこで吸血種の気配を移されたのかを、また考えなければならなくなるが。

「まずは容疑者になり得る未登録吸血種を探す、そのために僕たちに気配を残したのが誰かを調べる、ってやり方は、捜査方法として、合理的ではあるんだ。これ以上犠牲者が出ないうちに事件を解決するためには、やむを得ないところもあるかもしれないけど……部長は怒ってたし、朔も引っかかってたみたいだし、僕もまあ、もやもやするところがないわけでもないし。なんとか、うまくバランスをとればいいんだけどね」

名簿に登録しないことを選んだ吸血種のプライバシーに配慮せず、未登録吸血種たちをかたっぱしから調べていけば、彼らの反感を買う。ただでさえ、吸血種を管理しようとする側である対策室に、未登録吸血種たちは良い感情は持っていないだろうに、朱里たちはさらにやりにくくなるだろう。

「あの二人は、未登録でいることを選択した吸血種に対しても理解があるみたいだったけど、対策室って組織全体の方針としては、また違うだろうからね。『未登録』って呼び方自体、吸血種は登録され管理されるべきだって考えに基づいてる感じだし」

「そうだね。部長も、彼女たちのことは気に入っているみたいだったけど、だからすぐ協力する、ってことにはならないだろうね」

バス停に到着する。時刻表を見ると、次のバスが来るまであと五分ほどあったので、携帯電話の電話帳を開き、朱里の番号を呼び出した。

彼女たちに提供できる、新しい情報が得られたのだ。きっと喜んでもらえる。また少し、近づける。

笑顔で携帯電話を操作している遠野に、ところでさ、と朔が言った。

「おまえの初恋の彼女。九年前の時点で、高校生くらいの外見だったんだろ？　ちょうど、今の朱里ちゃんと同じくらい、十六、七歳ってところかな。似顔絵、そっくりだったし」

「うん？」

「碧生さんって、二十二、三歳じゃないの。服とかメイクは大人っぽいけど、肌の感じとかさ、どう考えたって」

バスの時刻表からこちらへ視線を向けて、

「年齢が合わなくない？」

試すような口ぶりだ。

おまえが気づいてないわけないだろ、と、その目が言っていた。

「うん。だからたぶん、僕の思い違いだったんだよ」

さすが、朔は鋭い。朱里と碧生のどちらが本命なのだと、訊いたときにはもう気づいていたのかもしれない。

さらりと流して、携帯電話を耳に当てる。

「あのとき会った女の子は、十六、七歳じゃなかったんだ」

はい、と電話の向こうで朱里の声がした。

犯人かもしれない男を目撃した人がいる、と朱里に電話をかけ、遠野たちが大学に戻ると、すでに部室は満員だった。

遠野たちよりも先に部室に着いたらしい朱里と碧生は、それぞれ千夏と綾女につかまっている。

朱里は千夏の質問攻めにあっていて、碧生は綾女のスケッチのモデルになっているようだった。意外なことに、碧生はそれなりに楽しそうにしている。

二人とも、待たせている間、少なくとも退屈だけはさせずに済んだようだ。

遠野が簡単に竹内から聞いた話を伝えると、朱里や碧生だけでなく、千夏も声をあげた。

「竹内くん、犯人を目撃したんですか？」

「遺体の近くにいたってだけで、犯人かどうかはまだわからないけどね。目が合いそうになって慌てて窓から離れたから、はっきり顔を見たわけじゃないらしいし」

「窓から事件を目撃した人がいて、でも遺体や血痕は片づけられて事件自体なかったことになってる……ってドラマみたいですよね。竹内くん、そんなこと隠してたのかあ」

私も今日行けばよかった、などと残念そうにしている。

千夏が行けば竹内は喜んだだろうが、今回のような話が聞けたかどうかは怪しい。同級生の可愛い女の子に、殺人鬼の口封じが怖くて家を出られなかったのだとは言いにくかったかもしれない。

「竹内さんが見られた、遺体を処理しに来た複数の人間というのは、対策室からの連絡で動いていた警察の方々です。私たちも報告を受けていますが、現場にいた男性のことは何も聞いていません。竹内さんだけが、その人を目撃したということになります」

竹内を訪ねたのは、彼が自分たちに気配を残した吸血種かもしれないと疑ってのことだったが、思いがけない手がかりに当たった。

犯人につながるかもしれない、唯一の直接的な手がかりだ。

朱里と碧生が、真剣な面持ちで視線を交わす。

「竹内くん自身は、吸血種ではないと思うんだ。僕と朔はさっき会ってきたんだけど、どうかな、気配は残ってる？」

「いいえ。今日は、お会いした瞬間に気配を感じるというようなことはありませんでした。気配を抑えることのできる吸血種もいるので、花村さんが私たちに協力してくださっていることを見越した竹内さんが、気配を残さないようにしていたという可能性もゼロではないですが……可能性としては低いと思います」

「その子が未登録の吸血種なら、私たちを紹介するって言われて同意しないでしょうしね」

朱里も碧生も、竹内を容疑者リストから外したようだ。目撃者として話を聞きたいというので、住所を教えた。母親が心配するといけないので、訪問の前に、遠野から本人に連絡を入れることになっている。

「了承はとってあるよ。ただ、自分が目撃者だってことを犯人に知られたら狙われるかもしれないって、気にしていた」

「わかりました。十分配慮します」

早速、明日の午前中に会いにいくというので、その場で竹内に連絡した。

自分の身の安全のためにも早く解決してほしいと思っているのだろう、竹内は完全に協力姿勢で、事情聴取を快諾してくれる。取り次いだだけの遠野まで感謝されてしまった。

携帯電話をしまい、朱里と碧生に、「明日十一時、オーケーだって」と伝える。碧生は眉をあげて「早い」と喜び、朱里は椅子から立ち上がって「ありがとうございます」と頭を下げた。

「ところで、一ついいかな」

思い出して言うと、朱里が、はい、なんでしょう、と姿勢を正す。

「一件目の事件でも噂になってたし、竹内くんも言ってたことなんだけど、被害者の遺体には、肉をえぐられたみたいな傷痕があったって。獣に食われたみたいな――吸血種の血の吸い方ってそんなの？　イメージだと、被害者の首に牙の痕が二つだけ、みたいな感じだったんだけど」

「あっ、それ私も気になってたんです」

千夏もそう言って、朱里と碧生を見る。

朱里はゆるりと首を振った。

「いえ――花村さんのおっしゃる通り、吸血痕は、もっとずっと小さな傷です。血を吸うために、肉を食いちぎるような必要はありません。おそらく、吸血の痕を消すために、後から傷口をえぐったんじゃないでしょうか」

なるほど、血液を抜かれた死体の首筋に噛み痕があったら、誰だって吸血鬼を連想する。それに、傷口から唾液が検出されたら、犯人へとつながる重要な証拠になる。

遺体を街中に放置し、血をまき散らすような大胆な犯行だが、最低限、吸血種の仕業だと知れ渡らないようにするための配慮はしているということか。しかし、それならもう少し、遺体そのものを隠すなり何なり、やりようがあるはずで、犯人の行動はどうにもちぐはぐに思えた。

「そうでなければ、狂化した吸血種という可能性もありますが……まだ、わかりません。少なくとも、通常の吸血行為の際につくような傷ではありませんから、吸血の後で遺体が損壊された可能性が高いと思っています。遺体は分析中なので、そのうち、もう少し詳しいことがわかるかもしれませんが」

「狂化？」

「ヒトが吸血種になるとき、ごく稀に、血が合わなくて、凶暴な……別の生き物のようになってしまう場合があるんです。それを、私たちは狂化と呼んでいます」

「理性や知性がなくなって、肉体も獣のように変容するの。そうなってしまった状態の吸血種に襲われたなら、今回の遺体に残っていたような噛み痕があってもおかしくないんだけど……それはおそらくないだろうって、私と朱里は考えてる」

朱里の言葉を碧生が引き継いでさらに続ける。

「そもそも、吸血種化するときに狂化してしまうこと自体、すごく珍しいってこともあるけど……狂化した吸血種は野生動物みたいなもので、人目を避けようとか証拠は残さないようにしようなんて意識は働かないはずなの。欲望のままに血を求めて、止められるまで暴れるだけ暴れておしまい。でも、今回の犯人は、狂ってるって感じじゃないわ。被害者は二人にとどまっているし、その竹内くんって人の他には、誰にも目撃されてない。目撃されなかったのは、たまたま運がよかっただけかもしれないけど、狂化した吸血種が、一晩に一人だけ襲って後は身をひそめているなんて考えられない」

　ヒトが吸血種化するのは、吸血種の血液を体内に摂取することによるということは、朱里から聞いて、他のメンバーにも話してある。

　吸血種の血が暴走するようなものか、と綾女が呟き、碧生がそれに頷いた。

「新しい吸血種が生まれるときには、その『新入り』に血を与えた別の吸血種が介在していることになるわけだから、血が合わなくて狂化するようなことがあれば、対策室に連絡がいきそうなものだな」

「ええ、万一のときのために、何人かの吸血種で変化が無事終わるか見守るのが通常みたい。未登録の吸血種でも、仲間が狂化なんてことになったら、さすがに通報してくると思うわ」

　対策室のほうにはそんな通報はなかったから、この町で吸血種が狂化したとは考えていない、ということなのだろう。

「狂化した吸血種に、その、見守ってた吸血種たちまで殺されてるなんてことがなければね」

　朔が、さらりと怖いことを言う。

「そうね。でも、狂化した吸血種に、死体の後始末や証拠隠滅をするような知性はないわ。

そんな事件が起きていたら、私たちの耳に入ってる」

碧生は動じずに返した。

人知れず狂化した吸血種が暴れ回っているという可能性は低そうだ。

それならちょっとは安心できるのかな、と朔は首を左に傾け、思案するように斜め上を見る。

「じゃあ、犯人は、論理的な思考もできる、狂化していない吸血種だとして。それなら、まずは普通の殺人事件の捜査と同じように進めるのがいいんじゃない。普通の吸血種は、体質のほかは、俺たちと変わらないんだろ？」

確かにそうだ。

吸血種による犯行だと聞いて、つい、血を吸う目的での通り魔的な犯行ではないかと思ってしまったが、血を吸うために殺す必要はないのだから、いっそ、吸血種云々を一旦忘れて捜査したほうが見えてくるものもあるかもしれない。

「一理あるかも」

碧生が言って、意見を求めるように朱里を見る。

朱里も、そうですね、と頷いて、朔の意見に同意した。

「確かに、犯人が吸血種であるということばかりに目がいっていたかもしれません。吸血種だって、社会の中で生活している以上、人間関係のもつれで殺人を犯すこともありえるわけですから——吸血種を探す、ということにこだわらず、事件そのものを見ることは有益だと思います」

「普通の殺人事件なら、まずは第一発見者と、被害者の関係者が容疑者になりますよね」

ミステリ好きの千夏が張り切って発言し、

「一件目の事件について、第一発見者はクリーンよ。早朝ジョギングしていた大学生で、会ってきたけど、吸血種ではなかったわ」

碧生がすぐにそれに答える。

「二件目は、匿名《とくめい》で通報があったの。住宅街に死体がある、公園の死体と同じような死に方をしているって……通報者は見つかってないわ」

「意味深だね、それ」

朔が片目を細めた。

「竹内くんが見たっていう男が通報したのかな。だとしたら、そいつは犯人じゃなくて、通りかかっただけってこと？　でも、犯人じゃないなら、通報後に姿を消した理由がよくわからない」

犯人だとしたら、自分で殺しておいて、発見を早めるようなことをするだろうか。たとえば、対策室が動いて、死体を処理してくれるとわかっていて、あえて通報を──いや、死体が見つかると困るなら、最初から、住宅街の真ん中などで殺さなければいいのだ。

「そいつは犯人じゃなくて、ただの通報者である。そいつが犯人で、通報者は別にいる。そいつが犯人で、かつ、通報者である。……どれも、何かしっくりこないな。通報者が犯人とは別の人物なら、何で名乗り出ないんだって話だし。騒ぎになってないのも変だし」

「通報者は未登録吸血種なのかもしれません。関わり合いになりたくなかったのかも……」

「なるほど、それはあるかもね」

竹内が目撃した、革のジャンパーを着た男が犯人なら、彼を見つければ即事件は解決する。たとえ彼が目撃者にすぎないとしても、未登録の吸血種であるのなら、朱里たちの知らない情報を持っているかもしれない。協力が得られ、未登録吸血種たちのネットワークを利用できることになれば、そこから捜査の手を広げることができるだろう。

いずれにしても、革ジャンパーの男を探すことが当面の優先事項になりそうだった。

しかし、竹内の目撃証言がただ一つの手がかりでは、少々心もとない。夜に二階の窓からちらりと見た程度らしいから、そう簡単に特定できるとも思えない。並行して、他に調べられることは調べておくべきだろう。

「被害者二人に接点はあったんですか？」

「いえ、調べた限りでは、特には……同じ町内に住んでいる同士なので、どこかで会っていたとしても不思議はないんですが」

千夏の問いに、朱里が答える。

自宅が近所なら、たとえば同じジムに通っているとか、通勤路が同じだとか、調べているうちに何かしらのつながりは見つかるかもしれない。しかし、同じエリアに住んでいるのだから、行動範囲が重なっているのは当然だ。接点があったとしても、そこから犯人を導き出すのは難しいかもしれない。

千夏は唇に指を当て、首をひねった。

「被害者はＯＬさんと、若い男性なんですよね。被害者のタイプに、犯人の好みは反映されてないような印象を受けます。特に狙ったわけじゃなくて、行きずりの相手を襲ったんでしょうか」

「普通の、っていうのも変だけど、人間のシリアルキラーだって、無差別殺人をする人はいる。今回もそうなのかもしれない。吸血種のシリアルキラーが、ただ、目についた人を殺して血を吸っただけなのかもしれないけど……でも何か、気持ち悪いというか、しっくりこない気がするな。何考えてるのかわからないから、どこから推理していいのかもわからないっていうか……犯人像が見えてこない」

彼女の言葉を受けて朔が言い、

「二件の殺人は、すごく狭い範囲で行われているよね。犯人の活動範囲はかなり限定されると思うんだけど、これは、犯人もそのエリア内に住んでるって考えていいのかな」

意見を求めるように朱里を見る。

「サンプルが二件だけですし、断言できませんが、その可能性は高いと思います」

事件現場の近くに住んでいる千夏が、不安げに眉根を寄せた。ついさっきまで張り切って推理をしていたが、自分の住む町がもはや安全ではないという事実に思いが至ったのだろう。

事件がごく限られた範囲内で起きていることを考えると、同エリアに住んでいる彼女が不安を感じるのは、決して考えすぎとは言えなかった。遠野たちにとっても、他人事《ひとごと》ではない。

おそらくはこの町内に住んでいる、少なくともその周辺を行動範囲にしている、未登録の吸血種が犯人像だ。それは、黒い革のジャンパーを着た男かもしれないし、そうでないかもしれない。

いずれにしても、近隣の吸血種の中から容疑者を絞り込むのが最も効率的な捜査方法であることは間違いなかった。

「――僕たちに気配を移した吸血種が誰かって話なんだけど」

結局、話はそこに戻ってくる。

戻さざるをえないと、皆がわかっていた。

口を開いた遠野に視線が集まる。

「こういうのはどうかな。僕たちは対策室じゃなくて、朱里さんと碧生さん個人に協力する。二人は、僕たちの協力で未登録の吸血種を発見したとしても、その情報を、今回の殺人事件の解決のため以外の目的では使わない。その情報を保管もしないし、対策室本部で共有もしない」

朔とは、ここへ来るまでの道で少し話をしたので、主に綾女と、朱里たち姉妹に向けて話した。

「僕たちは対策室のことはまだよく知らないし、対策室内部でもいろんな意見の人がいるのかもしれないけど、朱里さんと碧生さん個人のことは、信頼できるって思ってる。事件解決のために、役に立ちたいって気持ちもある。だから、事件が解決した後は、その過程で得た情報は破棄して、今後、その人を管理するためには一切使用しないって約束してもらえるなら、久住部長も朔も、安心して協力できると思うんだけど」

もともと、綾女たちも協力したいとは思っていて、そのための理屈をどうつけるかということで悩んでいたわけだから、賛同は得られると思っていた。

「俺はいいよ」

思った通り、朔がすぐに答え、

「私も、それなら異存はない」

綾女も、続けて言う。

朱里と碧生を信じる、ということだ。

碧生の表情が明るくなる。朱里もほっとした様子だったが、すぐに姿勢を正し、真剣な顔で胸に手を当てた。

「捜査以外の目的に個人情報を利用しないこと、私と碧生限りで情報は止めて、名簿には登録しないこと、お約束します。必ず守ります」

生真面目に宣言する。

碧生が、綾女を見て「ありがとう」と目を細めた。綾女は居心地が悪そうだったが、千夏はそれを見て嬉しそうにしている。

「じゃあ、昨日と一昨日の私たちの行動をおさらいするところからでしょうか。竹内くんが吸血種じゃないとすると、私たちに気配を移したのが誰なのかについては、また振り出しですし」

「黒い革のジャンパーを着た人と接触した覚えはないよね。すれ違うくらいはしたかもしれないけど、記憶にはない。俺たちに気配を移した誰かと、竹内くんが見た男は別の吸血種なのかな。俺たちと接触したときは服装が違ったのかもしれないけど」

朔が、うーん、と首をかしげた。

「俺と遠野だけなら、同じ授業をとってるから、教室とかで気配を拾ったのかもって思えるけど……百瀬ちゃんは一年生だし、久住先輩に至ってはほとんど部室から出てないし、どこで接触したのかなあ。俺たちが拾ってきた移り香が、この部室に来て久住先輩に移った、ってことはありえる？」

「よほど強い気配であれば、ありえなくもないですが……。その割には、皆さんから感じた気配も、それほど強くはありませんでした。久住さんから感じた気配は、花村さんたちから感じた気配より薄かったように思いますが、単に時間の経過のせいかもしれません。私たちが先にお会いしたのが、花村さんたちお三方で、ここで久住さんとお会いしたのはその三十分ほど後でしたから」

朱里は、朔のほうを見て丁寧に答えてから、視線を床へ向ける。考えをまとめようとしているのだろう、ゆっくりと確かめるように言った。

「前にも言いましたが、皆さんに残っていた気配がそれほど強くなかったということは、対象者と接触してから時間がたっていたのか、ほんの短い間接触しただけなのか……その相手が気配をコントロールできる吸血種だったという可能性もありますが、そもそも、それほど印象に残るような接触の仕方ではなかったのかもしれません。たとえば、皆で一緒にお店にでも入ったときに、隣りの席にいたお客さんとか……」

「うーん、そこまでいくと思い出せないっていうか、そもそも俺たちが気づいてない可能性があるね」

朔がますます深く首を傾け、朱里も、そうですよね、と申し訳なさそうにする。

どの道を通ったとかどこで食事をしたとか、そういうことを書き出してみて、同じ道をたどってみることくらいしか、できることはなさそうだ。それで何か思い出すこともあるかもしれないが、たまたますれ違ったり近くのテーブルについただけの相手だったら、見つけ出すことは難しいだろう。朱里たちは吸血種の気配を感じることができるのだから、彼女たちに大学の敷地内を回ってもらったり、昨日、一昨日と遠野たちが通った道を一緒に歩いたりして、何か彼女たちのセンサーに引っ掛かるのを待つしかない。

望みは薄いが、何もしないよりはましだ。

「今日は、僕たちから気配は感じないんだよね？」

思い出して、朱里たちに確認する。

「ええ。昨日や一昨日は、すぐに、それとわかるような気配を感じました」

「ってことは、僕たち四人は吸血種じゃないとわかってもらえた、ってことでいい？」

「悪いけど、断言はできないわ。気配を消すのがうまい吸血種もいるし」

申し訳なさそうに眉を下げて首を振った後で、碧生は笑顔になり、「でもね」と続けた。

「正直なところ、あなたたちが吸血種かどうかは、もうあまり気にしなくていいかなって思ってるの。あなたたちの中に未登録吸血種がいるのなら、できれば他の仲間の情報も教えてほしいけど、それは強要できることじゃないしね。あなたたちが未登録吸血種だとしてもそうでないとしても、こうして捜査に協力してくれていることには感謝するわ」

可能な限りで協力してくれるのなら、事件に直接関係のないことについては追及しない、ということらしい。遠野としては、彼女たちと、事件に関係のない話をたくさんしたいし、そのためなら自分の個人情報などいくらでも明かすつもりなのだが、碧生は誠意を示しているのだろう。

「あなたたちに気配を移した吸血種がわかったとしても、その人が犯人じゃないなら、やっぱり同じように、協力をお願いすることしかできない。吸血種だろうがそうでなかろうが、犯人以外は『善良な一市民』だもの、仲間について無理やり口を割らせるなんてできるわけないんだから」

「そういう考え方でいてくれるなら、こっちも協力しやすいよ。あの人が吸血種かもしれないと思っても、取り調べで酷い目に遭うかもしれないとなると、なかなか申告できないけど」

朔は碧生の言葉を好意的に受け止めたようだ。綾女も同様らしく、

「明日までに、各自、二日分の行動記録を書き出してくる。それを照らし合わせて、全員が行った場所、会った人をリスト化する——ということでいいか。とりあえずは」

珍しく自分から、そう提案する。

朱里が、はい、お願いします、と嬉しそうに頭を下げた。

明日は、遠野と朔は午前中の授業がないので、竹内宅に朱里と碧生を案内し、午後の授業を終えてから部室に集まって、行動記録を照らし合わせてみることになった。明日もまた会えるということだ。

被害者が増えることは望まないが、事件解決までもうちょっと時間がかかるといいなあ、と遠野は自分勝手なことを思う。

と、薄手のコートに袖を通し、帰り支度をしていた朔が、ついでのように言った。

「そういえば、二人とも、大学の構内はまだちゃんと見て回ってないんだよね。遠野、案内してあげたら？　俺は今日用事があるから先に帰るけど」

碧生と朱里は、ぱっと遠野のほうを見る。

「そうしてもらえるなら助かるわ」

「お願いしていいでしょうか」

ナイスアシスト。さすが朔だ。

もちろん、と朗らかに答え、遠野は親友に感謝の目配せをした。

今度何か奢《おご》ろう。


食堂を案内している途中で、碧生の携帯電話が鳴った。

「ごめんなさい、ちょっと待ってて」

仕事の電話だろう。碧生が離れていき、遠野は朱里と二人で食堂の真ん中に残される。

ちょうどいいから休憩しようか、と朱里に声をかけ、無料のお茶のサーバーで三つの湯呑《ゆのみ》みにお茶を汲み、空いていた席に腰を下ろした。

朱里は丁寧に礼を言って湯呑みを受け取り、薄いお茶に口をつける。仕草が上品で、指先までできれいだった。

見惚れていると朱里が顔をあげ、視線が合う。

何でしょう？　というように首を傾げられたので、

「さっきのことだけど」

ただ見惚れていただけだとは言わず、訊きたかったことを訊くことにした。

「僕たちが吸血種かどうかはもう気にしないって、碧生さんが言ってたよね。それって、この事件においては、犯人かどうかが大事なわけで、犯人かどうかの判断の一つの要素として、吸血種かどうかってことが入ってくるだけで――つまり、犯人じゃないことがはっきりしていれば、その人が吸血種かどうかは関係ない、ってことだよね」

「はい。あなたたちが吸血種かどうかはともかく、今回の事件の犯人でないことはわかっています。犯人なら、わざわざ私たちに接触してくるわけがありませんから。善意の協力者である以上、プライバシーは尊重します」

吸血種だろうがそうでなかろうが、提供される情報が有意義なものならかまわないということだ。それは柔軟なだけでなく、合理的な考え方だった。事実、その姿勢を見せたことで、朔や綾女も協力的になった。

「個人的に交流するぶんには、どう思う？　相手が吸血種かどうかって、重要かな」

「友人や同僚として、一個人としてつきあう上で、ということですか？」

遠野が頷くと、朱里は両手で湯呑みを包むようにして、じっとその中を見つめ、少しの間真剣な表情で黙っていた。

それから、

「私は……それは、重要なことではないと考えています。吸血種も、ヒトと……吸血種じゃない人と、変わらないと。でも、そう思わない人もいます」

静かに、ゆっくりと答える。

彼女ならそう答えるだろうと思っていたが、きちんと考えて答えてくれたことが嬉しかった。

しかし、訊きたいのはここからだ。少し首を傾け、朱里の顔を覗き込むようにして尋ねる。

「じゃあもし僕が吸血種でも、朱里さん、僕と仲良くしてくれる？」

「花村さんが吸血種だったら、私に近づいたりしないでしょう。私は、対策室の人間です。特に吸血種には、疎ましい存在です」

「そんなことないよ」

朱里は顔をあげて、遠野を見た。

至近距離で視線が合う。

「吸血種かそうでないかなんて、人種とか信仰とか文化の違い程度のことでしょ。大事なのは個人の性格が合うかどうかだよ。仕事の内容だって同じで、朱里さんが吸血種を管理する仕事についていたって、僕を管理するつもりかどうかは別の話だし」

さっきまでの話で、遠野が――遠野を含めるオカルト研究部の全員がそう思っていることは、十分伝わっていると思っていたのに、朱里は驚いたように目を見開いている。

それから、湯呑みを顎の高さで持ったまま、ふんわりと微笑んだ。

「……その考えは、すてきだと思います」

花がほころぶような笑顔だ。

嘘は一つもついていないが、あんまり嬉しそうに笑うので、さすがに少し胸が痛んだ。

ごめんね、下心で。

5

朱里と碧生を竹内宅まで案内した後、朔と二人でぶらぶらと歩いて、一件目の事件のあった公園へ立ち寄った。

竹内の部屋に、四人で入るのはさすがにきつい。遠野と朔は、辺りを散歩しながら話が終わるのを待つことにした。

天気予報によれば雨は降らないはずだが、今にも降り出しそうなどんよりとした曇り空だ。

「散歩はいいとして、何でここ？　普通に立ち入り禁止なんじゃないの」

朔は呆れた顔だが、そう言いながら、平然と黄色いテープを跨《また》いで遠野より先に中へ入っていく。遠野も急いで続いた。朔ほど脚が長くないので、ひょいと跨ぐ、というわけにはいかなかったが、そこは意地で、なんとか手を使わずに乗り越える。

「現場百回って言うだろ。犯人は現場に戻るとも言うしさ」

万一誰かに見つかって怒られても、謝ればいいだけだ。

前回は、ここで朱里たちに会って、現場検証どころではなくなってしまったが、やはり一度は現場をちゃんと見ておきたい。

先に中へ入っていた朔が立ち止まった。どうしたのかと彼を見て、それから彼の視線を追って、気がつく。

先客がいた。

男だ。薄い金髪にがっしりした体つき、革のジャンパーではないが、黒い服を着ている。顔はちらりとしか見えなかったが、どうやら外国人のようだ。

片手に小型のゲーム機のようなものを持って、大きな滑り台の前をうろうろしている。

「朱里さんたちの仲間かな？　声かけてみようか」

近づこうとしたら、朔に腕をつかまれた。

馬鹿、と小声で、慌てた様子でたしなめられる。

「犯人だったらどうするんだよ。さっき、犯人は現場に戻るって自分で言っただろ」

昼間に堂々と出歩いているではないかと思ったが、今日は曇りだし、日光への耐性については個体差があると朱里たちが言っていたのを思い出した。確かに、その可能性はある。朱里たちから、対策室の仲間が来る予定があるとも聞いていない。

しかし、だったらなおさら、あの男を追えば何かの手がかりになるかもしれない。

迷っているうちに、男は、遠野たちが入ってきたのとは反対側から出ていってしまう。朔は携帯電話を取り出して、男の後ろ姿を撮影した。しかし、すでに大分距離が開いているし、この位置から撮った写真では、後で顔を確認できるかどうかも怪しい。

「朔、追いかけよう。気づかれないようにこっそり尾行して――」

「ちょっと、危ないってば！　遠野！」

焦ったような朔の声が追ってきたが、構わず走った。

たとえ見つかっても、日中、人目のある場所で、いきなり襲われたりはしないだろう。

男の姿は、すでに見えなくなっている。勢いのまま黄色いテープを乗り越えたところで、

「わっ」

膝までの高さの茶色い塊にぶつかりそうになって、着地の時点でバランスを崩した。

植え込みがあって気づかなかったが、散歩中の犬が、ちょうど公園の入口に差し掛かったところだったらしい。

遠野が急に飛び出したので、犬のほうも驚いたのだろう。

ぶつかりはしなかったが、おん、と大きく一声吠えられる。

右足は無事地面についたが、左足がテープに引っかかり、なんとか体勢を整えたものの、片足で体重を支えきれず結局尻もちをついた。

「すみません！　大丈夫ですか」

犬の飼い主がしゃがみこんで犬の首輪をつかみ、慌てた様子で遠野の顔を覗き込む。朔も駆け寄ってくる。

金髪の男を追うことはあきらめて、座り込んだまま、はは、と照れ笑いを返した。

普段の運動不足が祟った。

「うちの犬が、すみません。大丈夫ですか」

「いえ、僕こそ、急に飛び出して驚かせて——」

申し訳なさそうに謝られて、むしろこちらがいたたまれない。怪我は擦り傷くらいだし、そもそも、自分が勝手に足をひっかけて転んだだけだ。

気にしないでください、と言いかけて気がついた。

犬の首輪をつかんでいたのは、一昨日、竹内宅の前で言葉を交わした、あの老人だった。

老人は、三田村隆《みたむらたかし》と名乗った。

公園からそう離れていないところに住んでいるという。

大した怪我ではないと言ったのだが、手当をすると彼が言い張るので、朔と二人で、庭のある古い一軒家までついていった。

三田村は遠野たちを縁側のある和室に通すと、包帯とガーゼを持ってきて、怪我の手当をしてくれる。植え込みの土台部分で肘を擦りむいただけの傷に対して、どう考えても過剰だったが、あいにく絆創膏《ばんそうこう》がないのだと申し訳なさそうに言った。

「私もこの間、庭仕事の最中に怪我をして、それで数年ぶりに包帯なんて買ったんです。滅多に怪我なんてしないもので、手当の仕方もよくわからなくて、不細工になってしまいましたが」

言われてみれば、三田村のシャツの左袖口から、包帯が覗いている。包帯が緩んでいて、下にうっすら血の滲んだガーゼも見えた。

犬は、タロウという名前らしい。今は庭につながれている。シートを敷いた一角があり、その上に餌皿らしい、プラスチックのトレイが置いてあった。丸いものが一つ、四角いものが二つ。

犬は一匹ではないのか、と辺りを見回したが、

「うちにいるのはこの子だけなんですが、ときどき、野良の友達を連れてくるもので。よくないのはわかっているんですが、つい……」

三田村が、ばつが悪そうに言った。

見ると、庭の木の比較的低いところにある枝に、カットした果物が挿してある。これは鳥

の餌だろう。三田村は動物好きらしい。というより、一人暮らしが淋しいのかもしれない。

彼には家族がいないようだった。

「お一人でお住まいなんですか」

「ええ、ずっと昔に妻と死に別れまして、それからは。この家に引っ越してきたのは、一人になってからなんです。広すぎるかと思ったんですが、庭がある家に住みたくて……昔住んでいた家に、少し似ていたものですから」

朔の質問に答えながら、三田村は慣れない手つきで傷のまわりを拭き、ガーゼをあてて包帯を巻いてくれる。

傷を直視しないようにしているようだったから、血を見るのが苦手なのかもしれない。朔が、俺やりましょうか、と申し出るのを、「もう済みますから」と微笑んで断った。責任を感じているらしい。

「この家は気に入っていますが、やっぱりね、一人だと、淋しくなることもあります。もう慣れたつもりでも、ふとしたときに、押し潰されそうになりますよ。これから先ずっと自分は一人なんだろうかなんて、考え始めると頭がおかしくなりそうで……すみません、こんな話つまらないですね」

「いえ……」

「長く生きていると、そういうこともあります。でも今は、タロウがいてくれますから……私にとっては唯一の家族です」

そう言って庭のほうへと目を向け、三田村は目を細める。

彼の物腰や話し方は穏やかで、もともと饒舌《じょうぜつ》な人ではないとわかるのに、ほぼ初対面の自分たちに、こんな話をすることが意外だった。それが、淋しいということなのかもしれない。

彼は小さなはさみで包帯の端を切り、手当を終えた。

「よし、これで大丈夫かな。本当にすみませんでした。お茶を淹《い》れますから、飲んでいってください。お菓子も何もないんですが」

「おかまいなく、かえって申し訳ないくらいです。僕のほうがタロウを驚かせたのに」

「いやいや」

三田村が台所へ向かいながら「久しぶりのお客様です」と笑うので、それ以上固辞することはやめる。

手当に使った包帯とガーゼをまとめて持ち、朔が立ち上がった。

「これ、どこにしまえばいいですか？」

「ああ、すみません、お願いしていいですか。そこの引き出しの一番下が空いているので」

和室の壁際に、古そうな箪笥《たんす》がぽつんとある。

朔が近づいて畳に膝をつき、一番下の段を開けた。

「何か入ってるみたいですけど、一緒に入れちゃっていいですか？　あれ、これ——っぁ」

痛、とあまり緊迫感のない声で言って、朔が、引き出しの中を探っていた右手を引く。

小さな声だったが、台所にいた三田村がすっ飛んできた。

「怪我をしましたか!?」

「あ、いえ、平気です。……あれ？」

自分の右手の人差し指を見て、朔が驚いた顔をする。

遠野が立ち上がってそばへ行き覗き込むと、指先に赤い筋が入って、血が流れ出していた。

「心臓より高い位置にあげたほうがいいらしいよ」

朔の手首をつかんで上へあげさせながら、遠野が引き出しの中を見ると、茶色い革の鞘《さや》に入ったナイフが入っていた。鞘がずれて、ほんの少し刃の部分が露出している。朔はたまま、そこに触ってしまったらしい。

朔は、血を見て初めて自分が怪我をしていることに気づいた、といった様子で、自分の指を血が伝うのを不思議そうに眺めている。

遠野はポケットからティッシュを出して渡してやった。ようやく朔は指に伝った血をぬぐい、傷にティッシュをあてる。

「結構、血が出てるけど。何ぼんやりしてんの」

「こんなすっぱり切れてると思わなくてびっくりしたんだよ。でも深くはないから平気」

心配そうな三田村に、「ほんとにちょっとかすっただけです」と笑って言った。しかし、ペーパーカットなどとはわけが違う。血を拭いておしまい、というわけにはいかない。

しばらく傷口を押さえて血が止まるのを待ってから、しまうはずだった包帯とガーゼを再び借りて、今度は遠野が朔の指に包帯を巻いてやった。指を切っただけなのに包帯って、と朔は居心地悪そうにしていたが、この家には絆創膏がないというのだから仕方がない。本人が言うほど浅くもないようで、ガーゼにじわりと血が滲んでいた。

「すみません、勝手に怪我人を増やして、包帯使っちゃって」

「とんでもない、こちらのせいで怪我をさせてしまって申し訳ない。そうだ、包帯とガーゼを持っていってください。交換が必要でしょう」

「三田村さんにも必要でしょう、腕を怪我してるじゃないですか」

「これはもうほとんど治っているんです。私にはもう要りませんから」

三田村は平謝りだった。

手当の後でお茶をごちそうになり、何故かガーゼと包帯まで持たされて、三田村宅を出る。

玄関を出てすぐ右手に庭があり、縁側から、さっきまで自分たちがいた和室が見えた。

庭につながれた犬のタロウは、客が来て落ち着かないのか、体を振ったり、しきりに土の匂いを嗅いだりしている。

そういえば、この犬が壁の匂いを嗅いでいたから、遠野は竹内宅の前の道で、第二の事件があったという可能性に気づいたのだった。おそらく三田村は、タロウを連れて毎日のように、犯行現場の前を通っている。

「三田村さん、タロウの散歩、夜することもあるって言ってましたよね。それ、やめたほうがいいかもしれません。最近、この辺りで不審者を見かけるって噂を聞くので」

「不審者、ですか？」

三田村は不安げに眉をひそめた。彼にとっては初耳だろう。第二の事件については公表されていない。

「ちょっと前に、公園で女性の遺体が発見された事件、ありましたよね。それと同じ犯人かもしれないって……他にも、襲われて大怪我をした人がいるらしいんです。噂ですし、あんまり広めるのも無責任だと思うんですけど、あの辺りをよく通るなら、気をつけたほうがいいんじゃないかと思って」

周辺住民がパニックにならないよう配慮して、第二の事件については存在自体が伏せられていると朱里たちは言っていたが、これくらいならいいだろう。

今日もこの間も、タロウと三田村に会ったエリアは、ちょうど事件が起きた付近だ。昼間はいいが、夜になれば、あの辺りはまさに危険地帯だった。普通の不審者なら、わざわざ犬を連れた人間を襲ったりはしないだろうが、相手が吸血種では安心できない。

「そうなんですか……ありがとうございます。気をつけます。もう、夜の散歩はやめようと思っていたところでしたし」

急におかしなことを言い出す奴だと思われても仕方がなかったが、三田村は神妙な顔つきでそう言った。

タロウはまだ少し落ち着かない様子で、遠野たちを見送りに出てきた飼い主の足元に鼻をこすりつけている。

「朱里さんたちも、そろそろ終わる頃かな」

三田村宅を出て歩きながら腕時計を見ると、いい時間だった。

散歩して時間を潰して、たまたま帰りが一緒になったふりをする……というのは時間的に無理があるだろうか、と思っていたので、ちょうどよかった。

「さっき公園にいた奴、写真撮ったよね。二人に報告して、竹内くんが見た男と同じかどうか、本人に確認しよう。合流する理由ができてラッキーだった」

「理由なんかなくても、待ってればよかったのに」

呆れたように言いながら、朔は、撮った写真を早速、遠野の携帯電話へと送ってくれる。

写真はかなり離れたところから撮ったもので、男の横顔がほんの少し写っているだけだったが、写り込んだ公園の植え込みの高さなどから、体格や身長くらいは割り出せそうだ。

犯人ではないにしろ、立ち入り禁止になっていた事件現場をうろついていたのだから、何らかの情報を持っている可能性は高い。ただの野次馬という可能性もゼロではないが、竹内が窓から見た男と同一人物かもしれないし、犯人に心当たりのある未登録吸血種が現場を見にきていたのかもしれない。朱里たちに話す価値のある情報だった。

「いやあ、用もないのに待ってるとか、ちょっと重いっていうか、引かれちゃうだろ。タイミングを見計らって、偶然を装って合流しようかなって思ってたけど、公園で見た男のことを伝えるためって言えば自然だもんね。神様が味方してくれてるのかも」

いつもの軽口だ。呆れるか笑うかしながら、「はいはい」といなされるのを予想していたのだが、

「そこまで気を遣う必要ないと思うけど」

朔は携帯電話をコートのポケットにしまい、そんなことを言った。

「慎重になるのもいいけど、今のところ好感触みたいだし、もっと素のおまえも見せていけ

ば。まあ、猫かぶってるのも素もあんまり変わらないかもしれないけど」

おや、と思う。朔のほうから、遠野の恋路について踏み込んでくるのは珍しい。

もっとも、いつもは遠野が自分から、さんざん一方的に語り散らしているので、その必要もなかっただけかもしれないが。

「素の僕なんて、彼女に恋するただの男だよ」

「ごまかすなよ。わかってると思うけど、この事件はいつかは解決するよ。一年も二年も捜査は続かない。彼女たちは、俺たちと一緒に行動していないときだって捜査をしてるだろうし、警察も動いてる。もしかしたら今日、明日にでも、犯人が見つかるかもしれない」

確かにその通りだ。

事件の解決は望ましいし、彼女に感謝もされるだろう。しかしそれでは、協力してくれてありがとう、で終わってしまう。彼女にとっては、現地で協力的な人間がいて助かった、という程度の思い出にしかならないだろう。

吸血種に興味がある、対策室に入りたいと言えば、きっと話を聞いてくれるだろうし、電話番号やメールアドレスを教えてくれるかもしれない。しかし、彼女と個人的な関係にはなれない。

連絡する術《すべ》がある、というだけではだめなのだ。それだけでは、もう一度会うために、また長い時間と努力が必要になる。

もともと、九年もの間、名前すら知らないまま想っていた相手だ。つながりを持っていられるなら、また会うためのチャンスがもらえるなら、それでもいいと思っていたけれど——

「気づいてるだろ。おまえが気づいてないわけがない。彼女は——」

「うん」

やはり朔も気づいていたらしい。綾女も、もしかしたら気づいているかもしれない。

「おまえはそれをわかってて、でも、気持ちは変わってないんだ。それは、伝えるべきだと俺は思う」

遠野より一歩先を歩きながら、朔が珍しく真剣な顔で言った。

「やっと会えたんだろ。好きだって、言わなくていいの。言う前にお別れになっちゃうかもしれないのに」

「彼女にしてみれば、会ったばかりの男だしね。ちょっと男が苦手っぽい感じもあるし、あんまりぐいぐいいったら引かれちゃうよ。協力してるのも全部下心だってバレたら、幻滅されるだろうし」

「確かにおまえは変態だけど、変態なりに紳士だし、いい奴だから大丈夫だよ。偶然を装ったり、町の平和のために協力するなんて建前なくたって、好きな子のために頑張ることの何がダメなの」

その台詞《せりふ》があまりに意外で、思わず足を止める。

朔はもっと、冷めた男だと思っていた。

そんなことを考えているというのには驚いたし、それを口に出したことにはもっと驚いた。

遠野が止まったせいで数歩分の距離が開いて、仕方なく、といった様子で朔も立ち止まる。振り向いて、遠野を見た。

さすがに面と向かっては気恥ずかしいのか、コートのポケットに両手を入れて、顔はこちらに向けていたが目は逸らして、口を開く。

「引かれたりしないって。話してればわかるだろ。もし、九年もずっと好きで忘れなかったって言われて、気持ち悪がるような女ならやめたほうがいいよ。そんな女におまえはもったいないよ」

十分驚いていたところに、さらにその上をいく発言が来て、軽口すら返せなくなった。

遠野が言葉を失っていると、照れ隠しなのか、不機嫌そうに眉根を寄せた朔に睨まれる。

「何」

「いや、朔っていい奴だったんだなあって思って」

ちょっと感動して、とは恥ずかしいので言わないことにした。

顔が好みなので仲良くしていたが——どうせ毎日顔を合わせるなら、顔の造形が好みであるほうがいい——朔と真面目な話をしたことはあまりなくて、初恋の彼女の話も、いつも遠野が一方的にするだけだった。いつか再会できたら協力してねと冗談のように言って、冗談のようにはいはい任せといてと、そう返されていた。

初恋の彼女のことだけが大事で、それ以外にはあまり興味のない遠野と、何でもそつなくこなすくせに、いつも全部を他人事のような目で見ている朔は、マイペースなところだけが似ていて、多分、だから居心地がよかった。

なんとなく気が合って一緒にいたが、思っていた以上に、朔は自分のことを、ちゃんと友達だと思ってくれていたようだ。

「何それ、俺を何だと思ってたの」

遠野の言葉にふっと笑って、朔がいつもの調子に戻る。

自然と口元が緩んだ。

自分のような、価値観の偏った人間にとっても、友人に好意を示されると嬉しいのだということがわかった。

立ち止まったせいで開いていた、数歩分の距離を詰める。

「朔の眼鏡が度なしのおしゃれ眼鏡だってわかったとき、仲間だと思ってたのに、この似非《えせ》眼鏡男子め、って思ってごめん」

「それ言う必要あった？　いいけどさ、今さら」

また並んで歩き出した。

足取りが軽い。

朔は歩きながら、上機嫌の遠野をちらりと見た。

「神様はどうか知らないけど、俺は味方だよ。心強いだろ」

「すごく」


名簿に登録している吸血種たちに話を聞いて回ったところ、噂に聞いていたとおり、都内の未登録吸血種たちにはリーダーがいて、非常な情報通だということだった。

話を聞いた吸血種たちの中には、彼もしくは彼女と会ったことのある者はいなかったが、皆その存在を知っていた。

「独自の情報網があるらしくって、吸血種に関係する事件があったとか対策室の人が来ているとか、そういう情報を、私たち……名簿に登録している吸血種にも、伝わるようにしてくれます。ユエさんって呼ばれていて、未登録の吸血種たちにはすごく人望があるみたいです。噂ですけど、とても強い吸血種だって」

二件の殺人事件のことも、すでに吸血種たちは知っていた。対策室の人間たちが捜査を始めたことも。

情報は力だ。

そのユエという吸血種は、未登録吸血種のリーダーといっても、名簿に登録している吸血種たちに対してもある程度の影響力を持っているようだ。

強い、という噂が流れるということは、どこかで武勇伝ができるような行動をしたのだろうが、ユエはどうやら、吸血種たちを支配する立場にはない。聞いたところによれば、自らリーダーを名乗っているわけですらなく、世話役、顔役と、話を聞いた吸血種たちの表現は様々だった。

ユエは吸血種たちに強い影響力を持つ立場でありながら、彼らとはつかず離れずの距離を保っている。名前はただの通り名だろうし、少なくとも名簿に登録している吸血種たちの間では、顔もほとんど知られていない。

あまり目立ちすぎれば、対策室やハンターに目をつけられるおそれがあると、わかっているのだろう。

なかなかに慎重な性格のようだ。これでは、本人と接触することは難しいかもしれない。

「私は、ユエさんに会ったことはないですし、会ったことがあるという人も知りません。でも、未登録の吸血種だけでなく、吸血種全体が住みやすいように、いろいろシステムを作ってくれたのはユエさんだと聞いています。だから、皆感謝しています」

話を聞いた全員が、同じようなことを言った。

会ったことはない。連絡先も知らない。しかし、その存在は知っているし、感謝している。ユエのおかげで秩序は保たれている。

連絡をとりたいから、未登録吸血種の知り合いがいたら紹介してほしいと頼んでみたのだが、彼らは皆、それには応じてくれなかった。

名簿に登録している吸血種は、登録していない吸血種と対立しているわけではない。交流することもある。自分たちが名簿に登録し、対策室からの恩恵を受けることを選んだからといって、管理されることを嫌って未登録でいる者たちの選択を誤りだと思っているわけではないのだと、彼らは言った。

互いを尊重し合うことができなければ、共存はできない。登録しないことを選んだ者たちの個人情報を売らないことは最低限のマナーであり、暗黙のルールなのだと――それはもちろん、理解できた。

名簿に登録しているからといって、彼らが、対策室の要求にすべて応じなければいけないわけではない。

個人名を聞き出すことはできなかったかわりに、話を聞いたうちの一人から、新宿にあるという、吸血種が集まるバーの存在を教えてもらうことができた。バーのマスターは名簿に登録済みの吸血種だが、そうでない吸血種も、客としてよく訪れるという。

情報をくれた吸血種は、困ったことがあったときそこで相談をして、助けてもらった者がいると聞いたことがある、と話してくれた。はっきりとは言わなかったが、その店を通して、ユエと接触できるかもしれないということだろう。

「早く犯人がつかまってほしいと思っているのは、皆同じですから」

朱里と碧生が礼を言うと、そんな返事が返ってくる。未登録吸血種も訪れる店のことを対策室の職員に教えることについては、迷いがあったようだ。それでも、自分たちを信じて情報をくれたことに感謝し、一刻も早い事件解決を約束して聴取を終えた。

名簿によれば、都内に住む吸血種の数は限られていて、さらに事件現場の周辺に住む吸血種に限定すると、数えるほどしかいない。名簿順に話を聞いても、二日で終わった。

早速教えてもらった新宿のバーＶＯＩＤ《ヴオイド》に行って事情を説明し、ユエに連絡をとりたいと頼んで、名刺を置いて帰った。マスターは何も請け合ってはくれなかったが、邪険にもされなかった。

対策室の人間であると名乗ったとき、カウンター席にいた若い男女が居心地悪そうにしていたので、申し訳なくなって、早々に店を出る。

返事は期待しすぎないようにしよう、と思っていたのだが、翌日遠野に大学の構内を案内してもらっているとき、碧生の携帯電話に早速、知らない番号から着信があった。

『ＶＯＩＤに残した伝言を聞いた』

「あなたがユエさん？」

『ユエの遣いだ』

まだ少年といってもいいような若い男の声だが、吸血種の年齢は、声や外見ではわからない。

碧生は朱里と遠野から離れ、人気《ひとけ》のない廊下の隅で彼と話をした。対応は慎重にしなければならなかった。

電話の男が本当にユエの遣いなのかどうかもわからない。あるいは、ユエ本人であるかも。

「この町で起きている事件について、ユエさんに話を聞きたいの」

『ユエは事件とは関係がない。個人のプライバシーを詮索しないなら、捜査には協力する』

男は、何の事件だ、とは言わなかった。当然、把握しているようだ。

「ユエさんは、未登録吸血種のリーダーのような存在だと聞いているわ。ユエさんにそう言っていただけるということは、未登録吸血種の皆さん全体から協力を得られるということに等しい、と理解していいのかしら」

『自分たちが住みやすいように、トラブルが起きたら大事になる前に収束させたり、可能な範囲で仲間の相談に乗ったりしているだけだ。情報に通じているだけで、何かを仕切ったり管理したりするような立場じゃない』

「人望があると聞いたけど」

『未登録の吸血種は不安な立場だからな。自由を選んだとはいっても、何かに頼りたいんだ』

自分からリーダーを名乗っているわけではない、と念を押される。

そうだとしても、この国の——少なくとも都内の未登録吸血種について、一番情報を持っているのは間違いなくユエだ。

「捜査のために必要な情報を、提供してもらえませんか」

『容疑者となりうる者の個人情報という意味なら、それはできない。第一、未登録吸血種のリストなんてものがあるわけじゃないんだ』

管理されることを拒絶しているからこそ未登録なのだと、言われてみれば当たり前のことだった。

名簿に登録している吸血種と、それ以外という、管理する側から見たくくりがあるだけだ。

「ユエさんの、頭の中にしか？」

『まあそうだな』

あっさりと肯定する。

ユエは、その情報を対策室と共有するつもりはないということだ。

『捜査に役立つかもしれない、というだけで、本人の意思に反して事件と無関係な誰かの情報を提供するわけにはいかないが、個人情報に触れない限りでなら情報は共有する』

全面協力とはいかないまでも、少なくともユエは、対策室に対して無闇に敵愾心《てきがいしん》を抱いたり、選民意識が強く人間を見下したりするタイプの吸血種ではないらしい。「仲間」を守るために、と犯人の逃亡を助けようとするようなリーダーでなかったのは幸いだった。

都内でもっとも未登録吸血種に影響力を持つだろうユエと敵対せずに済み、ある程度でも協力を得られるのだから、それだけでもよしとすべきだろう。

『密猟者《ハンター》が町に入った。確認できた限りでは、一人だけらしい。登録、未登録にかかわらず、仲間には警告を流してあるが、見つけたら釘を刺しておいてくれると助かる。ハンターの中には、過激な奴らも多いからな』

ハンター。吸血種を狩る者だ。

好ましくない名前を聞いて碧生は眉をひそめ、離れたところで遠野と話している朱里へ目をやる。これは、すぐに共有すべき情報だった。

「わかったわ。情報をありがとう」

『犯人を見つけたら、どうにかしてあんたたちに引き渡すよ。さすがに連続殺人犯じゃ、今度から気をつけろよって説教して解放するわけにもいかない。かといって、私刑にするわけにもいかないし、吸血種を閉じこめておけるような施設もないからな』

「吸血種同士でも、危険があるかもしれない。たとえば、犯人が狂化しているという可能性もある。あなたたちだけで確保を試みないで、容疑者を見つけた時点で教えて」

吸血種同士で争いになれば、無関係な人間を巻き込んでしまうおそれもある。できるだけ穏便に確保したかった。

相手もそれを察したのだろう、

『わかった。犯人をつきとめたら、接触する前に連絡する』

すぐにそう応じてくれる。

電話を切ってすぐ、碧生は朱里に電話の内容を伝えた。

遠野は、明日の朝、竹内宅を訪ねるときの待ち合わせの約束だけして、さっといなくなる。

察しが良く、気遣いのできる青年だ。

　楽しそうに話していたので、邪魔をするのは少し気が引けたのだが、彼は気にする風もなく、快く朱里と碧生を二人にしてくれた。親切な学生たちの中でも特に、彼は協力的だ。どうしてそこまでしてくれるのか、不思議なほどだった。

　彼らの住む町で起きている事件だ。彼らのためにも――真摯な協力に報いるためにも、なんとしても解決したい。

　そう思っているのは朱里も同じらしく、ハンターがすでにこの町にいるという情報を聞き、表情を曇らせた。

「ハンターが先に犯人を見つけたら、間違いなく戦闘になる。巻き込まれる人が出るかもしれないし、ハンターが犯人を探す過程で、無関係な吸血種たちに被害が及ぶかもしれない。早く……ハンターより先に、犯人を確保しないと」

　ハンターは、対策室とは関係がなく、国の後ろ盾もなく活動している「吸血種を狩る」ことを目的とした人間たちの総称だ。

　アメリカには、逃亡者の身柄を確保し、賞金を受け取ることを生業《なりわい》としているバウンティハンターが一定数存在するが、対策室は犯罪を犯した吸血種に対して懸賞金などかけていない。彼らの目的は、賞金ではないのだ。吸血種は危険であり、人間たちを守るためには、戦うしかない。そういった思想の持ち主が多い。

ハンターと呼ばれる者たちが現れたきっかけは、身内を吸血種に殺された人間による仇討《かたきう》ちだったと言われている。吸血種に恨みを持つ人間が本当に懸賞金をかけ、ハンターたちに金を払うこともあるようだ。しかし、そんな風に、理由があって吸血種を恨んでいる者たちはそうそういない。

およそ理解できないが、吸血種と戦闘するという、非日常的な行為を楽しみたいと考える人間が一定数いるらしく、対策室が警戒し問題視しているのはそういった者たちだった。

人間として社会の中で生活している吸血種を理由もなく襲えば当然犯罪になるが、罪を犯した吸血種相手なら、市民として逮捕に協力するため、という名目がある。戦闘行為に及び、その結果殺してしまっても、凶悪な、そして人間より高い身体能力を持つ吸血種に抵抗され、身を守るためにはやむをえなかった、正当防衛だと言い訳ができる。

そもそも吸血種の存在を知っている人間が限られているため、ハンターを名乗る人間もごく少数ではあるが、そのかわり、彼らは吸血種が事件を起こしたと聞けば、州を跨いで、場合によっては国境すら越えて追いかける。

今回は遠く離れた日本のことだからと油断していたが、思っていたよりも早く事件のことを知られてしまったらしい。

吸血種による連続殺人事件は珍しいから、いずれ嗅ぎつけられるだろうとは思っていた。できればその前に解決したかったけど、と朱里が唇を噛む。

犯人を見つけるために、彼らは強引な手段をとるかもしれない。このままでは町が荒れる。未登録吸血種たちもそれは避けたいはずだ。ユエが協力を申し出てくれたのは、それもあってのことかもしれなかった。

「電話の声は若い男だったわ。あれがユエ本人かはわからないけど。姿を現すつもりはないようだけど、情報は共有してくれるみたい」

本来話し合うことが可能な相手でも、ハンターが介入して事を荒立ててしまうことは過去にもあったが、今回は珍しく、本当に危険な吸血種が相手なのだ。ハンターといえども生身の人間だから、返り討ちにあい、単に被害者を増やすことにもなりかねない。

犯人も、ハンターも含め、これ以上死傷者を出さずに終わらせたい。

あの気のいい学生たちの住む町を、これ以上荒らしたくはなかった。

6

遠野たちが紹介してくれた竹内裕也《ゆうや》からは、吸血種の気配は感じなかった。遠野たちも言っていたとおり、彼は単なる目撃者だろう。

彼から得られた情報で、犯行時刻を少し絞り込むことができたのと、事件直後に遺体のそばにいた男について聞くことができたのはよかったが、犯人に近づくための具体的な手がかりは得られなかった。

事件の前後に似たような男の目撃情報がなかったか、警察に調べてもらっているが、深夜のことだから難しいだろう。

やはり、ユエからの連絡を待つしかないのか。

朱里と碧生が竹内に礼を言って席を立ちかけたとき、遠野から朱里の携帯電話に着信があった。

『公園で、ちょっと怪しい奴を見かけたんだ。竹内くんが見かけた男と同一人物かどうか、確認したほうがいいと思って』

待っている間も、辺りを見回ってくれていたらしい。

怪しい男の写真を撮ったというので、碧生を竹内の部屋に残して朱里が下りていき、竹内宅の前で遠野と朔と合流する。

二人は、それぞれ肘と指に包帯を巻いていた。ついさっき別れたときは、なかったはずだ。あまり上手な手当ではなく、包帯が厚くなったせいで、遠野は片方の袖だけをまくりあげた状態になっている。

「どうしたんですか」

「転んじゃった。公園で見かけた男を追いかけようとしたら、散歩中の犬に吠えられて、びっくりして」

「そんな、大丈夫ですか？」

「うん、犬の飼い主さんに手当してもらった。朔も」

「俺は転んだんじゃないけどね」

捜査に協力するために怪我までしたのに、遠野は笑っている。そんなに一生懸命になってくれる理由が、朱里にはわからない。

包帯を巻かれていて傷口は見えなかったが、遠野のシャツの袖部分には血がついている。

包帯を巻かれていないほうの手にも、血は出ていなかったが、ほんの少し皮がめくれているだけの小さな傷があった。

吸血種なら、この程度の怪我はものの数秒で治る。

彼らは吸血種ではないということの証明だった。

「俺はちょっと用事があるから、先に帰るよ。竹内くんによろしく」

包帯を巻いた右手をひらりと振って、朔が背を向ける。

遠野は笑顔で彼を見送ると、竹内宅に入る前に、携帯電話に保存した写真を見せてくれた。

もちろん、写真だけでは吸血種かどうかはわからないが、一般的な話はともかくとして、今回の事件の犯人が現場に戻るとは思えない。騒ぎになっているかどうかを遠くから人に紛れて見るということはあっても、テープで仕切られて保存されている現場にわざわざ立ち入ってまでとなると、そんな行動は犯人像と一致しなかった。

遠野は彼を、犯人の関係者かもしれないと思ったようだが、むしろ、朱里たちと近い立場――犯人を探している側だと思ったほうがいいだろう。

たとえば、ハンター。

「手に、何かゲーム機みたいなものを持ってたよ。よく見えなかったけど、こう、箱型の」

「吸血種の気配を探知するセンサーだと思います。それを使えば人間でも、吸血種の気配を測ることができます。そんなものを持ち歩くのは、私たちのように対策室の人間くらいですが、対策室から他に誰か派遣されたとは聞いていませんから……私的に吸血種を追っている、ハンターかもしれません」

ハンターは全体の数が少ないので、対策室でマークしている人間の顔なら大体頭に入っているが、朔が撮ったという写真には、顔がほとんど写っていなかった。体格や髪の色から、該当するハンターは二人ばかりいるが、写真だけでは判断できない。

遠野と一緒に再び竹内の部屋まであがり、碧生と竹内にも写真を見せる。

竹内はじっくり見て首を横に振り、自分が窓から見た男はもっと小柄だったし、外国人ではなかったと思う、と言った。

予想していた答えだった。遠野も、確認のために訊いただけだろう。窓から見た男が外国人だったなら、最初に話をした時点で竹内はそう言ったはずだ。

竹内に改めて礼を言って、三人で竹内宅を辞した。

「結局、何もわからなかったね」

「今は断片的な情報ばかりでも、何かがきっかけでそれらがつながれば、全体像が見えてくると思います。竹内さんを紹介していただいたおかげで、目撃者がいたこともはっきりしましたし」

「そう言ってもらえるとほっとするけど。……これも断片的な情報だけど、さっきの写真、一応送ろうか？」

ほとんど情報量のない写真だけど、と申し訳なさそうに言いながら、遠野が、写真を朱里と碧生の携帯電話に送ってくれる。

「顔はちゃんと見てないけど外国人っぽかったのと、金髪で黒い服で——それは写真でわかるか。ええと、公園の植え込みの一番上が、ちょうど脇のあたりの高さだったよ」

それで、男の大体の身長はわかる。

わずかな情報でも、今は大事だ。

該当する外見の男はハンターであると思われるから近づかないようにと、周辺の吸血種たちに注意を喚起することができる。

碧生が頷いて、携帯電話を取り出した。

「ありがとう、他に思い出したことがあったら、朱里に話して。私は本部と、警察と……ユエにも連絡する。さっきまで児童公園にハンターがいたってことは最新情報だわ。未登録吸血種にも登録吸血種にも、警戒するよう伝えないと」

少し離れたところで、電話をかけ始める。

遠野がくるっと首を動かして朱里を見た。

「ユエって？」

「未登録吸血種の、リーダーというか……影響力のある人です。その方を通して、未登録吸血種の方々に注意喚起と情報提供のお願いができればと」

竹内が目撃した黒革のジャンパーを着た男は、二件目の事件の、匿名の通報者と同一人物とみていいのではないかと、朱里と碧生は考えていた。

通報だけして、自分は口をつぐんでいることを考えても、まず間違いなく、通報者は吸血種だ。あの事件が吸血種による犯行だとわかっていて、自分や仲間たちに累が及ばないように、大事にならないように、対策室を頼ったのだ。

ユエや他の仲間ではなく、とっさに対策室を頼ろうとしたということは、通報者は名簿に登録済の吸血種ではないかと思ったのだが、付近に住む登録済の吸血種の中には、該当するような男性はいなかった。

念のため、男性の登録済吸血種全員の顔写真を竹内に見てもらったが、彼はやはり首を横に振った。

これ以上は打つ手がないかと思っていたが、ユエならば、それが誰かを調べることもできるだろう。

未登録吸血種たちの動向についてはユエの情報網に頼らざるを得ず、今すぐ自分たちにできることがないのがもどかしいが——

「目撃者といえば……あ、いたた」

何か言いかけて、腕を上げようとした遠野が顔をしかめる。

「大丈夫ですか」

「うん、平気。転んで石垣で擦っただけだし、ちゃんと手当もしてもらったからね」

包帯を巻いた腕をぎこちなく上下に振ってみせた。たった今同じ動作をして痛そうにしていたのに、朱里を安心させようとしてのことだろう。

「三田村さんの家、すぐ近くなんだ。夜も犬を散歩させることがあったみたいだから、もしかしたら事件の夜も、犯人とニアミスしてたかも——あー、それはないか。夜って言ってもそんなに遅い時間には散歩しないって言ってたから……でもさ、犬って嗅覚が鋭いんだよね。吸血種の匂いとか、わかるってことないかな？　たどれたりしないかな。僕が、あそこが事件の現場なんじゃないかって気になったのも、タロウがそこの壁を嗅いでたからだし」

「タロウ？」

「三田村さんの犬。僕は吠えられちゃったけど、三田村さんにはなついてて、可愛かったよ。朱里さん、犬は好き？」

「はい。自分で飼ったことはありませんが」

以前住んでいた家の隣家や、同僚が飼っている犬と触れ合う機会はあった。愛嬌のある表情も動きも可愛くて、柔らかくてあたたかい毛並みを撫でると、ほっと気持ちが和らいだ。

しかし、自分の家に家族として迎え入れようと思ったことはない。

「飼わないの？」

「はい。だって……すぐ死んでしまうでしょう」

それは悲しいので、と言った後で、もう少し言いようがあったのではないかと後悔する。彼がせっかく、今日会った可愛い犬の話をしてくれているのだから、飼いたいが忙しくて世話ができない、とでも言えばよかったのだ。

我ながら愛想のない答えだと思ったが、遠野は鼻白んだ様子はなかった。

「確かに、人間の一生に比べれば、犬の生きる時間は短いけど」

ごく短い沈黙の後で口を開き、柔らかい声で言う。

「それでも、短い時間でも、一緒にいられたら幸せなんじゃないかなって、僕は思うよ」

さきほどまでより少しゆったりとした話し方と、優しい声だ。

思わず彼を見ると、声と同じように優しい目と、視線が合った。

「僕が犬だったらね、相手にとっては短い時間でも、覚えててもらえたら幸せだって思うな、きっと。見送る側は悲しいけどね」

「……そうですね」

僕は犬飼ったことないんだけどねー、とまた明るい声に戻って、遠野が笑う。

優しい人だ。

朱里が口元を緩めると、遠野もさらに笑顔になった。

「犬が好きならさ、一緒に見にいかない？　手当のお礼に明日、お菓子でも持っていこうかなって思ってて。息抜きに……そんな暇ないかな。でも、近くに住んでる人だから何か知ってるかもしれないし、タロウの嗅覚が役に立つかもしれないし」

「そうですね……お近くに住んでらして、夜に散歩されることも多かったなら、一度お話を聞いてみたいです。一般の方の飼い犬さんに捜査に協力してもらう、というのは難しいかもしれませんが……」

ユエに頼りきりの現状をなんとかしなくてはと思っていたところだ。どんなに小さな情報でも馬鹿にはできない。

実際のところ、その飼い主が犯人らしき人間を目撃しているという可能性は限りなく低かったが、犬が事件現場の匂いに反応していたというのは気になった。

犯人を探すために、犬の嗅覚を利用するということが可能だろうか。たとえば警察犬を借りて。碧生とも相談してみなければ。

「よかった。明日の午前中は、僕、講義ないんだ。一緒に行こう。ちょうど、話したいこともあるんだ」

「私に？　今は話せないことですか？」

「うん」

僕にも、心の準備が必要だからね。と、遠野はどこか照れくさそうに眉を下げて笑った。


朱里との待ち合わせの前に、近所の和菓子屋に寄り、三田村に渡すための菓子折を買った。手当の礼を言いに行くというのは口実で、少しでも朱里と過ごす時間がほしかっただけだが、三田村は一人暮らしで淋しそうにしていたから、挨拶に行くくらいなら迷惑にならないだろう。

昨日巻いてもらった腕の包帯は、あれから自宅に戻ってほどいた。ドラッグストアで肘・膝用の大きい絆創膏を買い、今はそれを貼っている。

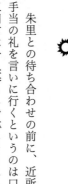

遠野は当然のように、碧生も一緒に現れるものと思っていたが、待ち合わせ場所の公園にやってきたのは朱里一人だった。

「あまり大人数で押しかけてはご迷惑でしょうから」

危険のある場所に行くわけでもないし、捜査とは名ばかりの、息抜きの寄り道に近いからかもしれない。もしくは――もう少し現実的に考えれば、一対一で話す機会を作ることで、遠野が隠しているかもしれない情報を引き出したいという意図があるのか。

どちらでもかまわなかった。今日は、朔も呼んでいない。二人きりで話ができるチャンスだ。

朔に発破をかけられた直後のタイミングでこれは、神様に背中を押されているような気がする。

これをきっかけに距離を詰めて、それとなく好意を伝えることができたらいい。

浮き立つ気持ちを抑えながら、半歩分ほど朱里の先に立って、住宅街の隅にある三田村宅へ向かった。

公園からは、徒歩で数分の距離だ。

もっと遠かったら長く一緒に歩けるのになと残念に思う気持ちもあるが、短い距離でも、二人で並んで歩ける嬉しさのほうが強い。

三田村宅への道の、最後の角を曲がると、前方から黒い服を着た男が歩いてくるのが見えた。

がっしりとした体格、彫りの深い顔、金髪。

見覚えがあると気づいたのは、彼が足早に通り過ぎる直前だった。

――今の男は。

思わず隣りを見ると、これまで見たことのない厳しい目を、朱里も男へ向けていた。

「ジェイク・ブラッドリー！」

振り向きざまに朱里が、強い調子で名前を呼ぶ。

男は足を止め、こちらを見た。

「俺を知ってるのか、お嬢ちゃん」

英語だ。

朱里は男に近づくと、ケースに入った身分証を取り出して顔の横に掲げた。

男は眉をあげ、無害だということを示すかのように両手を広げてみせる。

「俺は何もしてないぜ」

「ええ、これからもしないでください。特に、善良な市民に危害を加えるようなことは。あなた自身の安全のためにも、狩りは中止してください」

「俺はハンターだ。狩りはするさ。けど、あんたたちの敵じゃない。俺たちはどっちも、悪者を退治する側だろ？」

仲間じゃないかと言わんばかりに男は口の端をあげたが、朱里は険しい表情のままだ。

「あなたから、吸血種の気配がします。血の匂いも。どこかで吸血種に接触しましたか」

「いや、あいにく、すれ違ったみたいだ。一足遅かったよ」

「どういう……」

「行ってみろよ。そこの家だ」

顎をしゃくって、道の先、左手にある一軒の家を示す。

朱里がそちらへ目を向けた隙に、男は踵《きびす》を返し歩き出した。

朱里は一瞬迷ったようだったが、男を呼び止めることはなく、男が示したほうへと歩き出す。遠野も続いた。

「朱里さん、今の奴……」

「はい。ハンターです。吸血種に対する過激な思想の持ち主で、要注意人物です」

「追わなくていいの？」

「まだ彼を拘束する根拠がありません。監視をつけたいところですが……それより、吸血種の気配と血の匂いが」

遠野より早く、朱里が男の示した家の前にたどり着く。

家は三方をコンクリートの塀で囲まれていたが、家の正面部分は塀ではなく、低木が植えられて生垣になっている。生垣の間にある木戸は、開いたままだった。

朱里は駆け込むように庭に入り、一歩目で足を止める。その表情が変わった。

「朱里さん、この家、三田村さんの……」

彼女に続いて庭に入ろうとして、明らかな異臭に気づく。

その匂いの正体に遠野が思い当たるより早く、

「だめです」

朱里が振り向いて、強く遠野の胸を押し戻した。

遠野はされるがまま、細い腕に押されて門の外に出る。

「花村さんは、見ないほうが――」

青ざめた顔で朱里が言った。

押し戻される寸前、視界の隅に赤いものが見えた。

その色と異臭と、朱里の表情で、庭に何があるのか、想像はついた。

「男性が亡くなっています。庭で……他の被害者のご遺体と、同じような状態です。外へ出ていてください。碧生に連絡します」

間違いなく、三田村の家だ。

その庭で人が死んでいるとなれば、その家の住人と考えるのが自然だろう。

昨日は元気だった、親切に怪我の手当をしてくれた、あの三田村が。

現実としてすぐには頭が処理できなくて、悲しい、怖いというより先に、ただ呆然とした。

「花村さんは、今日は帰ってください。日の高いうちなら、一人でも危険はないはずです。私は碧生と警察を待って――」

気丈に言う朱里の、遠野の胸に触れた指が震えている。

彼女だって、凄惨な遺体を見慣れているわけではないだろう。

吸血種による凶悪犯罪は多くないと言っていた。

それでも、遠野に知人の遺体を見せないように、蒼白になりながら気を遣ってくれている。

それに気づいて、少し思考力が戻った。

深呼吸してから、そっと朱里の手を下げさせる。

「ありがとう。でも、大丈夫だよ」

思っていたよりも、落ち着いた声が出た。

「僕も残るよ。僕と朔は、昨日三田村さんに会ってるから……遺体が三田村さんのものか、確認したほうがいいんじゃないかな。家族はいないみたいだったし」

朱里は少しの間、迷っているようだったが、遺体の身元確認は早いほうがいいと判断したのだろう。結局、わかりました、と頷いた。

「お願いします。でも、警察が来て、実況見分をして、遺体をシートで覆ってからです。顔だけ見ていただければ十分ですから」

それまで中には入らないでください、と念を押し、遠野が勝手に中に入らないようにするためか、三田村宅の入口に立って、道を塞いだ状態で電話をかけ始める。

「三人目の被害者が出たの。今現場にいる。花村さんも一緒。公園のすぐ近く、二丁目の……三田村さんって人の家。吸血種の気配が強く残ってる。現場は私が保存するから、すぐに警察に連絡して、人をよこして。碧生も合流して」

朱里の話す声を聞きながら、ぼんやりと生垣を眺めた。

よく茂った葉のせいで、外から庭はほとんど見えない。

朱里はときどき視線をこちらへ向け、遠野の様子を気にしているようだった。

「ついさっき、家の前の道でハンターのブラッドリーとすれ違った。彼は犯人の手がかりを持っているかもしれない。だとしたら、自分で狩る気でいるはず。見つけて、監視をつけて――」

目が合ったので、大丈夫だよというように微笑んでみせる。それから、三田村宅には背を向ける形で、生垣にもたれかかった。

朱里がほっとした様子で通話に戻った隙に、首だけそっと動かして、生垣の葉の間から庭を盗み見る。

土の上に広がった赤黒い色と、靴の裏と、ズボンの裾が見えた。

三田村の体のうち、見えたのはそこだけだったが、少し離れたところ――三田村の体より手前に、赤いものが見える。目を凝らした。

血だまりの中に、毛の塊のようなものがあった。

もはや犬ともわからない状態の、それは死骸だった。


遺体は確かに、三田村だった。

私服の警察官が、足先から頭までを覆っていたシートを少しめくって、顔だけを見せてくれ、確認した。

顎や頬は血で真っ赤だったが、顔に損傷はないようだった。ちらりと見えた首に、えぐられたような傷があったが、すぐに隠されてしまった。

それで遠野の役目は終わりだ。

朱里に付き添われ、事件現場の庭を横切って外へ出る。

生垣越しに見た血だまりも、シートで隠されていた。

しかし、コンクリートの塀に飛び散った血液や、血のついた犬の足跡がそこらじゅうにあり、まさに惨状と呼ぶにふさわしいありさまだった。

今日はもう帰ったほうがいいと言われたが、三田村に何があったのか、ちゃんと教えてほしいと頼んだら、朱里は、今日中にわかったことを報告すると約束してくれた。

「だから、ひとまずは、安心できるところで休んでください。後で必ず、そちらへ行って説明しますから」

大学の部室で、朱里たちを待つことにする。

朔にはメールで伝えたが、綾女と千夏にも、第三の被害者が出たことを話さなければいけない。特に、千夏はこの付近の住民だ。安全のためにも、知らせておいたほうがいい。

遠野が朱里と別れ、歩き出すと、少し離れたところから三田村宅を見ていた、近隣の住民らしい女性たちに呼び止められた。

「このお宅、何かあったの？」

現場保存用のテープは張られていないが、複数の男が出入りしているので、何やら事件があったようだと集まってきたらしい。

「詳しいことは知りませんが、強盗が入ったみたいです。住民の方は怪我をして、病院に運ばれたとか……心配だから、引っ越すかもと」

吸血種の仕業だということは伏せなければならないが、何かあったらしいと気づいている人たちに、何もないと答えても逆効果だ。後でつじつまが合うように、適当にごまかすことにする。

嫌だ、怖いわねと、女性たちが顔を見合わせた。

「そういえば、明け方くらいかしら、珍しく、犬がすごく吠えていたから、何だろうと思ってたのよ」

「わざわざ犬のいる家に強盗になんか入る？」

「犬を飼い始めたのは最近だから、知らなかったんじゃない？　散歩させてるのを見かけるようになったのは、ここ一、二か月よね」

「そうなの？　去年、回覧板を届けに行ったときに犬の鳴き声が聞こえてたけど。子犬を室内で飼ってるのかなって思ってたのよ。飼い主さんが病院に行ったなら、どうするのかしら、犬」

「あら、でも、明け方吠えていた声は、しばらくしたら静かになったもの。もしかしたら、

幻冬舎文庫
心を運ぶ
名作一〇〇。
©marco&marco
最新刊
日本の夏。読書の夏。
GENTOSHA
EXILE/FANTASTICS from EXILE TRIBE
佐藤大樹

風は西から

村山由佳

なぜ、彼は死ななければならなかったのか——？

大手居酒屋チェーンに就職し、張り切っていたはずの健介が命を絶った。恋人の千秋は彼の名誉を取り戻すべく大企業を相手に闘いを挑む。小さな人間が懸命に闘う姿に胸が熱くなる、感動長篇。

830円

笛の上手な白雪姫

洋子

るのは、

けだった。

母さんは、身なりに構わず、お
にも真似できない口笛で、赤
孤独を友とし生きる人々に
8作品。

550円

吉本ばなな

吹上奇譚 第一話 ミミとこだち

ミミとこだちの故郷には、異世界人と屍人が住んでいる。日常の景色が一変する唯一無二の哲学ホラー、開幕。

550円

吹上奇譚 第二話 どんぶり

9月9日発売予定！

ミミは、友人・美鈴の体を乗っ取った少女と仲良くなってしまう。少女はなぜ死ななければいけなかったのか。

美しいものを見に行くツアーひとり参加

益田ミリ

美しいものを見ておきたい。なぜかそんな気持ちになりました。

北欧のオーロラ、ドイツのクリスマスマーケット、赤毛のアンの舞台・プリンスエドワード島……。一度きりの人生。行きたい所に行って、見たいものを見て、食べたいものを食べるのだ。

590円

犬も強盗に……」

遠野のことはそっちのけで話していた女性たちが、遠野の背後を見て口をつぐむ。振り返ると、朔がこちらへ歩いてくるところだった。

これから部室へ行くと、先ほどメールをしたのに、来てくれたらしい。

遠野は見慣れているが、こうして住宅街にいると、浮いてしまうほど垢抜けたルックスだ。薄手の黒いコートだかロングジャケットだかの裾がなびいている。

あーこれスタイル良くないと似合わないやつだ、と急に呑気なことを思った。

女性たちの一人が、芸能人？　と、ひそひそと隣りの女性と話しているのが聞こえた。

「え、僕を迎えに？　わざわざ？　優しくない？」

「ちょうど近くにいたんだよ。……行こう」

興味津々の婦人たちに配慮してだろう、事件のことには触れず、一声かけて踵を返し、来た方向へと歩き出す。

ちょっと待って、と朔を止めておいて、三田村宅の前にいた私服警官に、「あの人たちが、明け方に犬の吠える声を聞いたそうです」と伝えた。

少しでも有意義な情報があるのなら、聴取は専門家に任せたほうがいい。

立ち止まって待ってくれていた朔に遠野が追いついて歩き出し、野次馬の女性たちから大

分離れてから、

「三田村さんが亡くなったって？」

朔が口を開いた。

「うん。確かに三田村さんだった。首にえぐられたような傷があって、現場は血まみれだったよ。吸血種の気配が強く残ってるって、朱里さんが言ってた」

「大丈夫か？」

「ショックだったけど、僕は顔しか見てないから」

朱里たちから聞いた、他の被害者の場合と、殺害の手口が同じだ。三田村は、吸血種による連続殺人の第三の被害者ということになる。

昨日知り合ったばかりとはいえ、知っている人が被害者になったことで、事件は急に現実味を帯びた。自分たちの身近で起きている事件で、他人事ではないのだということを、改めて感じる。

公園の前まで来たとき、

「三田村さんは、どうして殺されたのかな」

朔がぽつりと言った。

話しかけたというよりは、思わず疑問が声に出てしまったようで、遠野のほうを見てはいない。

「どうしてって……血を吸うため、だろ？　吸血種が犯人なんだし」

犯行は無差別で、被害者に関連性はなさそうだと朱里たちから聞いている。第一、第二の事件現場と同じエリアに住んでいる誰が次の被害者になってもおかしくなかった。たまたま三田村だっただけ――ではないのか。

「三田村さんは、家の庭で亡くなったんだろ。ってことは、わざわざ家の敷地に入って、彼を襲ったってことだ。これまでとは手口が違うよね」

「あ……そうか」

確かにそうだ。知り合いが被害者になったショックで、そんなことにも頭が回らずにいた。

しかし、民家に侵入しての犯行だからといって、通り魔的な第一、第二の犯行より、手口が大胆になった、とも言えない。

深夜とはいえ、誰が通りかかるかもわからない往来で人を襲うより、一人暮らしの人間を狙ったほうが、目撃されるリスクはむしろ低くなる。犯人が、ようやくそれに気づいただけかもしれない。

しかし、野次馬の女性も言っていたが、誰でもよかったなら、わざわざ犬のいる家を選ぶだろうか。

三田村でなければならない、理由があったのか。

「もちろん、たまたま、目についた家に入ったら三田村さんの家だった、ってこともありうる。ただの偶然かもしれないけど……」

朔も、具体的な考えがあるわけではないようで、歯切れが悪い。

しばらくの間、朔は黙って考えているようだった。公園の外側を回って、駅へと向かう道を歩き、横断歩道の信号で止まる。

同じように信号待ちで立ち止まった女性が、ちらちらと朔を見ていた。

こういうときの朔はたいてい、視線に気づいてすましているのだが、今日はそちらに意識がいかないようだ。

「さっきの道でハンターと会ったって言ってたけど、そいつは三田村さんの家から出てきたの?」

「見たわけじゃないけど、たぶん」

じゃあやっぱり、偶然じゃないのかも、と朔は顎に手を当てて眉根を寄せる。

「そのハンターはどうして、三田村さんの家に行ったのかな。次の被害者になるって予測してたのか、それとも、事件が起きたことを知って現場に行ったのか……どちらにしても、どうしてそれを知ったんだろう」

日が暮れてから、朱里と碧生が部室に来て、現場検証の結果を報告してくれた。

今日第三の事件が発生したばかりで大変だろうに、二人そろって来てくれたのは、被害者が遠野と朔の知人だったからだろう。

綾女と千夏にも、遠野から、第三の事件が起きたことやその被害者については話してある。彼女たちも、朱里と碧生から詳しい話を聞きたいと、帰らず部室に残っていた。

朱里は報告書に記載された、被害者の住所、氏名、死因、推定される犯行時刻等を読み上げてから、

「検視の結果が出るのは明日以降でしょうが、彼が吸血種に殺害されたことは、ほぼ間違いないと思います。現場に、かなり強く気配が残っていました」

神妙な顔つきでそう言って、遠野たち四人を見回す。

「これで三件目、吸血種による連続殺人は、今後も続くと思われます。捜査員を増やすことになるでしょう。夜間の巡回も実施する予定です。皆さんも不安だと思いますが、一日でも早い解決を目指しますから、引き続きご協力をお願いします。ただ、実際に動きまわるのは、

私たちに任せてください。気になることがあったら私か碧生を呼んで、皆さんだけであのエリアを調べたりはしないようにしてください」

この中では一番、殺人事件にも吸血種にも興味津々だったはずの千夏でさえ、不安げにしている。無理もない。彼女の自宅はまさに事件の起きたエリアにある。短期間に事件が続き、いよいよ他人事ではなくなってきたのだろう。

「三田村さんが被害に遭ったのは、偶然なのかな。前の二件と違って、自宅で襲われてるんだよね。三田村さんはタロウの散歩で、よくあの辺りを歩いていたみたいだし、たとえば、本人が意識してたかは別として、犯人につながる何かを目撃していて、狙われたとか……」

遠野が口を挟むと、朱里は頷き、

「ハンターであるブラッドリーが、たまたま犯行現場の前を通りかかって異変に気づいた、ということは考えにくいと思っています。彼は、何らかの理由があって三田村さんを訪ね、そこで遺体を発見したんでしょう」

朔と同じことを言った。

何故三田村を訪ねたのか確認するために、警察が今、ブラッドリーを探しているらしい。近くに宿をとっているはずだし、外国人は目立つから、比較的早く見つかるはずだ。

ユエからの情報と、ブラッドリーからの情報。どちらも、後は報告を待つだけだ。遠野たちに手伝えることは、もうなさそうだった。そう思うと少し寂しい。こんなときに、不謹慎かもしれないが。

「少しずつですが、捜査は進んでいます。情報次第で一気に進展するかもしれません。それまでは不安でしょうが、皆さんも、日が落ちてからあの付近を一人で歩くのはできるだけ避けてください。被害はあのエリアに限定されています。特にあの近辺では、できるだけ人通りのある時間帯に行動するようにしてください」

すでに外は暗い。

まさに危険なエリアへとこれから帰宅する千夏が、ちらちらと窓の外を気にしている。朔が気づいて、「帰りは送っていくよ」と申し出ると、ようやく少しほっとした様子だったが、表情は晴れなかった。無理もない。

「竹内くんが家から出なくなっちゃったの、わかる気がする。私あんまり、親身じゃなかったかも」

千夏はうつむいて、しょんぼりと言った。

吸血種や殺人事件の捜査協力といったワードにはしゃいでいたことを、今さらながらに反省している様子だ。

それから顔をあげ、朱里を見る。

「防衛策っていうか……吸血種避《よ》けみたいなものって、何かないんですか？　痴漢避けスプレーとか武器とか持ってても、意味ないのかな。予防のためにも、いざってときのためにも、教えてください」

千夏のすがるような目に、朱里は少し迷うように碧生を見た。

彼女たちの立場からすると、吸血種の撃退法について語るというのは複雑だろう。

しかし、千夏も、吸血種一般に偏見を持っているわけではない。あくまで、今彼女の家の周りをうろついているであろう犯人に対しての対応策を尋ねているのだということは、その場にいる全員がわかっていた。

危険区域に住んでいる千夏が怖がるのも無理はないと思ったのか、朱里は結局、小さく頷いてから話し出した。

「吸血種にも、弱点はあります。吸血種は怪我をしてもすぐに回復しますが、純銀でつけた傷や日光による火傷《やけど》だけは例外ですし……程度差はありますが、日光を不快に感じる吸血種は多いです。光に当たっただけで火傷をするような吸血種は少ないですが、ヒトより光を眩しく感じるようなので、日中はあまり行動しなかったり……。他にも、いろいろと苦手なものはあると思いますが、それはそれぞれの個体によって違うんです。私たちは、『禁忌』と呼んでいますが」

「えっ、日の光に当たったら、灰になるんじゃないんですか」

声を上げた後で、あ、それは吸血鬼か……と、千夏が恥ずかしそうに呟く。すみません、と小声で謝るのに、朱里がいいえと首を振った。

「その知識も、まったくの誤りとは言えないんですが……たとえば人間から吸血種に変化したてで、まだ安定していない状態の吸血種だと、日光に当たるだけで肌が火傷したようになるので、普通は日中は外に出ません。日光は、たいていの吸血種が好みませんが、ほとんどが、眩しく感じて不快だ、という程度の話です。映画などのように、光に当たっただけで灰になるということはありません。ほとんど普通のヒトと変わらず生活できる吸血種もいます」

「十字架が苦手とか、教会に逃げ込めば安全とかは？　あ、にんにくを窓につるしておくと入ってこないとか」

「にんにくは……どうでしょう。吸血種は五感が鋭敏で、嗅覚もヒトより優れているので、強い匂いは不快に感じるかもしれませんが、それで撃退できるほどの効果があるとは。教会や十字架については、これも個体差がありますが、あまり意味はないと思ったほうがいいかもしれません」

朱里は首を横に振り、申し訳なさそうに続ける。

「たとえば、讃美歌や聖書の朗読を聞くと頭痛がするという吸血種もいますが、それは、彼もしくは彼女が、吸血種に変化する前はクリスチャンだったような場合に多いです。もしくは、クリスチャンの家庭で育てられた場合。そういった吸血種は、教会にも近づきません。『吸血鬼は教会や讃美歌が苦手』という先入観があるからです」

「精神的なもの、ということか」

腕を組んで聞いていた綾女が呟く。

「そうです。何にストレスを感じるか、という問題です。吸血種は伝承の吸血鬼と同じではありません。コウモリに変身したり、霧になって消えたりはできません。……少なくとも、私の知る限りでは。そして、十字架や讃美歌が、吸血種の肉体に何らかの影響を及ぼすとも考えられません。教会の中や十字架の前では、存分に力を発揮できなくなる吸血種がいるというのは確かですが、それは、彼らがそう思い込んでいるからです」

「十字架や教会そのものに、吸血種に対する何らかの力があるわけではないんだな」

「はい。吸血鬼に関して先入観のある人間は、吸血種になった時点で、『自分は教会には入れない』『自分は日光には弱いはず』と思い込みます。だから、わざわざ日中に出歩いたり、教会に行ったりはしませんが、出歩けない、入れないわけではないんです。十字架を身に着けるのも、そうですね、一瞬ひるませるとか、それくらいの効果はあるかもしれません。でも、それで相手を撃退できるとか、そこまでの効果はないということです」

朱里は、綾女から、一番熱心に聞いている千夏へと視線を戻し、

「たとえば、事件現場の公園に張ってあった、あのテープ……あれには、物理的には、立ち入りを制限する効果はほとんどないでしょう。乗り越えるのも切るのも簡単です。でも、そうするには抵抗がある人が多い。だから、無意味とは言えませんが、テープを張っておけば安心とも言えません。吸血種の『禁忌』も、同じことです」

「そうなんだ……」

一定の効果はあるが、あくまで心理的な抵抗のレベルということだ。

しかも、今回の犯人にとっての『禁忌』が何かは、わからない。三件の事件は夜のうちに起きているようだが、それが、犯人が日光を嫌うためなのか、単に人目につかない時間帯に動いているだけなのかはわからないのだ。

失望した様子で千夏がため息をつく。碧生が慰めるように彼女の肩に触れ、「それでも、何もないよりはましよ」と声をかけた。

「犯人だって、人を襲うときには、慎重に相手を選ぶはずよ。人の気配をさぐって、目撃者のいない時間や場所を選んだり、襲いやすくするために、相手を催眠状態にしたり――そういうことができる吸血種がいると言われているんだけど――そうするためには、集中する必

要があるの。十字架が目についたり、眩しい光の下だったりすれば、それは妨げになる。もし襲われても、相手の集中を乱したり、一瞬でもひるませることができれば、逃げるチャンスができる」

隙を作る程度の役には立つかもしれないが、十字架を持ち歩けば安全とまでは決して言えない、ということか。

碧生は、同意を求めるように朱里を見てからつけ加える。

「実際に対吸血種で効果が確認されているのは、純銀の手錠の鎖は引きちぎられないとか、銀製品でなら傷をつけられるとか、それくらいだけどね」

純銀製の武器というのは、一般人にはなかなかハードルが高い。仮に持っていたとしても、訓練を受けたわけでもない遠野たちには使いこなせないだろう。百パーセント返り討ちだ。

第一、千夏は吸血種と戦うつもりなどなく、遭遇率を下げたい、万一会ってしまっても逃げたり生き延びたりするために何か役立つ情報がほしいと思っているだけだ。朱里たちもそれがわかっているから、何かないかと言われて困っているのだろう。

「今回の事件は全部夜起きてるみたいだし、日が落ちてから一人で出歩かないだけでもリスクはかなり低くなるわ。吸血種に限らず、殺人犯は、人目がある場所で犯行に及んだりしない。一人で行動しない、暗くなってから出歩かない、で十分よ」

今日はもう暗くなっちゃったから皆で帰りましょう、と宥《なだ》めるように言われて、千夏は頷いた。

「気休めにでもなるんなら、私、明日十字架のアクセサリー買いに行きます。今日は割り箸で十字架でも作って持って歩こうかな……」

まったく無意味ではないのなら、何もしないよりはましかもしれないが、割り箸の十字架にどこまで効果があるのかは疑問だ。

遠野が苦笑していると、

「あ、じゃあそれまで、これ貸してあげるよ。純銀じゃないけど。ただのチタンだけど」

朔が、左手の人差し指にはめていた指輪を外して、無造作に千夏に差し出した。太い平打ちの輪に、ぐるりと溝が彫ってあり、垂直に引かれた縦の溝と交差する部分は、なるほど十字架の模様に見える。

「えっ、いいんですか」

「ほんとに気休めだけどね」

千夏は目を輝かせて両手で指輪を受け取り、大切そうに、華奢《きゃしゃ》な首にかかったネックレスの鎖に通した。男性用のシンプルなリングは、ピンクゴールドのネックレスには不似合いだったが、彼女は嬉しそうだ。指輪に刻まれた十字に大した効果があるとは思えなかったが、少し不安は和らいだようだった。

「そろそろ出たほうがいいんじゃないのか。これまでの犯行時刻にはまだ早いが、もう外は真っ暗だ」

綾女が言い、千夏もそれに賛同する。

時計を見ると、九時過ぎだ。思いがけず遅くなってしまった。三件の犯行はいずれも、深夜から明け方にかけて行われているそうだから、まだ危険な時間帯ではない。しかし、ぐずぐずしていれば時間はすぐにたってしまう。吸血種のことがなくても、暗くて人気の少ない道を一人で歩くのは、女の子は不安だろう。それに、これまでの事件が深夜以降に発生しているからといって、今後もそうだという保証はない。

「久住さんもよ。いつも遅くまで残っているみたいだけど、今日はもう、皆一緒に帰りましょう。送っていくから」

「私の家は、事件が起きた辺りじゃない。危険はないだろう」

「まだ犯人の行動エリアが限定されたわけじゃないわ。せめて駅まで、できれば家まで送らせて。事件の間隔が狭まってるし、昨日の今日だもの。いつまでも続くわけじゃない、ちゃんと解決するって約束するから」

「……わかった」

綾女の使う駅は、遠野たちの帰り道とは逆方向にあり、大学を出たところからすぐに反対側に向かって歩き出すことになる。大学を出た瞬間から一人になってしまうので、その彼女を、碧生が送っていってくれるなら安心だった。

「百瀬さんと僕は、途中まで一緒だよね。でもちょっとだけか……」

「百瀬ちゃんは、俺が家まで送っていくよ」

「え、でも、朔先輩の家、全然方向違うんじゃ」

「いいよ、ちょうどあの辺りに用事があるんだ。あ、百瀬ちゃんを送った後も、一人でうろうろしたりしないから大丈夫だよ。友達と会う予定があるし、用事が済んだらタクシーで帰るから」

さすが、やることがスマートだ。

さっとコートをとって袖を通す様子も様になっている。

千夏がいそいそと帰り支度を始めたので、それでは自分も、と荷物をまとめ始めた遠野に、

「花村さんは私が送っていきます」

朱里がさらりと言った。

え、と遠野が顔をあげると、朱里はこちらを見ていて、小さく頷かれる。

聞き間違いではないらしい。

(何で僕？)

真意を尋ねる暇もなく、朔が「決まりだね」と手を打った。

「二人ずつになってちょうどいいんじゃない。じゃあ、行こう。早くしないと、家に着く頃には十時を回っちゃうよ」

校門を出たところで綾女・碧生の二人と、次の角で千夏・朔の二人と別れて、朱里と二人になった。

空は真っ暗だが、この辺りは、まあまあ店があって明るい。駅へ向かって歩きながら、遠野は隣りを歩く朱里を見た。

「何で僕を？　住んでる場所とか女の子ってこと考えたら、百瀬さんについていったほうがよかったんじゃ」

理由などどうでも、朱里と二人きりで帰れるのは願ってもないことだったが、気にはなる。

「百瀬さんには、辻宮さんが付き添ってくださいましたし——花村さんは、怪我をされていますから。この時間帯なら少しくらいの一人歩きも問題ないとは思いますが、万が一のためです」

「怪我？」

「犯人が、血の匂いを嗅ぎつけて、近づいてくるかもしれませんから」

まるで獣のことでも話しているかのような口ぶりだ。

朱里はこれまで、吸血種を、血液を栄養源とするほかは普通の人間と変わりのない存在として話していたし、彼らが化け物扱いされることに心を痛めている様子だったから、意外だった。

朱里自身、自分の発言を——その発想を、かもしれない——苦々しく思っているようで、表情は硬い。悔しげですらあった。

「今日、初めて現場を直接見ましたが、あんな惨状は、吸血種の犯行にしても異常です。遺体が損壊されているのも、吸血のための嚙み痕を隠す目的かと思っていましたが、その割には、犬まで殺したり……狂化している可能性を無視できなくなってきました。滅多にないことですし、狂化しているにしては、腑《ふ》に落ちないことも多いですが……念のためです」

それから、気遣わしげに遠野を見て言う。

「花村さんも、現場と……その、三田村さんのお顔をご覧になったでしょう。身元の確認ができたのは助かりましたが、辛かったんじゃないですか。お知り合いだったから」

「気にしてくれてたんだ。ありがとう。会ったばかりの人だったから、特別に悲しいとか、そういう感情はないんだけど……やっぱり、ショックだったかな。昨日まで元気だった人が、もういないって」

でも大丈夫だよ、と笑ってみせたが、朱里はまだ浮かない表情だ。

三田村の庭で犬の死骸を見たことや、シートをめくったときに三田村の傷痕まで見えたことは、朱里には話していない。しかし、遺体は隠されていても、シートは現場に飛んだ血のすべてを隠しきれてはいなかった。嫌でも目に入ったものもある。

朱里は、それを「一般人」の遠野に見せてしまったことを、気にしているようだった。

「吸血種を、おそろしいと思いますか」

「今回の犯人は、そりゃ怖いけど」

肩をすくめる。

「人間の中にも猟奇殺人者とかいるからね。吸血種全体が怖いっていうのとは違うかな」

吸血種だというだけで、怖がる理由はない。以前にもそう話したのに、何故朱里はまた、こんな質問をしたのだろう。

何か言いたげにしているが、何も言わないでいるのを不思議に思い、

「朱里さんは、吸血種が嫌いなの？」

そう訊くと、彼女は言葉に詰まった。

「好き嫌いで考えたことはありません」

「僕もそうだよ。前にも言ったけど、好きか嫌いかは、吸血種かどうかじゃない、個人の問題だよね」

牛丼屋の前を通り過ぎる。

ガラスドアから漏れる光が朱里の頰を照らした。彼女はじっと自分を見ている。

（あ、目の色、昼間と違って見える）

九年前にも、目と髪がきれいだと思ったのだ。それを思い出した。

「たとえばオカ研の誰かが実は吸血種だったとしても、僕は気にしない。皆のことはよく知ってるからね。あの三人の誰が吸血種でも、僕を襲って血を吸ったりはしないってわかってるから、全然怖くない。でも、顔も知らない行きずりの人間になら、明日僕は刺されるかもしれない。仲良しの吸血種より、知らない殺人鬼のほうが怖いよ。当たり前だけど」

朱里と、今こうして並んで歩いていることが、なんだか不思議だった。

九年前のあのときと同じ、夜になって、改めて実感する。

朔の言ったとおりだ。

奇跡のようなチャンスなのだから、無駄にしてはいけない。伝えたいことを、伝えなければ。

「人種とか文化と同じじゃないかな。知らないから最初は戸惑うかもしれないけど、知ったら、皆僕と同じように感じると思う。そういう人はそんなに少数派かな？」

「……そうですね、知っている人自体が、少ないですから」

「いつか公表できるようになったらいいよね。朱里さんが言ってたとおり、アクシデントでバレちゃうよりも、ちゃんと準備して、公表って形にしたほうが――」

横断歩道の途中で言いかけたとき、左折してきた自転車がかなりのスピードで通り過ぎた。

とっさに朱里の背中に手を添えて、自分のほうへ引き寄せる。そんなことをしなくても、ぎりぎり接触はしなくて済んだかもしれないが、ほとんど反射的な行動だった。

ほんのわずかに衣服の上から触れただけだったが、手の下で朱里の体が硬直したのがわかり、しまった、と手を引く。

「あっごめん」

「いえっ……すみません」

ぱっと、朱里も一歩分ほど、遠野から距離をとった。

普通なら傷ついてもいい反応だが、彼女に悪気がないことはわかっている。ここでくじけていては、先へ進めない。

「僕個人が嫌、ってわけじゃないんだよね？」

「え？」

素の自分でと朔に言われたのを思い出し、思い切って踏み込むことにした。

「あ、それともやっぱり僕が嫌？」

「あの、ええと」

朱里が引いた一歩分の距離をぐっと詰め、彼女の表情に少なくとも嫌悪感はないらしいことをもう一度確認して安堵する。

どうやら朱里は割と、押しに弱いタイプだ。異性との接触に慣れていないらしいことはこ数日の様子からわかったから、無害であることをアピールして、ストレスなく一緒にいられる存在であろうと思っていたが、朔の言うとおり、時間は無制限ではない。

まずははっきり好意を伝えて、自分の存在を意識してもらう方向に作戦変更だ。

「やっぱり嫌だよね。ごめんね。どこが特にダメかな？　清潔にはしてるつもりなんだけど。オタクっぽい長髪？　眼鏡？　長髪がうざいなら今すぐ丸刈りにすることも辞さないし、アイデンティティの一部となっている眼鏡だって今すぐ外すよ。あっ、そうすると朱里さんの顔が見えないけど、大丈夫コンタクトレンズ作ってくるから」

「いえ……その、眼鏡、お似合いです。素敵だと思います。……から、どうぞ、そのまま」

話しているうちに勢いがついて、あ、やりすぎた、引かれるかな、と思った瞬間に朱里に言われた言葉がこれで、二人の間に沈黙が落ちる。

互いに、あれ？　何か変なこと言ったかも、と思っているのがわかった。

信号が点滅し始めたので、慌てて二人で横断歩道を渡りきる。

歩道で立ち止まり、向き合った。車が後ろを通り過ぎる音が聞こえた。

先に口を開いたのは朱里だった。

「……私は、子どもの頃、修道院にお世話になっていた時期があって。シスターに育てられたんです。異性と接触することは禁じられていました。だから今でも少し、慣れないというか……嫌なわけではないんですが、その」

集中力が散漫になって、パフォーマンスが低下するというか、仕事に差し障るので……と、申し訳なさそうに言う。

朱里が、自分からプライベートな情報を教えてくれたのは初めてだ。

踏み込むのは今だと決めた。

「それが朱里さんの、『禁忌』ってことかな」

「！　どうして」

ぱっと顔をあげた朱里は、遠野と目が合って、すぐに冷静になったようだ。

すっと顎を引き、気づいていたんですか、と言った。

「うん」

「いつから……」

「最初から」

驚いた顔をする朱里に、ほんとだよ、と笑う。

「だって朱里さん、九年前と全然変わってなかったから」

本当の意味での再会だ、と思うと、自然と笑顔になった。不安より先に嬉しさがきた。

やっと言える。

「九年前にも、一度会ってるんだ。マンションの敷地内の広場で、夜……あれ、朱里さんだよね」

耳の形が一緒、と遠野が指で自分の耳たぶを叩《たた》くと、彼女は形のいい自分の耳に手をやった。「耳？」と戸惑う声に、あ、今のはちょっと変態っぽかったかな、と少しだけ反省する。

しかしまあ、これが素だ。

「僕は小学生で、マンションの窓から外を見てた。女性を狙った傷害事件が起きてた頃だよ。ベンチの女の子に男が近づこうとしてるのを見て、助けなきゃってパジャマのまま外に出たんだ。結局何もできなかったけど」

「あのときの……」

「うん。あれ、僕なんだ」

遠野は朱里の顔も、声も、骨格まですべて記憶していたから、再会したときすぐに、それが彼女だとわかった。

そのときは、何故九年前と変わらない姿なのかわからなかったが、朱里と碧生の話を聞いて、すぐにその謎は解けた。

吸血種は年をとらない。

彼女たちは、自分たちがそうだとははっきり言わなかったが、簡単に推測できた。吸血種と人間の相互理解のために一生懸命になっているのも、吸血種に偏見を持たない遠野たちの発言に嬉しそうにしていたのも、推測の結果を裏付けた。

彼女たちも、ひた隠しにしていたわけではないだろう。あえて言いはしなかっただけだ。ハンターが持っていたセンサー、計測器があれば、人間でも、吸血種の気配を測れると言っていた。裏を返せば、人間には、センサーなしでは吸血種の気配を感じとれないということだ。

しかし朱里はセンサーがなくても、吸血種の気配を察知していた。

「黙っててごめんね。朱里さんは僕のことなんか覚えてないだろうと思ってたし、秘密にしてることなら、言わないほうがいいのかなって……。九年も前のことを忘れずにいるなんて、気持ち悪いって、嫌われちゃうんじゃないかっていうのも不安だったし」

「嫌うなんて、そんな。私のほうこそ、皆さんを怖がらせてしまうんじゃないかと不安で……知ってもらってわかり合うことが大事だなんて言っておいて。すみませんでした」

朱里の性格上、こちらが卑屈なことを言えば、そんなことはないとフォローしてくれるだろうという打算はあった。しかし、それどころか、本当に申し訳なさそうに頭を下げられてしまい、遠野のほうがきょとんとする。

何で謝るの、と慌てて頭をあげさせた。

「そんなの、気にすることないよ。言うのも言わないのも自由だよ。吸血種が名簿に登録するのもしないのも個人の自由でしょ、同じだよ」

朱里のことなら何でも知りたいが、それは遠野個人の欲求であって、朱里がその期待に応じる義務はまったくない。

遠野がそう言うと、朱里は少し口元を緩めた。

仕事帰りらしいスーツ姿の女性が、後ろから二人の間を通りぬけていく。気づけば背後の信号はまた青になっていた。道を塞いでいたことに気づき、慌てて二人で歩き出す。

歩きながら、ゆっくりと、朱里は自分のことを話してくれた。

「私は、人間と吸血種の間に生まれた、ハーフブラッドです。フルブラッド……普通の吸血種と比べると、吸血種としての気配が薄いので、人間のふりをして吸血種の対象者を油断させたり、反対に仲間のふりをして近づいたりもできるということで、対策室に採用されました」

「碧生さんも？」

「碧生は人間ですが、私の契約者です。以前少しお話ししましたね。私が定期的に彼女から吸血し、彼女はその効果で、吸血種と同等の身体能力を得ています。年も、ゆっくりとしかとりません。それでも、外見年齢は私を越えてしまいましたが」

「姉妹なんだよね」

「はい。碧生は私の妹です。父親が違いますが」

犬をすぐ死んでしまうと言った、悲しげな表情を思い出す。彼女にとっては人間も、同じように脆《もろ》くて短命な生き物だろう。

たとえば遠野だって、きっと、彼女から見れば瞬きほどの時間しか生きられない。

しかし、それはどうしようもない。そんなことを理由に、距離を置かれてしまうのは納得できない。

だから、そうされる前に、言った。

「対策室には吸血種じゃない、僕みたいな人間も所属してるんでしょ。日本人もいる？　どうすれば所属できるのかな」

「花村さん？」

「遠野って呼んでくれたら嬉しいな」

これを言うのは二度目だ。

名前で呼んでほしい、イコール、親しくなりたいというその意味を、今度こそわかってもらうために、続ける。

「朱里さんと一緒にいたい。近くにいるだけでいいんだ。役に立ちたい。不純な動機かもしれないけど、吸血種と人間の相互理解のために、僕もできることをしたいって気持ちは本当だよ。すぐには無理でも、いつかきっと、役に立てるようになるから」

だからその権利を僕にください。

立ち止まって、向き合って、精一杯の言葉で伝えた。

最初は何を言われているのかわかっていない様子だった朱里の表情がみるみる変わり、大きな目が見開かれていく。

遠野の彼女に対する想いが、友愛でも、親切心でもないということは、さすがに伝わったようだった。

「僕の気持ちを知っていてほしいだけで、嫌がることはしないって約束する。だから、事件が解決しても、黙っていなくなったりしないでほしいんだ。いつかまた会えるってチャンスだけでもほしい。次に会えるのが何年後でもいいんだ」

朱里にとっては短い時間でも、自分の一生を捧げる覚悟はある。

「九年間、ずっと好きだったんだ。これからもずっと好きでいるよ」

最後まで、朱里を見つめたままで言い切った。

朱里は、しばらくの間固まっていたが、突然はっとしたように、何かを言おうとして口を開き、閉じた。何か言わなくてはと思って、何を言えばいいのか、決めきれずにいるようだった。

「あ、……ありがとう、ございます」

ようやく発した一言に、朱里自身が驚いた顔をする。

考えがまとまる前に、口から出てしまったらしかった。

違うんです、というように慌てて首を横に振り、否定するのもおかしいと気づいたのか、困ったように自分の胸元に手を当て、視線を泳がせる。

「に、日本国内に、対策室を設置することは……私も、必要だと思っているので、あの、ご相談に乗れると、思います。そう思ってくださるのは、同志として、嬉しいですし」

しどろもどろになりながら、そんなことを言った。

暗くてよくわからなかったが、顔が赤い、ように見える。

「これから、少しずつ……そういったお話もできたら、有意義だと思います。是非」

告白の返事ではない。もちろん、あえてそこには触れていないのだ。

しかし、拒絶ではなかった。

遠野の気持ちを理解したうえで、彼女はそれを拒まなかった。

今はそれだけで、十分だ。

「この事件が解決しても、おしまいにはならないって、思っていいのかな？」

「はい、それは、もちろん。……その、同志として。よろしくお願いします」

朱里も少しほっとしたのか、ぎこちなくだが笑みを浮かべる。

それから、すす、と、横にスライドするように、遠野から数歩分の距離をとった。

「その……もう少し、離れます。どきどきして」

前を開けて着ていたコートの下に手を入れ、胸を押さえて、すー、はー、と、息を吸って吐き、真面目な顔で言う。

「集中できないと、吸血種が近くにいても、気配がわからないかも……しれないので」

（ん？　あれ……これは）

この反応は。

（近くにいると、どきどきして、集中できないって）

落ち着きかけていた心臓の鼓動がまた速くなったが、朱里には、自分が何を言ったかの自覚はないようだ。真剣に、深呼吸を繰り返している。

(そういうこと言われると、期待するんだけど)

呼吸を整えた朱里が、行きましょう、と促したので、また二人で歩き出した。

さきほどより、物理的な距離は少しだけ開いているが、それをマイナスには感じなかった。

ふられたわけではない。ただ気持ちを知ってもらっただけだ。

それが目的だったから、この告白は、成功と言っていい。

まだ若干の気恥ずかしさはあったが、朱里も普通に接しようとしてくれているのがわかったから、できるだけ平気な顔をして、普通の声で言った。

「えっと、朱里さんは、僕を送ってくれた後どうするの?」

「碧生と合流して、危険区域の見回りに参加します。もう一、二時間ほどしたら、警察の巡回も始まるはずです。紫外線ライトや純銀の手錠を持った警官に、二人一組になってもらって」

「そっか、それなら百瀬さんも安心するね。よかった。僕の家、九年前と同じところだよ。敷地内に丘みたいなのがあるマンション。お茶くらいごちそうしたいけど、仕事に戻るのが遅くなっちゃうかな」

朱里が返事をしかけたとき、遠野の携帯電話が鳴った。

ディスプレイを見ると、千夏からだ。

彼女の住んでいる単身者用のマンションは、大学から徒歩十五分程度の距離だから、そろそろ着いた頃だろう。無事帰宅しました、の連絡だろうか。メールではなく電話がくるのは珍しい。歩きながら携帯電話を耳に当てた。

「はい」

『あの、百瀬です。遠野先輩、まだ朱里さんと一緒ですよね』

「一緒だよ。百瀬さん、もう家？」

『はい、さっき着きました。それであの、今、外に男の人がいるみたいで』

「え？」

遠野の声が緊張感を帯びたからか、朱里の目がこちらを向く。

遠野は携帯電話を操作して、スピーカーホンにした。スピーカーにしたよ、と千夏に伝え、続きを促す。

『私の部屋、三階なんですけど、帰宅してすぐ、窓から下を見たんです。朔先輩が見えるかなって思ったから』

送ってくれた朔に、窓から手でも振ろうとしたのだろう。

しかし、彼女が窓から見下ろすと、朔の姿はもうなく、黒いライダースジャケットを着た男が、家の前をうろうろしているのが見えたのだという。

『外国人じゃなかったけど、もしかして、竹内くんが言ってたのと同じ人じゃないかって気がついて……それで、電話しました。今、写真を送ります』

通話しながら操作したらしく、すぐにメールが送られてきた。

三階から窓越しに撮った写真で、お世辞にもよく撮れているとは言い難いが、なんとか顔が確認できる。十代後半か、せいぜい二十歳そこそこに見えた。明らかに、三田村の家の近くですれ違った男とは別人だ。

第二の殺人現場で、犯行の直後に竹内が目撃した男となら、特徴が一致する。

朱里が緊張した面持ちで小さく頷いた。携帯電話を取り出し、おそらく碧生か警察にだろう、連絡をとり始める。

「百瀬さん、そいつ、まだマンションの前にいる?」

『今はいません。朔先輩に電話したんですけど、つながらなくて……どうしよう、朔先輩が外にいるのに、あいつが犯人だったら』

千夏の声は不安げに上ずっていた。

落ち着いて、と、意識してゆっくり、言い聞かせる。

「まだ、そいつが犯人って決まったわけじゃないよ。時間だって早いし、朔も友達と会うって言ってたから、たぶん一人じゃないし、大丈夫。念のために僕も朔に連絡してみるし、つながったらすぐ教えるから、百瀬さんは部屋から出ないで」


普段なら歩く距離だったが、緊急事態なのでタクシーを拾った。

先に帰宅するようにと朱里に言われたのだが、千夏が動揺しているかもしれないから自分も一緒のほうがいいと言って説得した。問答している時間も惜しいと思ったのだろう、遠野がタクシーに乗り込むと、朱里もそれ以上は言わなかった。

ほんの数分で千夏のマンションの前へ着き、二人がタクシーを降りると、マンションの前に千夏が立っている。

「一人で外にいたらダメだよ、百瀬さん」

マンションの玄関が明るいので、普段なら外にいても危険を感じるようなことはないのだが、状況が状況だ。

遠野が声をかけると、千夏はごめんなさい、と頭を下げた。

「今、ロビーに戻ろうとしてたんです。遠野先輩まだかなとか、朔先輩が戻ってこないかなとか、気になって、出たり入ったりしてて……そしたら、あいつが」

顔をあげ、乱れた髪を直して、話し始める。

「あいつが、戻ってきたんです。ついさっき。ここで先輩たちを待ってたら、あっちから来るのが見えて……急いでマンションに入ろうとしたんだけど気づかれて目が合って、怖くて固まってたら、近づいてきて」

あいつ、というのは、黒いライダースジャケットの男のことだろう。話しながら思い出して恐怖にかられたのか、千夏は自分の両腕を抱くようにして、顔をこわばらせた。

首にかけた鎖を指先でたぐり、男ものの指輪を握りしめる。

「足が動かなかったけど、朔先輩の指輪、お守りみたいに握ってたから……思い出して、こうやって、指輪の模様を相手に向けたんです。あいつ、ちょっと驚いたみたいだった。立ち止まって私を見たけど、何もしないでいなくなりました」

十字架の模様を見て驚いた？

思わず朱里を見る。

その視線を追うようにして、千夏も朱里のほうを見た。

「十字架に反応したってことは、あいつは吸血種ってことですよね。指輪のおかげで私は助かったけど、あいつが朔先輩のこと見つけてたらどうしよう」

朱里は、すがりつくように言う千夏の肩をそっと手のひらで押さえ、「落ち着いて」と視線を合わせる。

「その人物が犯人だと、決まったわけではありません。でも念のため、碧生にも、警察にも連絡しました。もう近くに来ているはずです。皆で辻宮さんを探して保護しますし、見つけ次第ご連絡しますから、百瀬さんは、安全なところにいてください」

千夏は何か言おうとしたが、朱里にじっと見つめられ、口を閉じる。

自分が取り乱していては無駄な時間を使わせるだけだと気づいたのだろう、小さく頷いて、おとなしくなった。

言われるまま、マンションの中へと引き返していく。

「見つけたら、すぐ連絡するから！」

遠野が声をかけると、少し振り向いて、また頷いた。

千夏がエレベーターに乗り込むのを確認してから、背を向ける。

ここへ来る途中のタクシーの中から朔に電話をかけてみたが、コール音が鳴るばかりでつながらなかった。連絡をくれとだけメールを打ってある。携帯電話を取り出してみたが、朔からの返事は届いていなかった。

「この辺りを見てきます。遠野さんは、百瀬さんと一緒にマンションの中に」

「僕も探す。朱里さんと一緒なら危険はないでしょ？　朱里さんの気が散らないように、離れてるから」

「危険がまったくないわけでは……」

朱里は困った顔をしたが、勝手に一人で行動されるよりはましだと判断したのか、結局、口をつぐんだ。

先に歩き出そうとした遠野を押しとどめ、私が先に行きます、と言って前に出る。注意深く周囲を見回しながら進む朱里の後ろから、一メートル弱の距離をあけて、ついていく。途中、コンビニの袋を提げた男とすれ違ったが、朱里は見向きもしなかった。吸血種ではない、ということだろう。遠野には気配を察知することはできないから、夜道で人影を見るたびに少し緊張した。

テープを乗り越えて公園の中も確認したが、そこにも朔の姿はない。

公園を抜け、三田村の家のすぐ近くまで来ると、まだ十時そこそこだというのに、ほとんど人通りはなくなった。

女の子なら、暗くなってからの一人歩きは不安になりそうな寂しさだ。

朔は、この辺りに用があると言っていた。

誰かの家を訪ねていて、建物の中にいるのなら安全なはずだが、それにしては、メールにも電話にも返事がないのが気にかかる。

「あいつのことだから、用があるって言ったのは、百瀬さんを送っていく口実だったのかも。気を遣わせないようにそう言っただけで、もうとっくに駅まで戻ってる……なんてことなら、いいんだけど」

「電話に出られなかったのは、電車に乗っていたからかもしれませんね」

しかしそれなら、メールの返事くらいは打てるだろう。

「もう一回、携帯鳴らしてみる」

歩く速度を落とし、履歴から朔の番号を呼び出した。

コール音が鳴るばかりの携帯電話を耳に当てたまま、出ないなあ、と呟いた遠野に、待ってください、と朱里の鋭い声が飛ぶ。

「――吸血種の気配がします」

彼女は腕で遠野の進路をふさいで立ち止まらせ、探るように辺りを見回しながら、携帯電話を取り出した。

「碧生を呼びます。遠野さんは私の後ろにいてください。もし襲ってきたら、いいですか、人のいるほうへ……表通りまで、走って逃げてください。私は大丈夫ですから。もし私が怪我をしたようでも、かまわずに走ってください」

そんなことはできない、と言いそうになったが、遠野がその場にとどまれば、朱里にとって邪魔にしかならないのはわかっている。

ぐっと飲みこんで、わかった、と答えた。朱里は、それでいい、というように小さく頷き、携帯電話で碧生に何か指示をしている。

まだ呼び出し中のままの自分の携帯電話に目を落とし、切ろうとして、気がついた。

着信音が聞こえる。まだ遠いが、確かに鳴っている。

どこから?

「碧生も、すぐ近くにいるそうです。吸血種の気配はこちらからします。もう少し近づいてみますが、碧生と合流したら、遠野さんは一度、さっきのマンションに戻ってください」

ゆっくりと角を曲がり、先の道に人がいないのを確認してから、朱里は歩き出している。

遠野も続いた。

進行方向から、向こう側の角を曲がって、碧生がこちらへ近づいてくるのが見え、ほっとする。

遠野が歩く速度を上げようとしたとき、碧生が立ち止まった。

道の先、遠野たちから見て右手にあるマンションの前で、凍りついたように。

何だろうと、碧生の視線の先を見ると、駐輪場の脇のスペースから、靴のようなものが道にはみ出しているのが見える。

マンションの裏に設置された、住人用のゴミ置き場だ。

夜のうちにゴミを出した人がいたのだろうか？

「――遠野さんは、そこにいてください」

朱里が、眉を顰《ひそ》める。

三田村の家の前で見たのと、同じ表情だ。何かを予感しているような。

彼女は遠野に一声かけて碧生へと近づき、ゴミ置き場に目をやった瞬間、息をのんだ。

口元を押さえて後ずさる朱里に、遠野も慌てて駆け寄った。

「朱里さん？」

「見てはダメです！」

駆け寄る足音に反応して、朱里が振り向き、悲鳴のような声で言う。

けれど遅かった。

遠野はもう、ゴミ置き場が見える場所に来ていた。

朱里が遠野に抱き着くようにして、だめです、と繰り返したが、彼女の華奢な体では、何も隠せてはいなかった。

ゴミだと思った靴は、脚につながっていた。

脚の持ち主は、壁を背にして、コンクリートに長い脚を投げ出して座っている。血だまりの中に。

それはどう見ても、朔だった。

顎から左肩までがぐっしょりと血に染まって、左の首筋には大きくえぐられたような傷がある。その傷のせいか、首は反対側に傾いていた。

右腕は、だらんと体の横に垂れている。指先には、包帯が巻かれたままだった。ほとんどが赤に染まっていたが、まだ少しだけ、白い部分が残っていた。

左腕はなかった。肘の上からちぎれて、なくなっていた。

うなだれた状態で前髪が顔にかかり、目から上が見えないのは、救いだったかもしれない。

ぽたぽたと、前髪から、赤い雫《しずく》が滴《したた》っていた。

ゴミ置き場の隅で、携帯電話が鳴っていた。

7

どうやって家へ帰ったのかは覚えていない。

シャツが少し汚れていたから、どこかの段階で嘔吐《おうと》したようだが、いつどこでという記憶はなかった。

シャツは洗濯機に放り込み、シャワーを浴びて着替えたが、その間、何も考えなかった。頭が働かなかった。

講義は全部欠席して、午後になってから家を出る。

部室には顔を出すつもりだったが、その前に、昨夜見た、第四の事件の現場へと向かった。

朱里と綾女から一回、千夏から二回着信があったようだが、電話で何を話せばいいのかわからなかったので、かけなおすことはしていない。綾女か千夏が部室にいたら、直接話すつもりだった。自分がうまく話せるかは別の話だが、彼女たちには聞く権利がある。

朱里には、部室へ行くとメールで連絡を入れた。

事件現場のゴミ置き場はテープで囲われていた。使用禁止の貼り紙がしてあったが、血はすっかり洗い流されていて、そこで何があったのかは、わからなくなっている。

通りかかった住人に訊いてみると、夜のうちに交通事故があったそうだと言われた。そう説明を受けたのだろう。

この町で四件もの連続殺人が起きていることを、住民たちは知らない。

そして、この場所で、遠野の親友が殺されたことも。

しばらくの間、空っぽのゴミ置き場の前に立っていた。

念入りに血の跡を消したからか、コンクリートで四角く区切られただけのそこは、不自然なほどきれいに見えた。

竹内の家の前で発見された二人目の被害者は、その夜のうちに遺体を運び出され、事件の痕跡を消され、行方不明という形で処理されたと聞いた。

朔もこのまま、行方不明ということになるのか。遺体も戻らず、葬式もあげられず。家族はどう思うだろう。朔の家族のことは知らないが、音信不通となれば訪ねてくるだろう。自分も話を訊かれるかもしれない。そうしたら、彼らに、何と言えばいいのだろう。

回り道をして、千夏のマンションへ寄ってみた。

千夏の部屋のカーテンは閉まったままだった。

部室には、綾女だけがいた。

彼女はいつも通りの汚れた白衣で、キャンバスの前にいたが、筆を持ってはいなかった。

ほぼ完成した、朔の肖像画を、ぼんやりと眺めている。

それで、綾女が、彼の訃報を受けたことを知った。知らせたのは、朱里か碧生か、警察か
――千夏かもしれない。自分という可能性もあったが、記憶がない。

遠野が近づくと、こちらへ顔を向けて、

「大丈夫か」

と訊いた。

「たぶん」

彼女らしい簡潔な問いかけに、同じく短い返事を返す。

「部長は？」

「私は見ていないからな。まだ信じられない。連絡をもらったときも、何かの間違いかと思ったが」

間違いではないんだなと、綾女は、遠野の顔を見て、察したように言った。

遠野は、ただ頷くことしかできない。

遺体はどこかへと運ばれ、現場も清められて、昨夜の痕跡は残っていなかった。知っているのは自分たちだけだ。

辻宮朔の身に何が起きたのか、彼の家族や友人たちは、これから先も知ることはない。彼らはこれから先、朔が生きているのか死んでいるのかもわからないまま、いつか戻ってくる日を待ち続けるのだろうか。

それでも、あんな死に方をしたと知るよりはましだと、言えるだろうか。

「百瀬は、現場に行ったそうだ」

「え？」

「辻宮が見つかったと連絡を受けて、見にいったらしい。そのときはまだ警察が現場にいて、血を洗い流していたそうだ。遺体は見せてもらえなかったらしい」

そうですか、と答えて、目を伏せる。

千夏が遺体を見ずに済んだのは、不幸中の幸いだった。

しかし血を洗い流すところを見ただけでも、彼女にとってはショックだっただろう。朔の血なのだ。

暗い中でもはっきりとわかった、赤い色とむせかえるような血の匂いを思い出す。

「僕は見ました」

あの赤がすべて、朔の血で、彼はその血溜まりの中にいた。その意味は一目でわかった。

「朔でした」

「……そうか」

綾女が目を閉じる。

遠野は、肖像画に目を向けた。綾女は制作中の絵をあまり見せたがらないから、こうして、じっくりと見るのは初めてだ。

彼女の描いた絵にしては珍しく、対象の姿をそのまま写している。背景が深緑で、全体的に暗い色調ではあったが、肌の色も目の色も、奇抜な色で塗られているということはなかった。

肘掛け椅子に腕をかけ、脚を組んで座る、朔の姿がそこにある。

そういえば、オカルト研究部のメンバーで写真を撮ったことはなかった。毎日顔を合わせていたから、思い出を残そうなどと考えたこともなかったのだ。

もうこの絵の中にしか、朔はいない。

頭では理解しているのに、何故か、悲しいという感情が湧いてこなかった。理不尽に友人を奪われたことに対する怒りも。

まだ、現実のこととして、受け入れられていない。

いつのまにか綾女も目を開けて、自分の描いた絵を見ていた。

彼女の、線の細い横顔と薄いレンズを、横から眺める。彼女の目にも涙はなく、表情もぼんやりとしていた。自分と同じだとわかった。

二人とも、朔がいなくなったということを、実感できていなかった。

だから、まだ、人が少なく静かなだけで、いつも通りの部室だった。

「――前から思ってたんですけど」

麻痺したようにぼやけた空気の中、思いついて口を開く。

「部長のその眼鏡、度が入ってないんじゃないですか？」

綾女はこちらを見た。

横から見えていた目はまたレンズの向こう側になり、長い前髪が目の半ばまでかかる。

「僕の眼鏡は近視用で、朔の眼鏡はただのおしゃれだったけど、部長のそれって、顔を隠すためですよね。もったいないなって思ってました」

ていうか、と、多少申し訳ないような気持ちになりながら続けた。

「ほとんど隠せてないですけど。部長がきれいなの」

目の色が薄く、緑がかっていることも、毎日のように一緒にいれば気がつく。

無造作にしばっただけの髪型や、絵の具で汚れた白衣に気をとられて、彼女の美しさに気づかない人間ももちろんいるが、大多数の人間は、気づいても、眼鏡や白衣や髪型から彼女の拒絶を感じて、話しかけられずにいるだけだろう。

綾女は嫌そうな顔でため息をついた。

「辻宮と同じことを言うな」

「あ、やっぱり」

いかにも言いそうだ。

「皆気づいてますよなんて、ずいぶん前に言われたな。確かに無駄なことかもしれないが、私はこれが落ち着くんだ。楽だしな」

「まあ、いいですよ、部長が好きでしてるなら。一定の効果はあるんでしょうし」

美人はそれだけで、面倒なことも多いのだろう。千夏を見ていてもわかる。ありのままでいることは、素晴らしいことかもしれないが、言うほど簡単ではない。

全然関係のない話題で朔の名前が出たことが、きっかけになった。

綾女は一呼吸置いてから遠野を見て、

「辻宮は何故死んだんだ。吸血種に殺されたのか」

直接的な質問をする。

「たぶん」

遠野も、遺体を一目見ただけだが、車の事故であんな風にはならないし、普通の人間に、あんな殺し方ができるとは思えない。

朱里も吸血種の気配を感じると言っていたから、まず間違いないだろう。

「何故あいつが？　偶然か？」

「わかりません」

通り魔的な犯行に、「何故」と問うても意味はない。しかし、綾女の質問の意図は違っていた。遠野にもそれはわかった。

たまたまそのときその場所にいたから、無差別な殺人の四番目の被害者になってしまっただけ――本当にそうなのかと、彼女は疑問を持っている。

その疑問は、遠野の中にもあった。

辻宮朔という男は、「たまたま不運にも事件に巻き込まれる」タイプではないという印象があるせいだろうか。

「偶然なら、事故のようなものなら、納得するしかない。あとは悼《いた》むだけだ。けどあいつは、偶然で死ぬような奴じゃなかった気がするんだ。無茶苦茶なことを言っていると自分でも思うが……」

「はい。なんとなく、わかります」

遠野が言うと、綾女は小さく頷いた。

朔が死んだことに理由があるのなら、それを知りたいと思った。

知ったところで何が変わるわけではない。しかし、ただ、知りたい。犯人をつかまえて、何故朔だったのかと訊いてみたい。

そうだ、犯人——朔を殺した吸血種は、今もどこかにいるのだ。事件は続いている。

無念を晴らすなどというつもりはないが、まずは、終わらせなければ。

親友の死を悼むのは、それからでいい。

携帯電話が震えた。「もうすぐ着きます」と、朱里からメールが届いている。

部室に行くと伝えたことに対する返事のようだ。もう部室にいる、綾女もいると返信して、部屋の隅にあった丸椅子を引き寄せる。

「三番目までの事件は全部深夜に起きていて、犯人の活動時間は十二時から明け方頃までだと思われていました。でも、今回は——朔が襲われたのは、夜十時前後です。それに、三田村さんが亡くなってから二十四時間もたっていない。二日連続で犯人が動いたのは初めてです。今回は犯人にとっても、イレギュラーな犯行だったんじゃないでしょうか」

腰を下ろし、話し始めた。

綾女も、腕を組み、考える体勢になる。

「朔は、あの辺りに用事があると言っていました。百瀬さんを送っていくためにそう言っただけかと思ったけど……」

朔が襲われたのは、三田村宅のすぐ近くだ。千夏の家から近いが、千夏を家まで送って駅に戻るなら、三田村の家のほうは通らないはずだった。

あの辺りに、本当に、何か用があったのだろう。

被害者は朔一人だった。人と会う予定だと言っていたが、会えなかったのか。

もし、朔が襲われたときに一緒にいた人間がいて、無事逃げのびているのなら、犯人の目撃証言を得られるかもしれないが——それについては、朱里たちに訊いてみるしかない。

今気になっているのは、朔が何故、現場となったマンションの辺りにいたのかということだ。何をしていたのか。人と会う予定だったにしても、何故わざわざ、犯人の縄張りともいえる危険なエリアを選んだのか。

朔は、通り魔事件の犯人が吸血種であることも、その行動範囲についても知っていた。にもかかわらず、危険な場所に、夜——それまでの犯行時刻と比べるとまだ早い時間で、油断していたというのもあるにしても——一人でいたということは、そうするだけの理由があったということだ。

「辻宮が襲われた場所が、三番目の被害者となった人物の家の近くだったというのは、偶然じゃないかもしれないな」

「はい。三田村さんも、一番目、二番目の被害者とは少し違ったパターンで襲われています。何より、自宅で襲われたっていうのが大きい。三田村さんが被害者になったのが偶然じゃなくて、何か理由があったのなら、朔は、それに気づいたのかもしれない」

そして、だからこそ、殺されたのかもしれない。

口には出さなかったが、綾女も、その可能性には思い当たったようだった。

しかし、これはあくまで推測だ。根拠はまだない。現場付近を調べれば、朔が何のためにあそこにいたのか、わかるかもしれない。

三田村の遺体も、朔の遺体も、まだ収容されたばかりだ。解剖結果が出れば、そこから得られる情報もあるだろう。

今は推測することしかできないが、朱里たちが到着したら、話をしてみよう。

そろそろ着く頃だ、と時計に目をやったとき、部室のドアが開いた。

朱里かと思ったら、千夏だ。

昨日の今日で、彼女が部室に顔を出すとは思っていなかったので、反応が遅れた。

「遠野先輩。よかった。朱里さんか碧生さんの連絡先を教えてください」

彼女は丸椅子から立ち上がった遠野に向かい、開口一番、そう言った。

七分袖の黒いワンピースを着て、髪は一つにまとめている。

泣きはらした目はしていなかったが、目の下に隈《くま》があった。

「朱里さんなら、この後来るよ。もうすぐ着くって連絡があった」

「そうですか。ちょうどよかったです」

予想していたよりもずっと、しっかりしている。元気そう、と言っていいのかはわからないが、はっきりと受け答えをして、自分の足で立っている。

ショックで寝込んだり、怖くて外を出歩けなくなったとしてもおかしくないと思っていたから、そういった面では、よかったと言うべきなのかもしれない。しかし、いつもの彼女ではない。どこか、様子が違っていた。

「先輩たちは、日が暮れる前に帰ったほうがいいですよ。大学のまわりは大丈夫だと思いますけど、やっぱり暗くなると不安ですから」

遅くまで残っていることの多い綾女を気遣うような発言をする余裕まで見せる。綾女がちらりとこちらを見た。無言のうちに視線を交わす、彼女の目に、遠野と同じ不安が浮かんでいた。

千夏は、大丈夫なのか？

「百瀬こそ、明るいうちに帰ったほうがいい。できるだけ一人で行動しないようにして

「私は大丈夫」

自信ありげに言って、千夏は肩にかけたバッグの中から、紙の包みを取り出す。包みをほどき、巻きつけてあった緩衝材をはぎとると、現れたのは先の尖ったステーキナイフだった。

「さっき買ってきたんです。銀食器で刃の鋭いものってあんまりなくて、これが限界だったけど」

フィッシュナイフじゃ武器にはならないですよね、などと言いながら、千夏はナイフを持ったまま手首を裏返したり表に返したりしてみせる。

食事のときに使うような鈍いものではなく、料理人が肉を切り分けるときに使いそうな、鋭いタイプだ。

顔が映るほどよく磨かれた銀の刃が、照明を反射してぎらりと光った。

「それ……」

彼女が何のためにそれを買い求めたのかは、訊くまでもなかった。

遠野が言いかけると、千夏は、はい、と頷いてナイフを下ろす。

「朔先輩を殺した犯人を探します。私は非力ですけど、犯人は、獲物に反撃されるなんて思ってないはずだから、チャンスはあると思うんです」

いっそ朗らかと言っていいような口調で、千夏は言った。

何と応えればいいのかわからず、立ち尽くす。

綾女も、彼女には珍しい困惑した表情で、千夏を見ている。

ちょうどそのとき、開けたままになっていたドアから、朱里が入ってきた。

碧生の姿は見えない。警察と一緒に動いているのだろう。二日続けて事件が起きたばかりで、こうして朱里が顔を出してくれるのにも、色々と調整が必要だったはずだ。

朱里は、千夏までもが部室にそろっていたことに驚いた様子だったが、すぐに沈痛な表情で言った。

「皆さん、辻宮さんのことは、本当に」

「ああ、よかった。待ってたんです、朱里さん」

ドアに背を向けていた千夏が振り向き、朱里がすべて言い終わる前に、言葉を被せる。

「この町の、登録済の吸血種を紹介してください。ダメでも、自分で探しますけど」

「百瀬さん？　ちょっと待ってください」

千夏らしくない、強引な口ぶりとその内容に、朱里は戸惑いを隠せない様子でいる。

どうしたんですか、と言おうとしたのだろう、口を開きかけ、千夏の手に握られたナイフに目を留めて口をつぐんだ。

千夏は、あ、ごめんなさい、と言って剝き出しの刃に緩衝材を巻き直し、紙で適当にくるんでバッグの中にしまう。これは自衛のためです、と何でもないことのように付けくわえた。

「吸血種全体を、朔先輩の仇だなんて思ってませんよ。かたっぱしから吸血種に襲いかかったりしませんから、安心してください」

朱里が遠野を、それから綾女を、助けを求めるように見る。

しかし、遠野たちも自分と同じくらい困惑しているのだと、気づいたようだった。すぐに視線を千夏へと戻す。

「どうして、登録済の吸血種を？　彼らにはすでに聞き込みを行いましたが、犯人と思われる人はいませんでした」

「だからこそです。身元がしっかりしていて取り調べも済んでいるなら安心だし、それに、未登録の吸血種のことは、朱里さんたちは把握していないんでしょう？　私は、未登録でもいいんですけど……やっぱり登録済の人のほうが、何かと安心かなって」

「吸血種に会って、どうするつもりですか？」

決まってるじゃないですか、と千夏は明るい声で言った。

「私の血を吸ってもらうんです」

想像していなかった答えに、三人とも固まった。

千夏は平気な顔で続ける。

「吸血種に血を吸われて『契約者』っていうのになったら、吸血種と同じような力が手に入るんでしょう？　私もそうなって、朔先輩を殺した犯人をつかまえます」

吸血種に血を吸われ、その唾液が体内に入ると、一時的に細胞が活性化し、身体能力が高まるという話は、朱里たちから聞いている。

しかしそれを、吸血種の犯人と渡り合うために利用するという発想はなかった。

高い身体能力を得たところで、相手も吸血種で、それも、四人も惨殺している凶悪犯だ。対等に渡り合えるのかというと大いに疑問があるが、千夏もそれは承知の上だろう。

彼女の目には覚悟があった。

それが正しい強さなのかどうか、遠野にはわからない。

朔に続いて、千夏まで失うわけにはいかない。しかし、今の彼女を止められるとは思えなかった。

「それから、もう一つ」

千夏は真剣な表情で、朱里に向き直る。

「対策室に——朱里さんと碧生さんと、同じ組織に入りたいんです。どうすればいいですか。推薦とか、してもらえますか？　資格が必要なら、とります。どんな訓練でも受けます」

「百瀬さん、それは」

「教えてもらえないなら、私、ハンターになるしかない」

彼女の手が、無意識にか、首にかけられた鎖の先の、朔の指輪に触れた。

朱里が息をのむ。

千夏が本気で言っているのは、遠野にもわかった。

「でもそれは、まだ先のことです。考えておいてください。まずは、今夜です」

一度伏せた目をあげて、朱里を見、千夏は強い決意とともに言う。

「私が囮になります。あの辺り、夜は人通りが少ないから、一人でうろうろしていれば襲われる確率は高いと思うんです。犯人が釣られて現れたら、つかまえてください。協力してもらえなくても、一人でやりますから」

「そんな危険なこと――」

「ええ、だから、準備が必要です。紫外線ライトも買ってこなきゃ。一時間くらいで戻ります。それまでに、結論を出しておいてください」

千夏はそれだけ言うと、くるりと遠野たちに背を向け、朱里の返事も聞かずに部室を出ていった。

膝上丈の黒いワンピースの裾が、ひらりと翻《ひるがえ》る。

歩き方からして、遠野の知っている千夏とは違っていた。

彼女自身が、そうあろうとしているようだった。

☾

百瀬千夏は、たった一晩で、ずいぶん変わってしまったように見えた。

無理もない。

千夏が昨夜、事件現場へ現れたとき、碧生は警察官らとともに現場に残っていて、彼女が血まみれのコンクリートを目撃してしまうところに居合わせたそうだ。遺体が運び出された後だったのは不幸中の幸いだった。

警察官が千夏に気づいて、「交通事故の現場なので近づかないように」と説明しようとしたのを止め、碧生が彼女を自宅まで送っていったと聞いている。

千夏は、「朔先輩ですか」と血の気の失せた顔で一言確認し、それきり、何も話さなかった。涙も流さなかったと、碧生は言っていた。

そして、一夜明けて、朱里の前に現れた千夏は、別人のような表情をしていた。

朱里はそのとき初めて、彼女が朔に対して特別な感情を持っていたことに気がついた。

それを恋心と呼んでいいのかどうかは、わからない。千夏自身もわかっていないかもしれない。少なくとも、こんなことになるまでは、信頼できる一人の男性として、兄のように慕っているだけだと、自分では思っていただろう。

短い期間一緒にいただけでもそうとわかるほど、朔は聡《さと》い人間だったから、彼はきっと、千夏の気持ちに気づいていただろうが、彼女にそれを悟らせるようなことはしなかったはずだ。むしろ、彼女が彼女自身の気持ちに気づかないように、うまく立ち回っていたのかもしれない。

千夏の気持ちに応えられないと思ったからこその行動だろうが、千夏は年齢の割に幼い印象だったから、それで救われていたところもあるだろう。

その態度は、誠実だったとは言えないかもしれない。けれど、朔は、千夏に優しかった。

優しいまま、いなくなってしまった。

きっと、千夏は、忘れられない。

(悲しみに押しつぶされてしまうよりは——怒りと復讐心にかられているほうが、楽なのかもしれない。彼女にとっては、そのほうが)

するべきことのために動いている間は、自分を保っていられる。喪失に正面から向き合うことを、後回しにできる。

碧生には千夏の提案——要求を伝えたが、碧生も朱里と同意見だった。本来許可できるようなことではないが、止めることもできない。千夏は一般人で、彼女に対して朱里たちは何の権限も、強制力も持たない。

血を吸ってくれる吸血種を紹介してくれ、という申し入れについては断ることができるが、断っても、彼女は脆弱《ぜいじゃく》な人間の体のままで犯人探しを実行するだろう。

ただの人間のまま、何のフォローもバックアップもなく行動されるよりは、まだ、彼女の提案を受け入れたほうがましだった。

「今さらだけど、百瀬さんが吸血種じゃないことは、はっきりしたわね」

複雑な表情で、碧生が言った。

「吸血種だったほうが、よかったのかもしれないけど」

これから、警察官たちと今夜の段取りについて打ち合わせをすることになっている彼女と、警察署の廊下で別れた。

朱里は、千夏と会うために、再び大学へと向かう。

忘れかけていたが、朱里たちは最初、オカルト研究部の学生たちの中に、未登録の吸血種がいるかもしれないと疑っていたのだ。

千夏は違った。怪我をしてもすぐに治らなかった、遠野も違う。

綾女はどうかわからない。彼らが朱里たちと行動するようになってからは、朱里自身の気配が混ざってしまって、彼らから感じる微量の気配は意味のないものになってしまったから、本人が血液検査を拒んでいる以上、確かめようがない。

確かめる必要はないと思っていた。

たとえ綾女が吸血種だとしても、彼女は犯人ではありえない。朔が襲われた夜、彼女は碧生に送られて自宅にいたし、第一、彼女が朔を殺すわけがなかった。

犯人でないのなら、彼らが吸血種かどうかは関係がない。だから、彼らと知り合って比較的早いうちに、彼らが吸血種かどうかを探るつもりもなくなっていた。

遠野の言ったとおり、吸血種であるか否か、それを告白するかどうかは個人の問題で、今回の事件に無関係ならば、どちらでもかまわないと思っていたのだ。

けれど今は、いっそ千夏が吸血種だったら、と思わずにはいられなかった。

彼女の決意は固く、犯人探しを止めることはできないだろう。

しかし、その強い想いとは裏腹に、彼女はあまりに非力だった。戦闘の経験すらない、一般人の女の子だ。どれだけ覚悟を持っていても、いざとなれば足がすくんで、戦うことなどできるとは思えない。

本当は、囮には自分がなるつもりだった。

吸血種としての気配を極限まで消して、深夜に危険区域を一人で歩けば、犯人が現れる可能性は高い。

千夏と同じことを考えていたのだ。

ある程度近づくまでは、犯人は、朱里が吸血種であることに気づかないだろう。気づかないまま襲ってきたとしても、朱里なら迎え撃つことができるし、犯人が気づいて動揺すれば、それもまたチャンスになる。朱里には囮捜査の経験があり、成功の可能性は高いはずだ。しかし、朱理が囮になってつかまえるから、信じて安全なところで待っていてくれ、と伝えたとして、千夏は納得するだろうか。

朱里が大学に着くと、部室の前の廊下に遠野と綾女がいた。朱里を見つけて近づいてきてくれる。

千夏はもう戻ってきていて、部室の中にいるらしい。

「説得してみたけど、ダメだった。百瀬さんの決心は揺るがないみたいだ」

気持ちはわかるから強く言えなくて、と申し訳なさそうに遠野が言った。

綾女も、白衣のポケットに手を入れた姿勢でうつむいている。

彼らに説得できなかったのなら、朱里が何を言っても無駄だろう。

「ありがとうございます。私からも、もう一度話をしてみます。お二人は、もう帰ってください。今夜は家から出ないで……後は、私たちに任せてください。もし百瀬さんを説得できなくても、彼女に危害が及ばないように、最善を尽くしますから」

「私はそうさせてもらう。何もできなくて心苦しいが、せめて邪魔にならないように、家にこもっていることにする。百瀬のことは、よろしく頼む」

「はい」

百瀬さんを無事自宅へ送り届けたら、連絡します。朱里がそう言うと、綾女は頷き、

「だがこいつは、安全なところに隠れているつもりはないようだ。話を聞いてやってくれ」

白衣のまま、鞄も持たずに歩いていってしまった。

その背中を見送り、残った遠野に視線を戻すと、笑顔の印象の強い彼が、唇を引き結び、真剣な目をしている。

「僕は一緒に行くよ。百瀬さんが囮になるなら一緒に歩きたいくらいだけど——それは、護衛するときに邪魔になるよね。それならせめて、百瀬さんが出発するまでは一緒にいる。土壇場で彼女が迷い始めたら、すぐ説得して連れ帰れるように、近くにいたいんだ」

それは相談でも提案でもなく、決意の表明だった。

「わかりました。彼女が出発するときまで、そばにいてください。でも、彼女の意思が変わらなかった場合は、遠野さんは、安全な建物の中で待機していてください。私たちが、必ず

彼女を無事に、そこまで連れて戻りますから」

「ありがとう。百瀬さんを説得できれば、それが一番だけどね。――それと、これ」

手首にかけていたビニールの袋から、何か取り出して目の高さに掲げる。

パッケージに、「男のデオドラント」と書いてある。制汗スプレーらしかった。

商品名の横に、「銀イオン入り」とピンクのシールが貼ってあった。

「成分表に銀が書いてあったから。犯人に襲われたとき吹き付ければ、ひるませることくらいはできるかなと思って」

しゃかしゃかと振ってから、親指を缶の頭頂部にかけ、ノズルを宙に向けて銃のように構えてみせる。

「あと、首まわりにもスプレーしておけば、吸血種が嫌がるかなって……百瀬さんの気持ちが変わらないなら、せめて、これ、スプレーしてあげたらいいかなって思って、買ってきたんだけど。僕たちがこれをスプレーしてたら、朱里さんにとっては不快だったり、有害だったりする？」

「いえ、香りは平気です。直接触らなければ、銀製品がその場にあっても、特には影響はないので……どうぞ、スプレーしてください」

スプレーに銀が含有されていたとしても、ごく微量だろう。効果があるかは微妙なところだったが、何もしないのと比べて、悪くなることはない。

一瞬でも犯人がひるめば、隙ができる。その隙に遠野たちは逃げることができるかもしれないし、自分や碧生も近くにいるのだから、犯人を取り押さえることができるかもしれない。遠野も、効果のほどはわからないが、できる限りの備えを、と考えて買ってきたのだろう。千夏の購入した銀製のステーキナイフに対し、遠野が買い求めたのが銀イオン入りのスプレーというあたりがまた彼らしかった。

「説得は難しいかもしれませんが、百瀬さんと話をしてみます。しばらく二人にしていただけますか」

遠野は黙って頷いた。

朱里が部室のドアに手をかけても、彼はそこから動かず、中に入ろうとはしない。

朱里は一人で部室に入り、ドアを閉めた。

部室の中では、千夏が一人で待っていた。

メイクを直したのか、目の下の隈は目立たなくなっている。

振り向いた彼女は、緊張した面持ちで、お疲れ様です、と言った。

朱里の返答がどうであっても、決意は変わらないという強い意志を感じたが、不安がないわけではないようだ。当たり前だった。

「お待たせしました」

一声かけて、近づく。

千夏の要求については、対策室には報告していない。

吸血種が相手の同意を得て吸血行為に及ぶことについては、対策室も認めており、問題はないはずだが、捜査協力のために一般人の血を吸って一時的な契約者にする、などという局面は想定されていないだろう。捜査については一任されているので、現場にいる朱里が判断することになる。

だからこそ、まだ、朱里の中には迷いがあった。

これ以上、犠牲者を出すわけにはいかない。すでに朔を失っている、彼らの中からは、なおさらだ。そのために、どうするのが一番いいか。

考えても、答えは出なかった。

「警察や、ユエ……未登録吸血種のリーダー的存在にも、協力を仰ぎました。今夜、もし犯人が現れたら、確実に身柄を拘束できるように、準備を整えています」

それでも、ある程度の距離をとらなければ、犯人に気づかれてしまう。犯人をおびきよせるためには、囮は一人でいると思わせなければならない。警察はあくまで、犯人の逃亡を防ぐために配備するだけで、取り押さえることまでは期待できない。

囮になるのは、たとえ身体能力の高い契約者であっても、危険極まりない行為だ。

彼女が引き下がらないだろうことはわかっていたが、一縷《いちる》の望みをかけて言った。

「もともと、囮役は、別に用意するつもりでした。もし、任せていただけるなら——」

言いかけた朱里の言葉を最後まで聞かずに、千夏は首を横に振る。

「やらせてください。私にやらせてくれるなら、——協力してくれるなら、一人で勝手なことはしません」

協力を得られないのなら、一人で勝手にやるつもりだと、改めて強調する。

囮作戦自体は有効だ。

千夏を安全な場所に隔離したうえで、彼女抜きで作戦を決行するのが、おそらく最もいい。

しかし、朱里たちは千夏に対して強制力を持たないし、何より、そんなことはしたくない。

万一、彼女を強制的に隔離したうえで今夜の作戦が失敗に終わったら、今後千夏は朱里たちに何も相談せず、単独で動くようになるだろう。

やはり、彼女の意思を無視して作戦を強行するわけにはいかない。

千夏の信頼を失わず、できる限り彼女の安全に配慮しながら、その意思を尊重しようと思えば、選択肢は一つしかなかった。

朱里が黙っているのをどう受け取ったのか、千夏は唇を結び、うつむいている。

息を吐いて、覚悟を決めた。

「二時間だけです。二時間たって犯人が現れなかったら、私が替わります」

朱里がそう言うと、千夏はぱっと顔をあげた。

「無茶はしないと、約束してください。吸血種に血を吸われれば、一時的に五感や身体能力が高まり、再生能力もあがりますが、不死になるわけではありません。本物の吸血種と違い、傷が一瞬で治るということもありませんから、大怪我をすれば命の危険もあります。一度の吸血行為では、それほど大きく身体能力が向上するわけではありませんし、くれぐれも、効果を過信しないようにしてください」

千夏はぽかんとして朱里を見ている。

自分の申し出が受け入れられたことに驚いている様子だったが、やがて表情を改め、

「約束します。一人では行動しない。現場では、朱里さんたちの指示に従います」

姿勢を正して、真摯な目で言った。

「気をつけることはありますか？　日光や銀に弱くなるんでしたっけ」

「吸血種になるわけではありませんから、そのあたりは大丈夫です。目や耳がよくなって、近づいてくる人の気配とか、目の前にいる人の動きとか、そういうことがよくわかるようになります。走る速度や跳躍力や、腕力もあがるはずですが、それはあくまで人間と比べての

話です。体が軽く感じても、吸血種はもっと速く軽いと思ってください。最初から戦闘しようとは思わないでください。犯人があなたに気づいて近づいてきたら、接触する前に取り押さえる予定ですが、もしもいきなり襲ってきたら、初撃をかわすことがとても重要です。後で、各方向から襲いかかられた場合を想定して、どう身をかわすか、やってみましょう」

吸血種の力を分け与えたとしても、銀のナイフを持っているとしても、一般人の千夏を囮にするなんて、想像するだけでぞっとする。二時間だけと時間を限ったのは、苦肉の策だった。

朔を失ってもっとも気持ちが昂《たかぶ》っているだろう、今の彼女の要求を無下にするのは危険だ。今夜一晩に限って要求を受け入れることで、彼女を納得させ、落ち着かせることができたら、明日以降は彼女も、捜査を朱里たちに任せてくれるはずだった。

二時間の間、彼女が無事でいられるように、できることをすべてする。そして、二時間たって犯人が現れなかったときは、後は責任を持って、朱里と碧生で犯人をつかまえる。

碧生と相談し、朱里が出した最善の策だった。

朱里の説明を、千夏は神妙な顔で聞いている。

「それから、銀の部分を直接触らなければ、吸血種にも銀のナイフは扱えるので――ナイフを奪われないように、注意してください」

「わかりました。ちゃんと指示に従います。……ありがとう」

受け入れられて肩の力が抜けたのか、千夏は朱里の目を見て、丁寧に言った。

さきほどまでの彼女は、まるで一人で戦おうとするかのように、痛々しいほど背筋を伸ばして頑なになっていたが、それがなくなったようだ。

やはり、頭ごなしに否定しなくてよかった。二時間だけ囮になって犯人が出てこなかったら、後は朱里に任せるという案を彼女がのんでくれたことに、何よりほっとしていた。

「誰が私の血を吸ってくれるんですか？」

「私が」

簡潔に答える。

朱里は純粋な吸血種ではなくハーフなので、一度の吸血では、千夏の受ける影響も大したことはないだろう。おそらく一日か二日、長くて数日、身体能力や再生力が向上する程度のことだ。大きな反動はないはずだった。

千夏は驚いた顔をしたが、すぐに朱里の言葉の意味を理解したようだ。

「そっか……遠野先輩の初恋の人って」

「え」

朱里に聞かせるつもりで言ったわけではないだろう、小さな呟きだったが、思わず反応してしまった。朱里の視線に気づいたらしい千夏が、あっというように口元に手を当てる。口が滑った、というジェスチャーだ。

「その話、百瀬さんもご存じなんですね」

「あ、よかった。遠野先輩、話したんですね。私がばらしちゃったかと思った」

胸に手を当て、ほっとしたように表情を緩ませる。

「遠野先輩は知ってるんですか？」

「私が吸血種だということですか？　はい、気づいてらしたようです」

「そっか。さすがだなあ……遠野先輩、気にしないって言ったでしょう？」

朱里は口ごもったが、千夏は答えを聞く前に、ふふ、と笑った。

遠野と朱里がどんな話をしたのか、だいたいのことは察しがついている、といった様子だ。

「遠野先輩の初恋のことは、オカ研の皆が知ってます。遠野先輩に話を聞いて、似顔絵も見せてもらってたから、『初恋の彼女』の顔も知ってました」

「似顔絵？」

はい、と千夏は無邪気に教えてくれる。

「遠野先輩、朱里さんの絵ばっかり描いてました。初恋の人なんだよって、嬉しそうに何度も見せてくれたんです。名前も知らないし、また会えるかもわからないのに、九年間、ずっと忘れなかった」

そっか、言えたんですねと、まるで自分のことのように、嬉しそうに目を細めた。

どんな顔で聞いたらいいのかわからず、朱里は目を逸らす。頬が熱くなっていた。こんな話をしている場合ではない、はずだ。

「私がオカルトとか事件とか、そういうのが好きだったっていうのもあるけど、朱里さんたちに協力しようってことになったのも、遠野先輩の初恋の人に協力したいからっていうのがあったんです。私は、それがこんな危険なことだって知らなくて、浮かれてはしゃいでたけど——遠野先輩は、どんなに危険でも、朱里さんを手伝いたいって考えたはずです」

千夏は大事そうに、首から下げた指輪に触れる。その目に、また強い意志の光が宿った。

「恋って、そういうものなんです」

ネックレスの鎖は、昨日まで身に着けていたものとは違うようだ。純銀製だと、その繊細な輝きでわかる。ステーキナイフと一緒に、これも買ってきたらしい。

彼女は本気で、朔の仇をとろうとしている。無謀だが、自棄ではなく、できることすべてをしようという覚悟がある。

「繰り返しになりますが、くれぐれも無茶はしないと、約束してください。あなたに何かあったら」

辻宮さんも悲しみますよ――と、言いかけた言葉をのみこんだ。

朔はもういない。死者の言葉を代弁するべきではないと思った。

「――遠野さんたちも、悲しみますから」

朱里が何を言おうとしてやめたのか、千夏は気づいたのかもしれない。

薄く微笑んで、それから、

「私の血を吸ってください、朱里さん」

迷いのない声で、言った。

8

『この付近で、暴行、傷害事件が多発しています。凶悪な犯人が、この付近で目撃されたという情報が入りました。暗くなってからの外出は控えてください』

アナウンスを繰り返しながら、パトカーがゆっくりと遠ざかっていく。

暗くなる前から、すでに何往復もしてもらった。もともと夜は人通りの少ないエリアだが、念には念をだ。これだけ脅かせば、出歩く人もそうそういないだろう。

千夏のバッグに、碧生が、吸血種の気配を感知できるセンサーをとりつける。キーホルダーのような鎖で、バッグの持ち手からぶらさがったそれは、大きめの防犯グッズのように見えた。

「吸血種の気配が近づくと、このランプがついて電子音が鳴るから、すぐわかるわ。近くにいればいるほど音は大きくなって、この針が右へ動くようになっているの。今は、百瀬さん自身が一時的に吸血種の気配をまとっている状態だから、センサーは常にアクティブになっているけど、基準値のレベルを高く設定しなおしたから、こうして身に着けているだけなら、このランプがぼんやりついているだけで音は鳴らない。吸血種が近くに来れば、センサーが反応するから、警戒して。私や朱里が近くにいると鳴っちゃうから、一人になってからスイッチを入れてね」

「わかりました」

土壇場になって怖気づいてくれないものかと、淡い期待をしていたのだが、千夏の決意は変わらなかった。

動きやすいようにだろう、スニーカーを履いた彼女は、緊張している様子ではあったが、思っていたよりも落ち着いている。

危険な任務であることには変わりないが、やはり、独断で動かれるよりは、こうしてサポートできるほうがいい。端的に言って、作戦の成功率が格段に上がる。

犯人を取り逃がしたとしても、とにかく千夏を無事に、二時間守り抜くことだけを考えようと思っていたが、碧生の指示に冷静に受け答えをしている千夏を見ているうちに、もしかしたら成功するかもしれない、とまで思えてきた。

朱里に血を吸われたことで、身体能力や瞬発力、視力、聴力が上がったことに加え、千夏は、襲われることを予測して心構えができている。

服の下には、防刃《ぼうじん》ベストを着こんでもらった。首や手首といった、太い血管の通っているところにつけた純銀製のアクセサリーにも、犯人をひるませる効果はあるだろう。

紫外線ライトは、かさばるのであきらめてもらったが、銀のナイフは、すぐ取り出せるように、左肩からかけたバッグの中に入れて隠している。

犯人が現れたとして、千夏に近づく前に取り押さえることができれば一番だが、もし彼女への接触を許してしまったとしても、千夏のほうでどうにかして初撃を防ぐか、避けるかすることができれば、自分たちが間に合うはずだ。

民間人である千夏に、吸血種の殺人者と渡り合うことなどできるはずがない、囮になるなど自殺行為だと思っていたが、万全の準備の下で、彼女が初撃で死なないことだけに集中する作戦なら、成功の可能性は低くない。

千夏には、髪や服に隠して、マイクとイヤホンを身に着けてもらい、こちらからの指示に対応できるようにしてもらった。

千夏は、彼女のマンションから、住宅街を抜け、三田村宅の前を通り、公園を突っ切って、またマンションまで戻ってくることになっている。このルートは、千夏自身の希望だ。

三件の事件の現場は、徒歩で一回りできる距離にある。おそらくそのルートが、犯人の縄張りなのだろう、と朱里は思っていたが、千夏も同じように考えていたらしい。

二時間だけ、という条件をのむかわりに、事件現場をめぐるルートを歩かせてほしい、という申し出を、断るわけにはいかなかった。本心では、二時間どうにか何も起きないようにと願っていても、建前は彼女の囮捜査に協力するということになっているのだ。

朱里と碧生は、屋根の上や塀の陰に隠れながら、距離をとってついていくことにした。吸血種とその契約者だからこそできる追跡方法だ。朱里たちにできることは犯人にもできるだろうが、犯人は、自分と同じ吸血種が捜査側にいて、自分を探しているとは知らないはずだ。道を歩いている獲物のほうに注目しているだろうから、気づかれない可能性は高い。

それに、犯人に気づかれたら気づかれたでいい。そのときは、こちらも相手の姿を捕捉できているはずだ。こちらに気づいた様子で逃げる相手がいたら、すぐに拘束に向けて動けばいい。もし、犯人が捕捉される前にこちらに気づいて逃げたとしても、少なくとも、千夏は無事で済む。

遠野は、千夏が翻意したときのため、ぎりぎりまで彼女のそばにいたが、彼女の決意が固いとわかって、説得はあきらめたようだった。

彼には、犯人に気づかれないように屋根の上を移動するような芸当はできないし、いざというときに朱里たちが二人も守れるかどうかもわからない。

作戦内容を話したうえで、遠野には、出発地点である千夏のマンションで待機してもらうことにした。

二時間が無事に経過したら、朱里と碧生が、千夏を、遠野の待つマンションへ送り届ける。二時間囮役を務めあげたら、後は朱里たちに任せると千夏と約束しているが、万一、千夏が素直に応じなかったときのため、彼女が早まった行動をしないよう、遠野に監視してもらう意味もあった。

すべての方向の道の先、出口付近には、警察官が複数名ずつ配置されている。犯人が逃走したときは、朱里や碧生から連絡し、道を封鎖してもらうことになっていた。

「心細いと思いますが、すぐ近くにいますから。もし引き返したくなったら、言ってください。小さな声でもマイクが拾います」

出発前に朱里がそう言うと、千夏は頷いたが、彼女に引き返すつもりなどないのは、朱里にもわかっていた。

朱里は、犯人に見つからないよう、気配を消し体勢を低くして、道の右側にある建物の上を移動して、千夏についていった。

道を挟んで反対側の家の屋根の上には、碧生がいる。

朱里は千夏の歩く少し先で、碧生は少し後ろから、前後で挟むようにして、彼女を見守っている。

背筋を伸ばして夜道を歩いている千夏は、緊張はしていても、怯えた様子はなかった。

予定のコースの三分の一ほどまで来たが、ここまで千夏は、誰ともすれ違っていない。

どうかこのまま何も起きませんように、と思ったときだった。

千夏の進行方向に目をやった朱里は、前方から近づいてくる男に気がついた。

吸血種の視力でなければ、見落としていたかもしれない。黒い服を着た、若い男のようだ。

どきりとして、襟につけたマイクに唇を寄せた。

この距離では、気配を感じることはできない。彼が吸血種かどうかは、わからない。

「百瀬さん、前方に人がいます。男性です。近づいてきます、注意して」

千夏はまだ気づいていないはずだ。

マイク越しに警告する。歩いている彼女の肩に、力が入ったのがわかった。

碧生に目配せをして、男が不審な動きをしたら、すぐに飛び出せるよう距離を詰める。

千夏と男が、互いの顔が認識できる程度の距離まで近づいて、男が立ち止まった。

そのとき、気がついた。

あの男だ。

千夏が、自宅マンションの前にいたと言って、遠野に写真を送ってきた——朔の遺体が発見される直前に見かけたという、黒いライダースジャケットの若い男。

写りの良くない写真だったが、間違いない。

『センサーが反応して……』

緊張した声で千夏が言いかけて、息をのんだのが、マイク越しに伝わる。

男のほうも、千夏に気づいたようだった。

千夏に、距離をとるよう指示を出そうとした矢先、

『おまえ、昨日――』

彼の声を、千夏の身に着けたマイクが拾う。

男は、千夏に襲いかかるようなそぶりは見せず、突っ立ったままだ。

しかし、千夏のほうは違った。

「『あんたが朔先輩を殺したの!?』」

生の声と、イヤホンからの声が、同時に聞こえる。

千夏がバッグの中から、ナイフを持った右手を出すのが見えた。

あっと思ったときには布のバッグは地面に落ち、スニーカーが地面を蹴っている。

距離をとり初撃を防ぐどころか、彼女は、自分から相手に向かって突進していた。

朱里と碧生が同時に屋根から飛び降りたが、二人が着地するより、千夏が男に到達するほうが早い。

銀のナイフの先が、男へ向けて突き出される。

男は体を斜めにして、ナイフを持った千夏の手を左腕でいなして避けた。余裕綽々《しゃくしゃく》とまではいかないが、慣れた動きだ。そのまま体勢を低くして、左手で千夏の右腕を撥《は》ね上げ、バランスを崩した彼女の頸部《けいぶ》を右手で突き上げる。

ばちばちばちっと音がして、青い火花が散った。

千夏の体は力を失い、ナイフが乾いた音を立ててアスファルトに落ちる。

（スタンガン!?）

それも、音と火花の大きさからして、改造されたものだ。

ぐったりと倒れ込む体を、男は左肩で受け止めた。

朱里と碧生が男の前後に着地し、腰を落として戦闘態勢になると、

「おい、待てよ、戦闘の意思はない」

慌てた様子で言い、左肩にもたれかかる千夏の体を器用に腕で支え、左手の平と、右手のスタンガンを掲げて見せる。武器を持ってはいるが、ハンズアップの姿勢だ。

「女の子にこんなもん使いたくなかったけど、何か物騒なもん持ってるし……この子、契約者だろ？　痕も残らねえよ」

敵意はないと示すように、スタンガンをポケットにしまってから、気絶したままの千夏を

碧生へと引き渡した。

「ユエがいれば、こんな手荒なことしなくて済んだんだけどさ」

あっと、碧生が声をあげる。電話越しの声に聞き覚えがあったのだろう。朱里も、彼のその一言で気がついた。

「未登録吸血種の、自治組織の方ですか」

おかしいとは思ったのだ。彼からは間違いなく吸血種の気配がするが、敵意は感じない。

男は頷き、「電話で話したよな」と言った。

「そうか、この子、対策室の関係者か。この間会ったときは、契約者じゃなかったはずだけど……」

「一時的なものです。どうしても、と本人のたっての希望で……」

「悪いことしたな。けど、とっさだったからさ。後で謝るけど、まず、俺は犯人じゃないって言っておいてくれよ」

彼は左手をポケットに入れ、千夏がバッグから下げていたのと同じセンサーを取り出した。吸血種であれば、必要ないはずのものだ。つまり、

「あなたは……契約者ですね」

「ユエの契約者だ」

確かめると、彼は肯定し、

「そういうあんたは、吸血種で、対策室職員なんだな。そっちの姉さんは、俺と同じか」

碧生に抱きとめられている、意識のないままの千夏へ目をやる。

「とにかく、犯人の縄張りで立ち話は危険だ。どこか安全な場所、屋内で話ができないか。……この子はもう、今夜は外に出さないほうがいい」

同意見だった。

ひとまず千夏を、マンションへ運ぶことにする。

男は、ロウと名乗った。

☾

千夏のマンションに着くと、心配そうな表情の遠野が迎えてくれた。

彼の手も借りて、千夏をベッドに寝かせながら、経緯を説明する。

ロウは、知り合いでもない自分が、本人の了承もなく一人暮らしの女性の部屋にあがるわけにはいかないと言って、廊下で待っていた。

ただ、部屋の入口で朱里を呼び止め、金属の薄いケースを手渡した。

「鎮静剤。吸血種用に使ってるやつだからヒトには効きすぎるかもしれないけど、今は契約者なんだったら大丈夫だろ」

こんなものを、と朱里が突き返そうとすると、

「あれくらいじゃ、すぐ目が覚める。そうしたらまた、囮捜査を再開するって言いかねない。っていうか、すぐにでも外に飛び出していきそうな勢いだっただろ。あのまま一晩目が覚めなかったってことにしといたほうが、平和なんじゃねえの」

冷静に言われてしまい、言葉に詰まる。彼の言うとおり、千夏があれで囮捜査をあきらめるとは思えなかった。

「でも、本人の意思に反して、軟禁するようなことをしても……いつまでもそうしていられるわけではありません。今日だけ動きを封じても、仕方ありません」

それで千夏の信頼を失えば、今後彼女は一人で動くようになるだろう。目の届かないところで無茶をされるよりはましだと思ったから、今夜も彼女の申し出を受けたのだ。

「要するに、この子が目を覚ましたとき、仇討ちが終わってりゃいいわけだろ」

ロウは、簡単なことのように言う。

「俺たちで、今夜中にけりをつける。ユエもそう言ってる。一般人の女の子がうろうろしてたんじゃ迷惑なんだ。鎮静剤を投与しないなら、今夜は外に出ないように見張っててくれ」

「まさか、犯人を殺すつもりですか」

けりをつける、という言い方が気になった。

犯人を見つけたら、接触する前に対策室に連絡すると、言ってくれていたのに——もう、その段階ではなくなったということか。

朱里の質問に、ロウは答えない。

「ハンターがうろついてる。対策室の人間には手を出さないだろうけど、気をつけとけよ。俺たちとは、遭遇したら戦闘になるだろうしな」

犯人とも、ハンターとも、穏便に話し合うつもりなどまったくないのは明らかだった。

それが、ユエの指示なのだろう。

この国、この町で、吸血種による犯罪が何年も表沙汰にならなかったのは、おそらく、彼らが自警団のような役割を果たしていたからだ。

その彼らが、終わらせると言っている。本気で、自分たちの暮らしを脅かす存在を排除するつもりなのだ。何か手がかりをつかんでいるのかもしれない。

ロウはわずかに、部屋の中を——千夏を気にするようなそぶりを見せたが、何も言わずに歩き出した。

碧生が、朱里に目配せをして、無言でロウの後を追う。

彼らを止めることはできないだろうが、行動だけでも把握しておきたい。

朱里は寝室のドアを開けて、千夏が眠ったままなのを確かめた。

それから廊下へ戻る。遠野は立ったまま、所在なげにしている。

「女性の警察官を呼んで、百瀬さんに付き添ってもらいます。未登録吸血種たちにとって、犯人はこの町での暮らしを脅かす敵ですから……私たちに身柄を引き渡さず、粛清するつもりかもしれません。ハンターとも戦闘になれば、どちらか、もしくは両方に被害が出ます。一般人が巻き込まれる可能性もゼロではありません。彼らより先に、犯人を見つけなければ」

自分もすぐに捜査に戻るつもりで、遠野に説明する。

遠野はそうだね、などと言いながら聞いていたが、

「あのさ……朔のことなんだけど」

迷いながら、といった様子で口を開いた。

どきりとしたが、緊張を表に出さないよう気をつけて、はい、と応じる。

「昨日、亡くなる前、用事があるって言って、単独行動してただろ。あれ、もしかして、事件のことで何か気づいたことがあって、調べに行ってたんじゃないかって思うんだ。全然確証なんかなくて、もしかしたらそうじゃないかなって程度なんだけど。あいつ、頭がよくて、

色んなことに気がつく奴だけど、ちょっと秘密主義っていうか……何かに気づいてもまず自分で確かめてからとか、そういうところがあるから」

「そういえば、辻宮さんが発見されたのは、三件目の事件現場のすぐ近くでしたね」

遠野が、友人の死に下を向いてしまわず、彼の死に意味を見出そうとしていることにほっとしながら、思い出してみた。

千夏をマンションまで送って、そのまま駅まで引き返せば、あの道は通らない。

それが、駅へは遠回りになる道の途中で死んでいた――あの場所にいたということは、何か理由があるはずだった。

本人は、人と会う予定がある、というようなことを言っていたはずだが、朔と会っていたか、あるいは会う予定だったという人物は、今のところ見つかっていない。

「朔が何を調べてたのかはわからないけど、あんなことになったのは――犯人に襲われることになったのは、朔の推測が正しかったからじゃないかって思うんだ。被害者になったのは、たまたまじゃなくて、真相に近づいたからじゃないかって」

確かに、三田村と朔は、襲われるスパンが短かったし、前の二件とは違うという印象があった。三田村の件で朔が何かに気づいて、それを調べていた可能性はある。三田村宅のすぐ近くで朔の遺体が見つかったことも――遠野の言うとおり、偶然ではないかもしれない。

「そうですね、その可能性はあると思います。犯人が現れるのを待つより、辻宮さんの足取りを追ってみることにします」

「僕も行くよ」

遠野さんはここに残って、と朱里が言おうとしたのを感じとったかのように、遠野が急いで言った。

「朱里さんは吸血種だから、人間の協力者がいたほうがいいんじゃないかな。いつも碧生さんと二人で行動してるのは、そのためもあるんじゃない？ 特に今は、ハンターがうろついてるんでしょ。吸血種の弱点を突かれたときのためっていうか……たとえば、銀の鎖とか、そういうものに朱里さんは触れないでしょ。僕がいれば、役に立つこともあるかもしれない。僕は、三田村さんの家には、一度行ってるし」

ハンターが、朱里が吸血種だということに気づいたとしても、対策室の人間だとわかっている相手に何かするとは思えなかったが、遠野の表情は真剣だ。

今度は、囮捜査をするわけではないし、二人以上で行動していれば、犯人も手を出してはこないだろう。三田村宅にあがったことのある彼なら、現場で何か気づくこともあるかもしれない。

それに今は、迷ったり、説得したりしている時間がない。

「わかりました。碧生にも連絡して、合流します。でも、三田村さんの家を調べるところまでです。それが終わったら、タクシーか、パトカーで自宅に帰ってください。現場では私から碧生から離れないようにして、もしも犯人が現れたら、できる限り距離をとるようにしてください」

「うん、わかった。約束するよ」

遠野はほっとした様子で何度も頷いた。

犯人の「縄張り」の出口を張っている警察官の一人に連絡をして、千夏を見張ってもらうよう頼んでから、碧生に、「三田村隆の家を調べに行く」とメールを送る。

その間に遠野は、わざわざバルコニーへ出て、銀イオン入りだという制汗スプレーを、首や手足に念入りに吹きつけていた。


他に人気のない夜道を、遠野と二人で歩く。

一時間ほど前に、帰宅の遅くなった会社員を一人、警察官が自宅まで送っていったそうだが、それ以外は、誰かが犯人の「縄張り」に入ったということもないようだ。

腕時計を見ると、日付けが変わろうとしていた。

第一、第二の事件が発生したのは、深夜だ。第三の事件発生は、さらに遅い時間帯、明け方近くだろうとされている。朔が襲われた時間帯だけが、何故か例外的に早かったが、もうそろそろ、犯人の本来の活動時間ということだ。

「さすがに、二人で行動している私たちを、わざわざ狙って襲ってくることはないと思いますが……くれぐれも気をつけてくださいね。私から離れないようにしてください。吸血種の動きは速いので、襲いかかられたら、よほど身構えていなければ、普通の人にはかわすのも難しいです」

すぐそばを歩く遠野に、念を押す。

人間と比べると圧倒的に身体能力が優れているとはいえ、普通、吸血種は吸血種同士で戦闘したことなどないから、同じ条件下なら、訓練を受けている朱里のほうに分がある。犯人が現れれば、遠野一人を守るくらいはできると思っていたが、用心のしすぎということはなかった。

「私が遠野さんの血を吸うことで、一時的に身体能力を高める、という方法も考えたんですが、私は男性の血を吸えないので——」

「それ、想像しただけでドキドキしちゃうな」

遠野が笑って言う。

もう、真面目に聞いてください、と言いながら何だか恥ずかしくなり、目を逸らした。

三田村宅に近づくにつれ、不穏な空気、予感のようなものが強くなる。

現場の血はすっかり洗い流されたはずだが、まだ、かすかに匂いが残っているような気がした。吸血種の嗅覚は人より鋭いが、さすがに気のせいかもしれない。

「あそこですね」

「事件現場なのに、公園みたいにテープとか張ってないんだね」

「個人の住宅ですから。それに、ここで殺人事件があったことは、公表されていませんし」

住人を失った家屋には電気がついていないので、三田村宅の周辺は、ことさらに暗かった。

それでも、月の光と、少し先にある街灯や隣家の光で、手元や足元が見づらいほどではない。

胸までの高さの木戸に手をかけた瞬間、指先にぴりっとした痛みが走って手を引いた。

「朱里さん!?」

「っ、大丈夫です」

改めて見れば、木戸の上部に、銀粉が散っている。

門柱を確認すると、トラップを仕掛けたらしき跡があった。

「……純銀の粉を使った、対吸血種用の罠が仕掛けられていたようです」

木戸を開けると、純銀の粉が降ってくるようになっていたようだ。木戸の上部に付着していたのは、その残りだろう。つまり、トラップは発動した後ということだ。

ほんの少し触れただけだったので、人差し指と中指の先をわずかに火傷した程度で済んだ。

「ブラッドリー……ハンターが仕掛けたものでしょう。銀の粉で視力を奪って、隙を作ろうとしたんじゃないでしょうか」

「犯人を狙って？　ハンターも、犯人を追ってるってことだよね。しかも、ここに仕掛けたってことは、犯人がここに来ると思ってた？」

単純に、「犯人は犯行現場に戻る」という一般論からの行動にしては、手が込んでいる。純銀の粉は、安いものではない。ここに罠を仕掛けたのは、犯人がここに現れるはずだと考える、それなりの根拠があってのことだろう。

朔も、何かに気づいてここへ来て、犯人に殺されたのだとしたら、三田村宅に、あるいはその周辺に何か手がかりがあるという可能性は、かなり高くなってきた。

「朱里さん、怪我は？」

「平気です。トラップは発動した後でした。私にはほとんどダメージがありません」

「よかった。……けど、じゃあ、朱里さんより前に木戸を開けた人がいるってことだよね。銀粉が仕掛けられたのがいつかはわからないけど……それが犯人なら、トラップでダメージを受けてるってこと？」

「おそらく……」

昨日の朝、三田村の遺体を発見したとき、木戸の周辺には銀粉などなかった。あの後で警察が入って現場を検証しているから、間違いない。

ではトラップは、いつ仕掛けられたのか。

そして、いつ発動したのか。

遠野が木戸に残った粉を払い落としてくれたが、すぐには庭に入らず、他にも何か痕跡がないか、周囲を観察する。

暗くてわかりにくかったが、門柱に血が飛んだ跡があった。昨日、現場検証に立ち会った際には気づかなかった。見落としたのだろうか？　見れば、植え込みの葉にも、乾いた血がついている。三田村が襲われたときの血なら、血は植え込みの内側につくはずだ。

ということは、三田村を襲った後、犯人が出ていくときについた血か、もしくは——三田村以外の誰かが、この場所で血を流したのか。

(警察に分析してもらわないと……)

もしかしたら、トラップにかかった犯人の血液かもしれない。

改めて木戸に手をかけたとき、右手の方向から碧生が、ロウの腕をつかんで歩いてくるのが見えた。

「碧生」

合流できたことにほっとする。碧生も、よかった会えて、と笑顔で言った。

「ここ、当たりよ。この人、この辺りでユエと合流する予定だったみたい。この家の前をうろうろしてたの。私が追いかけてったら嫌な顔して逃げ出したけど」

逃げる彼を、わざわざ引っ張ってきたらしい。ロウは迷惑そうにしていたが、碧生の手を振り払ってまで逃げようとはしなかった。

やはりユエは、何か情報をつかんでいるのだ。

ハンターのブラッドリーも、ユエも、何かを知っていて、辻宮朔も何かに気づいていた。その何かがこの家にあるのなら、心して臨まなければならない。

改めて、木戸に向き直る。

「そういえば、さっき、ブラッドリーを見かけたわ。私たちを見て、逃げちゃったけど。あいつも、この辺りに何かあるって思ってるのかも」

「この家に用があったのかもしれない。入口にトラップを仕掛けた跡があったから……対吸血種用の、銀の粉を使った罠。多分ブラッドリーだと思う」

えげつねえ、とロウが眉をひそめた。

この町にも吸血種は住んでいるし、ユエたちは事件の調査をしていたのだから、殺人犯ではない吸血種が、たまたまあの木戸を開けていた可能性もある。トラップが発動した後でなければ、朱里も大怪我をしていたところだった。

吸血種の再生能力なら、少しの傷は一瞬でふさがるし、体の一部を欠損したとしても再生するが、銀でできた傷だけは別だ。

ハンターはこの罠を、犯人を無力化するために仕掛けたのだろうが、無関係な吸血種がどうなろうと知ったことではないと考えていることが、ありありと伝わってくる。

「犯人がこのトラップで怪我をしたなら、今日はもう活動しないかもしれないよね？」

「そう、だといいんですが」

もしそうなら、今のうちにできるだけ犯人につながる情報を集めて、犯人が活動を再開する前につかまえたい。

犯人が現れるのを待って、犯行に及ぼうとしたところを現行犯逮捕するしかないと思っていたが、ユエやブラッドリーが何か情報をつかんでいるのなら、潜んでいる犯人にたどりつくこともできるかもしれない。

「現場は警察が調べたはずですが、その後で誰かが出入りしていたかもしれません。中を調べてみます」

「あ、待って、僕が先に入ったほうがいいんじゃないかな。中にまだトラップが仕掛けられてるかも」

「だったら余計に、危険です。遠野さんは下がっていたほうが」

「吸血種用のトラップなら朱里さんのほうが危ないよ」

遠野と二人で言い合いながら木戸を開けると、暗い庭が見えた。短い石畳が途中で曲がって、家の玄関へと続いている。敷地内に入ろうとしたとき、

「あ、電話。警察からかも」

碧生が、携帯電話を取り出して耳に当てた。

気にしないで先に入って、というように目で促されたので、話し始めた碧生とその後ろのロウを残して、先に足を踏み入れる。

入ってすぐ左が庭で、そこに面した縁側があるが、今は雨戸が閉まっていて、部屋の中は見えなかった。

遺体があった辺りには、ビニールのシートがかけられていたが、暗いのもあって、惨劇の跡はあまりわからない。

慎重に見回したが、他にトラップらしきものもないようだった。

「はい。ええ、こちらからも訊きたいと思っていたところです。第三、第四の被害者の遺体について……え？」

碧生が声をあげる。

振り向くと、こちらを見ている彼女と目が合った。困惑した表情だ。

さらに何か言われたのか、またその表情が変わる。

「遺体がない……？　消えたって、どういうこと!?」

何やら不穏な言葉が聞こえた。

遠野と顔を見合わせてから、二人で体ごと碧生のほうを向き、彼女が動揺した様子で話すのを見守る。

朱里が、家の前の道まで戻ろうと歩き出しかけたとき、「かけ直します」と言って、碧生は電話を切った。

「どうしたの」

碧生は朱里を見て、首を二回横に振った。わからない、というように。

そして、途方に暮れた様子で言う。

「……三田村隆は、吸血種だった。未登録の」

言葉の意味は理解できたが、それがどういう意味か、頭がついていかなかった。

三田村隆――この家の住人、三人目の被害者が、吸血種。

（連続殺人事件の犯人が襲った相手が、たまたま吸血種だった？　そんな偶然）

それとも、三田村隆は、無作為に選ばれた被害者ではなく――

「それから、辻——」

「おい！」

碧生の言葉を遮って、朱里と遠野の背後を見ていたロウが叫んだ。

瞬間、気配に気づく。

はっとして振り向いて、目にしたのは、赤く光る二つの目だった。

正面の塀を飛び越えて、黒い塊が飛びかかってくる。

反射的に、右腕で薙《な》ぎ払った。

一瞬だったが、露出した手首の部分にごわついた毛皮が触れる。

それは、右の植え込みに叩きつけられたが、すぐに地面に着地して、また飛びかかってきた。

「危ない！」

遠野が朱里の前へ出て、それの鼻先に制汗スプレーを吹きつける。

ぎゃん、と悲鳴を上げて後退したのは、汚れた、一匹の犬だった。

「犬!?」

「ただの犬じゃありません。遠野さん、下がってください」

スプレーをまともに浴びた目は今は閉じられているが、確かに赤かった。動きも、普通の犬のそれではない。

そして、はっきりと、吸血種の気配がした。

服の下に仕込んでいた、スタンバトンを取り出して構える。

銀イオンが効いたのか、それとも、匂いの強いものを吸い込んだせいか、犬はざりざりと鼻を砂にこすりつけて苦しんでいる。

ごわついた毛皮に埋もれるように、どす黒く汚れた首輪が見えた。そこから、ちぎれた短い鎖がぶらさがっている。

「おまえ、タロウ……？」

はっとしたように、遠野が呟くのが聞こえた。

「三田村隆さんの飼い犬、ですか？」

「でも、三田村さんと一緒に、死んだはずじゃ」

確かに、三田村の遺体の脇に、ぼろぼろになった犬の死骸があった。

三田村が犬を飼っていたことは聞いていたから、当然飼い犬だろうと思っていたが、首輪の有無は確認していなかった。

何故犬が吸血種の気配をまとっているのかを考える余裕は、今はない。とにかく、弱っているうちに無力化しなければ。

人間用の手錠は、役に立たないだろう。捕獲用のネットガンを持ってくればよかったと後悔しながら、一歩近づいたとたん、ぎらりと赤い目が朱里を見る。

首元を狙い、牙をむいて再び飛びかかってきたのを、かろうじてバトンで受け止めた。

遠野と碧生の悲鳴が聞こえる。大丈夫、と短く告げた。

犬はがりがりと金属製のバトンに牙を立ててくる。バトンが邪魔で朱里には届いていないが、近すぎて、このままでは電流は流せない。

(一度体勢を立て直して――)

ぐ、と全身の力でバトンを押し戻したときだった。

別の黒い影が、塀の上から庭へと下りるのが見えた。

(もう一匹!?)

まずい。二匹に挟み撃ちにされたら、なす術がない。

なんとかバトンに食いついていた一匹を撥ね除《の》けたが、それとほぼ同時に、もう一匹が地面を蹴って走り出していた。

「朱里さん!」

遠野の腕が、朱里をかばって伸ばされる。

犬と、朱里の間に、半身を割り込ませる形になった。

斜め前方から飛びかかってきた犬の、大きく開けた口に並んだ鋭い牙が見える。

ただの犬とは違うと、バトンを噛んだ力の強さでわかっていた。

遠野の腕の骨など、一噛みで粉々になってしまう。

間に合わない。

「ダメです、遠野さ――」

悲鳴のような声で名前を呼んだ、そのとき、黒いものが視界を塞いだ。

ガツ、と鈍い音がして、遠野の体が強張ったのがわかった。

彼の腕が噛み砕かれるのを想像して、血の気が引く。

しかし、犬の牙は、遠野ではない、誰かの腕に食い込んでいた。

黒い服を着た男が、遠野と朱里の前に立っている。

何が起きたのかを朱里が考える間もなく、男は左腕に犬を食いつかせたまま、右手を縦に一閃《いっせん》させた。

犬は血しぶきを上げて地面に落ち、ぴく、ぴく、と痙攣《けいれん》している。首を切り裂かれた傷からは、どくどくと血が溢れ、土にしみこんでいった。

男は、右手に持ったナイフを一振りして、刃についた血を落とす。

左腕には穴が開き血が滲んでいたが、まったく動じた様子はなかった。

あの一瞬で、遠野と犬の間に立ちはだかることなど、普通の人間にできるはずがない。何より強い気配が、彼が吸血種であることを物語っていた。

「ユエ！　腕を……」

慌てたような、ロウの声が聞こえる。

（ユエ？――この人が）

ロウの契約相手である、未登録吸血種のリーダー。

こちらの危機に気づいて、駆けつけてくれたのか？

「三田村さんのそばで死んでたあの毛玉ね、タロウじゃなくて別の犬だったみたい」

彼はこちらに背を向けたまま、のんびりとした口調で言った。

「ほら、タロウが友達の野良を連れてくるからつい餌をあげちゃうとか、三田村さん言ってただろ。そのうちの一匹じゃないかな。殺したのはたぶんタロウだと思うよ。三田村さんの遺体を食べようとしたんじゃないかな。それでタロウが怒ったんだ」

顔は見えなかった。

けれどその声には、聞き覚えがあった。

「さ、」

遠野が、呆然と口を開ける。

「……朔」

「うん」

振り向いて、微笑んだ。

顔にも、首にも、傷痕一つない。

以前と何も変わらない辻宮朔が、立っていた。

☼

昨夜見た遺体は、間違いなく朔だった。

しかし、目の前にいるのもまた、朔以外にありえなかった。

顔も、声も、たたずまいも。

噛みちぎられたはずの左腕も――たった今噛みつかれたせいで、穴は開いているが――つながっている。その穴も、みるみるうちにふさがって、最初から何もなかったかのようになった。

それが、彼が人間でないことの証拠だった。

ユエ、と呼んで、ロウがこちらへ駆け寄ろうとするのを、朔は見もしないまま、片手をあげて止める。

遠野と同じように呆然としていた朱里が、はっとしたように動き出した。

遠野の体ごしに朔の顔を見て、本人であることを確かめると、大きな目がさらに大きくなる。

「辻宮さん、無事で――その気配、吸血種だったんですか、それに、その、今、ユエって呼ばれて」

「あーうん、今その説明してる場合じゃなくない？」

ちょっと待ってね、といつも通りの気安さで言って、タロウへと向き直った。

一歩前へ出て、低く唸り声をあげているタロウを見下ろす。

朱里に撥ね除けられたタロウは、大した怪我はしていないはずだったが、再び飛びかかってくることもなく、こちらを警戒するように睨みながら、じりじりと後退していた。

朔は、気負いもなく近づいていく。

さっきまでの凶暴な様子が嘘のように、タロウは、怯えているように見える。

逃げ出そうとしたのだろう、こちらに背を向けた瞬間、朔が手首を閃《ひらめ》かせ、銀色のナイフが真っ直ぐに飛んだ。

刃はタロウの首に、深々と突き刺さり、タロウは足を折って崩れる。

ショッキングな場面を目の当たりにして、思わず目を背けた。

朔はうずくまったタロウに近づいていき、無造作にナイフを抜く——というより、ナイフの柄をつかんで、そのまま引き上げる。タロウの毛皮が縦に裂け、体は少し持ちあがって、血を引いて地面に落ちた。

びしゃりと音がする。

ナイフの刃は純銀製だったのだろう。二匹の犬は、確実に息絶えていた。

「人を襲った犬だからね、どっちにしろ殺処分だろ。まあ、俺の血で強くなってヒトを襲われたんじゃ、気分よくないし。後始末しておかないと」

いつも通りの口調で言う朔と、その内容と、血まみれの犬の死骸とがミスマッチで、どこか現実離れしていた。

「犬……犬が、今回の事件の、犯人？」

「うん。俺も驚いた」

朔はまたナイフを振って血を落とす。塀に血が飛んだようだったが、暗くてよく見えなかった。

「三田村さんが吸血種だってことには会ってすぐ気づいたけど、犬のほうには注意してなかったから……吸血種に飼われてるんだから、吸血種の気配がするのは当然だと思ってさ。犬も飼い主も吸血種だなんて、普通思わないじゃない、ねえ？」

ポケットから布を取り出して、ナイフの刃に巻き始めた。鞘には納めず、柄の部分ごと布でくるんでいる。

血と脂で汚れたから、錆びないように手入れをするんだな、と思い当たって、朔にとってナイフを扱うことは非日常ではないのだと気がついた。

朔は笑顔で、まるで携帯電話でもいじっているかのように気楽な様子でいる。

「でもさ、わかってから考えてみたら、第一の事件も第二の事件も、現場はタロウの散歩コースなんだよね。俺と遠野が竹内くんの家の前とか公園の前でタロウを連れた三田村さんに会ったのは、偶然じゃなかったってこと」

思い出したように振り向いて、ロウに「もういいよ」とまた手をあげた。

ロウが庭へ入ってきて、大丈夫ですかと朔の左腕を確かめる。そこには傷痕すら残っていない。

手入れしといて、と朔は布にくるんだナイフをロウに渡した。

碧生も入ってきて、朱里の一歩後ろに立ち、

「辻宮さんの遺体が消えたって、さっき、警察が……」

小声で報告する。

「ここにいるからね」と事もなげに応えた朔に、困惑したような目を向けた。生きていてよかった、という喜びよりも、一瞬で二匹の吸血種犬を葬った朔を警戒する気持ちのほうが強いようだ。

遠野にはわからないが、吸血種や契約者にはわかるような、何らかの気配を感じているのかもしれない。

しかし朔は、まったく気にする様子もなかった。

「俺は三田村さんのほうを疑ってたんだけど——犬のほうだったとはね、不覚だったよ」

「三田村さんを？　いつから」

「遠野が怪我して、三田村さんの家で手当してもらったときから。俺がナイフに触っちゃって指を切ったの、覚えてる？」

もちろん覚えている。

ちらりと見ると、朔の右手の指には、今も絆創膏が巻かれていた。包帯は血だらけになってしまったからほどいたのだろう。

犬に嚙まれた傷はあっという間に消えたのに、指を切った傷は、まだ残っているらしい。

「あれくらいの傷、一瞬でふさがるはずなのに、血が止まらなかったから、あのナイフが純銀製だって気がついた。一般家庭に、純銀製のナイフなんて普通ないよね。吸血種の家にだってないよ。純銀製のナイフの用途を考えれば、それを所持している理由は限られてる。三田村さん自身がハンターか、ハンターを返り討ちにしてナイフを奪ったか、それとも、純銀製のナイフで、殺したい吸血種がいるのか」

いずれにしても、不穏な理由ばかりだ。あの温厚そうな三田村のイメージにはそぐわない。

しかし朔は、対吸血種用の武器を見つけて、三田村に警戒心を持ったのだろう。

未登録吸血種の自警団のようなものが存在することが、未登録吸血種たちの中では常識なのだとしたら、連続殺人の犯人が武器を用意するのは、自警団対策である可能性もある。つまり、「ユエ」としての朔やその仲間たちにとっての、脅威になりうる。

「それで、あの後、一人でもう一度、三田村さんを訪ねたんだ。遠野と一緒に行動してたときは気配を消してたけど、今度はちゃんと、自分も吸血種だって伝えてからね。事件のこと、訊いてみた」

遠野が朱里と碧生と合流して、竹内にブラッドリーの写真を見せにいった後だろう。

そういえば、朔はあのとき、用事があると言って別行動をとっていた。竹内宅に大人数で押しかけては迷惑だと思い遠慮したのかと思っていたが、まさか、三田村宅へ引き返していたとは。

「三田村さんは、自分は犯人じゃないけど、犯人を知ってるって言った。観念した様子だったよ。自分で始末をつける、明日の朝には全部終わって、もう被害者が出ることはないって言うから、一晩待つことにしたんだ。その結果があれだったわけだけど」

翌朝、三田村は遺体で発見された。

シートをめくって見せられた死に顔を思い出し、苦い思いが湧く。

表情は、苦悶に満ちたものではなく、どちらかといえば穏やかだった。それが、せめてもの救いだった。

「吸血種ってね、不老だと思われてるけど、実はそうでもないんだよ。ずっと血を飲まなければ、少しずつだけど、老いていくんだ。飲まないままでいたらいつかは死ぬのか、それとも老いたまま生き続けるのか、死ぬんだとしたら、どれだけの間血を飲まずにいたら死ぬのか、それは試したことないからわからないけど……三田村さんは、ずっと血を飲んでなかったみたい。どれくらい長く生きてるのかは知らないけど、俺とは比べものにならないだろうね」

朔は、ぴくりとも動かなくなった二匹の犬の死骸を平然と見下ろして、言う。

「家族もいなくて、ずっと一人で、孤独に耐えられなくなって、飼い犬に血をあげちゃったんだと思う。想像だけど、タロウが事故か何かで死にかけたりしたんじゃないかな。夜に散歩をすることが多かったっていうのは、変化したてで日光の下じゃ動けなかったからだと思う」

変化したばかりの吸血種は日光に弱いと、そういえば朱里も言っていた。

普段散歩は夜にすると、三田村が言っていたのを思い出す。遠野たちと会ったときは夜ではなかったが、天気の悪い日だった。日中散歩に出るときは、雨の日や曇りの日だけを選んでいたのだろう。

誰のことも傷つけず、ひっそりと、三田村は生きてきた。きっとこれからも、そうするつもりでいたはずだ。

孤独に耐えかねて、タロウを「仲間」にしてしまった後も。

「三田村さんは、タロウと一緒に、静かに暮らして、少しずつ老いていくつもりだったんだろうけど……」

三田村の思い描いたとおりにはならなかった。

タロウは、夜の間に家を抜け出して、人を襲った。

そしてそれは、一度では終わらなかったのだ。

「俺に気づかれなくても、なんとかしなきゃとは思ってたみたいだよ。じゃなきゃ、銀のナイフなんて用意しない。三田村さん、左腕に怪我してただろ。銀のナイフで本当に吸血種を殺せるのか、試すために自分を切ったんだよ。何日も前から準備して、自分が止めるんだって、決意してたんだと思う。でも……殺せなかったんだろうね。タロウに刃物の傷はついていなかった。三田村さんは、自分で直接タロウを傷つけることはできなかったんだ」

無理もない。

連続殺人を止めるためには殺すしかないとわかってはいても、永遠に近い時間をともに過ごそうと思ったほど大事な存在で、彼にとっては唯一の家族だったのだ。

覚悟していたつもりでも、ナイフを握った彼がタロウを前にして躊躇してしまうのが、目に浮かぶようだった。

そしてそのせいで、三田村は死んだ。

「三田村さんは、返り討ちにあって殺されたのか」

タロウは三田村になついているように見えたから、それを思うとやるせない。

しかし、いや、と朔は首を横に振った。

「三田村さんは、自殺だよ」

遠野だけでなく、朱里も碧生も、えっと声をあげて彼を見る。

朔は、「確かめたわけじゃないけど」と、首をわずかに左へ傾けた。

「そうだと思う。銀のナイフで、自分の首を切ったんじゃないかな。もともと、タロウを殺して自分も死ぬつもりだったんだろうね。その血や遺体を、あの家に餌をもらいに来てた野良犬が食べたり舐《な》めたりして、吸血種化したんだ。遺体の損傷もそのせいだよ、きっと」

タロウが鎖を引きちぎったのは、そのときかもしれない。

飼い主の遺体を食べようとした野良犬を、追い払おうとした。

それでも血を舐めて吸血種化した犬もいて、それが、おそらく、今そこで動かなくなった一匹だ。

犬の死骸へ目を向けている遠野に、朔は、「これも想像だけど」と続ける。

「三田村さんは自分ではタロウを殺せなかったから、鎖で庭につないで、朝日で死なせようとしたんじゃないかな。光を遮るもののない庭で、逃げられないようにさえしておけば、朝が来れば日光を浴びて、タロウは死ぬ――まあ、変化したてとはいっても、もう一年はたってるわけだから、日光を浴びただけで死んだかどうかはわからないけど、三田村さんは、死ぬと思ったんだろう。もしかしたら、それだけじゃ死なないかもしれないってわかっていて、最低限、『責任を果たした』ことにしたかっただけかもしれない。もしそうで、タロウが死ななければいいって、生きていてほしいって、心のどこかで思っていたなら、無責任だと思うけど」

見る限り、血まみれで倒れ伏しているタロウに、日光で火傷を負ったらしい痕跡はない。

日が昇る前に、日光から隠れられる場所へ逃げたのだろう。

タロウは自力で鎖を引きちぎって生きのび、自由になった。

三田村だけが死に、吸血種犬の存在を知る者は、いなくなってしまった。

「でも、三田村さんの遺体のそばに、ナイフはありませんでした」

「うん、俺もそれが気になって。犬がくわえていったんじゃなければ、三田村さんが死んでから遺体が発見される朝までの間に、誰かが回収したってことだからね。たぶん、っていうか間違いなく、ハンターだと思うけど」

朔は朱里のほうを見て答えた後、

「それを確かめるためっていうのもあって、昨日の夜ここに来たんだけど、酷い目に遭ったよ」

右手を自分の首筋に当て、こきりと首を鳴らす。

「あ、さっきのトラップ……？」

木戸に仕掛けられ、発動済だった。

被害に遭ったのは朔だったのか。

朔は不本意そうに頷く。

「しばらく平和だったから鈍ってたのかな。情けないから、あんまり人に言わないでよ」

最後の一言は、ロウに向かって言った。未登録吸血種のカリスマ的存在としては、ハンターの罠にかかって負傷したというのは不名誉なことと考えているらしい。

しかし、見る限り、右手の指先の絆創膏以外に、朔が傷を負っている様子はなかった。

怪我したのか、と声をかけると、もう治ったよと軽い返事が返ってくる。

純銀によってついた傷は、すぐには治癒しないのではなかったのか。

そのことを尋ねようとしたとき、「移動しようか」と言って朔が歩き出した。

気がつけば、暗い庭に五人も集まっている。朱里が、そうですね、と同意した。

碧生が、思い出したように携帯電話を取り出し、待機している警察官たちにだろう、何やら指示を出し始める。

連続殺人事件の犯人は死んだ。もう警察官を待機させておく必要もない。

そうだ、千夏や綾女にも、朔の無事を伝えなければ。

先に立った朔が、木戸を開け、街灯の光の届く前の道へ出た——その瞬間だった。

朔が何かに気づいたように足を止めた。それとほぼ同時に、ひゅっと風を切る音が聞こえる。

朔は左腕を自分の体の前に出して、飛んできた何かを受け止めた。受け止めた——ように、見えた。

しかし、見れば、銀色の矢が朔の腕に突き立ってる。

刺さったところから、細い煙のようなものが立ち上っているのが見えた。

「朔！」

「ユエ！」

「大丈夫。痛いけど」

庭から出ようとする遠野とロウを、右手で止めながらそう言って、朔は矢の飛んできたほうへ目を向ける。

ボウガンを構えて、金髪の男――朱里にブラッドリーと呼ばれていたハンターが、立っていた。

「あー、君かあ。あの銀粉のトラップ、よくできてたね。えげつなくて」

おかげで左腕がぼろぼろになったし。と、矢の刺さった左腕をちょっとあげてみせ、何でもないことのように朔が言う。

「現場で銀のナイフを見つけて、犯人がそれを取りに戻るかもしれないって思って、トラップを仕掛けたんだろ。犯人じゃない吸血種がかかるなんて考えなかった？　それでも別にいいって思ったのかな。吸血種がどうなろうと知ったことないもんね？　結構痛かったよ。あれがなきゃ、あんな野良犬にやられたりしなかったのに。何匹もいるとは思わなかったから不意を突かれたっていうのもあるけど、半分は君のせいだからね」

ブラッドリーは、英語で何事か口走ったようだったが、早口で聞き取れなかった。

二本目、三本目の矢が飛んでくる。

矢尻だけでなく全体が銀色なのは、すべて純銀なのかコーティングなのかわからないが、刺さった矢を引き抜けなくするためだろう。

そんなもので射られた割に、朔は動じていないようだった。

肩や胸や、顔に向かって飛んでくる矢を、次々と、左腕を盾にして受ける。

矢が刺さったままの腕で四本目を弾き、わずかに軌道のずれた五本目は、首を傾けて避けた。

「おしまい？」

ボウガンを捨ててナイフを抜いたブラッドリーにそう声をかけ、ゆっくりと歩み寄る。

戦闘態勢で朔を睨み返した彼は、朔と目が合ったとたん、凍りついたように動きを止めた。

ナイフを握ったまま、がくがくと震え出し、その場に膝をつく。そのまま前のめりに倒れ、動かなくなった。

遠野だけではなく、朱里や碧生も、信じられないものを見るように、それを見ている。

朔が――ユエがいればスタンガンは不要だと、ロウが言っていたのはこういうことか。

吸血種は身体能力がヒトより優れているだけで、映画に出てくる吸血鬼のように不思議な力があるわけではないと、朱里は言っていたが、そうでもなかったようだ。ヒトに催眠をかけられる吸血種もいるとは聞いていたが、これは、そんな生やさしいものではない気がする。もしや――未登録吸血種のリーダーのような立場にあることを考えても――朔は、朱里たちが把握している一般的な吸血種よりも、強いのではないか。

しかし、やはりボウガンの矢は純銀製だったらしく、朔の腕からは、くすぶるように煙があがっている。

朔は、矢が刺さったままの左腕を邪魔そうに持ち上げ、右手を服の内側に入れると、すらりとナイフを抜き放った。

鞘を固定してあるらしく、抜き身の刃だけが街灯の光を反射する。

ついさっきロウに渡したナイフとはまた違って、刀身が太くて長い真っ直ぐな刃だった。

吸血種の力で振るえば、人の首くらい簡単に飛ばせそうな。

見るからに殺傷力の強そうな武器を持って、ブラッドリーのいるほうへ歩き出した朔に、朱里が体を強張らせたが、朔は数歩歩いたところで止まった。

まだ、ブラッドリーには届かない距離だ。

「何を――」

朱里が言いかけた、それに答えることなく、朔はそのまま、ナイフを持った右手を大きく振り上げ——あっと思う間もなく、自分の左腕めがけて振り下ろす。

その瞬間はとっさに目を逸らした。

肉を断つ生々しい音に、うえ、と情けない声が漏れる。

どさ、と重いものが落ちる音がして、一太刀《ひとたち》で左腕が切り落とされたのがわかった。

無造作に、いとも簡単に。

かつんと硬い音が鳴ったのは、腕に刺さった矢が地面に当たったのだろう。

おそるおそる目をやると、アスファルトに落ちた腕が見えたが、それは見る間に黒ずんで、ぐずぐずと崩れ出した。

わずか数秒で、まるで炭のように真っ黒い塊になり、ついには黒っぽい染みだけを残して消える。芯まで炭化した肉が、砕けて粉になるのを見ているようだった。

朔のほうはと目をあげると、

「平気だよ。すぐ再生する。……グロいから見ないほうがいいよ」

朔は表情も変えずに言って、傷口を遠野たちの目から隠すように、体をひねって左腕を反対側へ向ける。

彼の体の陰になってはっきりとは見えなかったが、赤くて太い蔦《つた》のようなものが、腕の形になって蠢《うごめ》いているのが見えた気がした。

吸血種は怪我をしても、すぐに治る。そう朱里から聞いてはいたが、目の当たりにすると、かなりショッキングだった。それに、想像していた以上の回復力だ。

銀のナイフで切った指先には今も絆創膏を巻いているのに、おそらく銀ではない刃物で切り落とした腕は、あっという間に生え変わった。

純銀が吸血種の、唯一の明確な弱点で、純銀によって負った傷は簡単には治癒しないが、傷を負った箇所を切断してしまえば、すさまじい回復力でリセットできる。

それなら、吸血種に弱点なんて、ないようなものではないか。

遠野の視線に気づいたらしい朔が、

「もちろん痛いし、体力使うから嫌なんだけどね。二日連続だしさ」

無傷の左腕をさすりながら言った。

銀粉のトラップで負った怪我も、負傷した部分を切り落とすことで対処したのだろう。

こんな力の持ち主を狩るつもりでいたなんて、ハンターは命知らずもいいところだった。ましてや、一人でなんて――どう考えても、勝ち目がない。

「ハンターってね、対策室が考えてるより、もっとずっと低俗な奴らだよ。吸血種はヒトに害をなすから退治しなければ、なんて正義感の下で動いてる奴なんてほとんどいない。強い相手と戦ってみたいなんて少年漫画みたいな考えの奴も、そりゃちょっとはいるかもしれないけど、少数派だよ。吸血種ってね、売れるの。ビジネスになるんだよ。いつまでも若いままだし、切っても刺しても再生するし、もともと戸籍も何もなく、ヒトと深くかかわらずに生きてる吸血種だと、いなくなっても騒ぎにならないし——逃がしたって、警察に駆け込まれる心配もない。単価が高いうえ、逮捕されるリスクも低い安全な取引ってわけ」

ナイフを右手に提げたまま、ぴくりとも動かないブラッドリーに向かって、朔が歩き始める。

たった今まで呆然と朔の行動を見ていた朱里が、我に返ったように、倒れたままのブラッドリーと、無表情の朔とを見比べた。

「密猟者なんて呼ばれてるけど、俺たちにとっては害虫みたいなものだから、見つけ次第駆除するのは当然なんだよね」

「駄目です、そんなことさせません」

「悪いけど、指図は受けないよ」

毅然と言い放った朱里へと、朔が目を向ける。と思いきや、その視線は彼女を通り過ぎ、その後ろに立っていた碧生の上で止まった。

朱里が、はっとして妹を振り返る。

「駄目、碧生、目を見ては——」

警告は遅かった。

三田村宅から出てきたところだったらしい碧生が、ずるずると木戸に倒れかかり、ロウが後ろから手を出して支える。朔の力は、契約者である碧生に対しても有効らしい。

何を、と朔を見た朱里と朔の視線が、まともにぶつかった。

あっと思ったが、朱里は、ふらついただけで倒れない。

ぐっと脚を開いて、踏みとどまった。

「あれ、頑張るね。眠れって、結構強い暗示だったんだけど」

吸血種同士だと効きにくいっていうのはあるけど、と、おもしろがる口調で朔が言う。

「そうやって、身構えられると効きにくいんだよね。もうちょっと力抜いてよ。怪我させたくないから、眠ってもらいたいだけなのに」

朱里は、きっと顔をあげ、朔を睨み返した。

対して、朔のほうは余裕の表情だ。

目線を動かしてロウを呼んで、駆け寄った彼に何事か指示する。

ロウは神妙な顔で頷くと、明らかに普通ではない速さで、走り去ってしまった。

朔はそれを見送ってから、さて、というように朱里に向き直る。

対策室の職員である朱里と対立することへの緊張感はなく、どちらかというと面倒くささそうな様子でいる。

「仕事熱心なのはいいけどね、おとなしくしてくれなきゃ、戦うことになる。君と俺とじゃ、勝負にならないよ」

「それでも、目の前で殺人を犯そうとしているのを、見逃すわけにはいきません。ハンターたちが人身売買を行っている事実があるなら、きちんと法に基づいて裁きを受けさせるべきです」

朔は何か言おうとしたが、議論は無駄だと思ったのか、口をつぐんだ。

ちらりと遠野のほうを見てから、不本意そうに息を吐く。

「……いいよじゃあ、こんな奴いつでもどうとでもできるし。今は見逃してあげるよ」

ナイフをしまって、降参、というように両手をあげた。

ハンターに対してはかなり思うところがあったようだが、思いのほかあっさりと引いてくれたのは、遠野の顔を立てたのかもしれない。

なんとか穏便におさまりそうだと、ほっとしたのもつかの間、

「理解していただけたのは嬉しいです。でも、今後も、ハンターに対して、積極的に攻撃を仕掛けるような行為はしないと約束してください」

朱里は毅然とした態度を崩さず、断固とした口調で朔に言った。

地面を踏みしめて、ひるむことなく、絶対的な強者であるはずの彼と向かい合う。

「さきほどのお話では、これまで、ハンターを殺害したことがあるような口ぶりでした。やむをえなかった部分もあるかもしれませんが、暴力による解決は次の争いを生むだけです。同行して、お話を聞かせてください。もちろんハンターたちの行為もですが、あなたの行為も、等しく法の下で処断される必要があります。事情によっては、酌量されることもあるはずです。今後、ご自身や仲間を守るため以外には戦闘行為を行わないことを約束して――」

「嫌だよ。この状況で、強気だね」

さすがに、朔の声にも苛立ちが滲んだ。

「あんまり調子に乗らないほうがいい。ハンターほどじゃないけど、俺は対策室だって好きじゃない。友達の初恋の相手だから、気を遣ってるだけだよ」

朔の目が細められ、剣呑《けんのん》な光が宿る。

吸血種でなくとも、朔の気配が変わったのがわかった。朱里の体に、力が入ったのもわかる。

これはまずい。親友と好きな女の子が睨み合っている、この状況自体かなりハラハラするが、万が一、吸血種同士の戦闘なんてものに発展したら。

「朱里さん朱里さん、あのハンターを殺すのはやめたって言ってるんだし、ここはお互い譲歩するってことでどうかな。助けてくれたんだし……俺も一発殴ってやりたい気持ちはあるけど我慢するからさ」

朔の視線から朱里をかばうように、二人の間に割って入った。

朔が朱里に叩きのめされるところを見るのはやぶさかではない、むしろ見たい気もするが、その逆はごめんんだ。そして、おそらく朔がその気になれば、そんなことは簡単にできるのだと、遠野だけではなく、朱里もわかっているはずだった。

しかし朱里は頑として聞き入れない。

「協力には感謝します。でも、ハンターといえども人間です。人間に危害を加えることをよしとしている吸血種を、野放しにしておくことはできません。まして、辻宮さんは非常に影響力の強い吸血種です。私には職務上の責任があります」

正義感なのか責任感なのか、何が彼女を突き動かすのかはわからないが、無謀だとしか思えなかった。

目の前で殺人を行おうとした人物がいて、その人物は過去にも殺人を行った可能性が高く、今後も、その行動を改めるつもりはないとほのめかしている。朱里からしてみれば、そういう状況だ。吸血種に対する彼女の立場が、人間の社会でいう警察官と同じような立場だとすれば、見逃せないというのはわかる。

しかし、職務に忠実なせいで命を落とすことになったら意味がない。相手が朔だから、そんな状況にはなっていないが、「危険な」吸血種すべてに対してこんな姿勢だとしたら、命がいくつあっても足りないのではないか。

（そもそも、相手が朔でも、絶対に安全ってわけでもない）

「じゃあ、ほら、つかまえようとしたけど、逃げられちゃったって報告するのは？　さっきの催眠術みたいなので、気絶しちゃったってことにして。ね、リラックスして、リラックス」

遠野は笑顔で朱里の顔を覗き込み、ゆるい口調で言ってみせるが、彼女は表情を和らげてくれない。

朔は身内には優しいし外面《そとづら》もいいが、決して平和主義者ではない。特に、自分を縛ろうとするものに対しては敵意を持っていると言ってもいい。

この場だけでもなんとか平和的解決を、と思うのに、朱里にはその気がなさそうだった。

いや、平和的解決自体は彼女の望むところだろうが、信念を曲げて譲歩するつもりがないのは見ればわかる。そして朔が、黙ってつかまるとは思えない。

朔と朱里がどちらも無傷でこの場を収めるためには、お互いに何もせず、反対方向に歩き去るしかないが、このままでは、それは望めそうになかった。

朔がだるそうに首と肩を回す。生え変わった左腕が見えた。

朱里は、険しい表情でそれを見ている。

「その再生能力の高さも、他人の意識に干渉する能力も……初めて見ました。正直に言います。あなたほどの強い力を持った吸血種が、未登録吸血種たちの間で権力まで得ているということは、対策室にとっては脅威なんです。あなたは気に入らない相手を自由に排除できる立場にあって、対策室はそれを、そのままにしておくことはできない」

朔は眉根を寄せた。不快感を隠しもしない――嫌悪の表情だ。

彼女は常に真摯で誠実で、まっすぐだ。しかし、その正しさは、刃《やいば》にもなる。

朔は傷ついた様子はなかったが、刃を向けられたと認識したかもしれない。それだけで、彼が朱里を攻撃する理由としては十分だ。

朱里は、ひるむことなく続けた。

「私も対策室も、すべての吸血種は自由であるべきで、名簿に登録するかどうかは本人に選択をゆだねるのが相当だと思っています。でも、未登録であっても社会の中で生きる以上は、人間や、他の吸血種に対して攻撃的な行動をとるおそれがある場合――」

「俺だってねえ！」

突然、朔が声を荒らげる。

言葉を遮られた形になり、虚を突かれたように、朱里が口をつぐんだ。

遠野も、驚いて固まる。

朔が怒鳴るのを聞いたのは、初めてだった。

「……俺だって、好きでこんな体になったわけじゃないよ。でも、しょうがないだろ。俺はもう、こうなんだから」

朔にとっても、感情をあらわにしたことは不本意だったらしい。

いまいましげではあったが、声のトーンを下げて言った。

「呪ったって仕方ない。どうしようもないんだから。それなら受け入れて、せいぜい利用して、楽しむしかないじゃないか。吸血種になったからって、監視されて、管理されて、人に怖がられたり疎まれたりしながら息を殺してるなんて冗談じゃない」

こうなったのは俺のせいじゃないのに。

最後に一言、絞り出すようにそう言って、朔は黙り込む。

こんな風に朔が、弱音に近い言葉を吐くのも、初めて見た。

「――辻宮さんが吸血種になったのは、同意のもとで血を受けたわけではなかったんですか」

朱里が、さきほどまでとは違った意味で表情を硬くし、問いかける。

朔はその語尾にかぶせるように、

「なーんてね。若いままなのも怪我がすぐ治るのも便利だし、今は楽しくやってるけどね」

ぱっと顔をあげ、何でもないことだというように、軽い声で言った。

しかしもちろん、こんなことでごまかされる朱里ではない。

彼女の正義感は、今度は、朔を吸血種にした、顔も知らない加害者に向けられたようだ。

「そんな……そんなこと。本人の意思を無視して吸血種化させるなんて、そんなことは許されません」

「許されなくたって、あることだよ。一度そうなれば、もう戻れないんだから、吸血種になった以上は吸血種として、吸血種たちの世界で生きるしかない。自分から生と死を奪った相手が憎くたって、そいつを頼らなきゃ生きられない、そんなの珍しくもなんともない話だ。生まれたときから、優しいお仲間に囲まれてる吸血種ばっかりだと思ってたの？」

嘲《あざけ》るように言った、その口ぶりが意図的なものだということは、遠野だけでなく朱里も気づいたはずだ。自分のことのように辛そうに、彼女の表情が歪む。

朱里が初めて見たというほどに強い力を持つ、未登録吸血種のリーダーで、何でもできる朔が、これまでどうして自分たちと一緒にいたのか、普通の大学生として暮らしていたのか、その理由がわかった気がした。

訊けば、ただの気まぐれ、暇つぶしだよと、朔は答えるかもしれないけれど。

「それでも――私が今、あなたを逃がすわけにはいきません。あなたの指示のもと、未登録吸血種たちの自警団が、これまでにもその活動の中で、ハンターや、罪を犯した吸血種を粛清してきたのだとしたら……それが、あなたたち自身の居場所を守るためであったとしても、私がそれを、許すわけにはは」

朱里が、辛そうに言葉を継ぐ。

少なくとも今回の事件に関しては、朔は誰も殺していない。ブラッドリーに対しては殺意があっただろうが、未遂だし、もともと先に手を出したのは相手のほうで、朔は朱里に止められて引き下がっている。

しかし、過去に犯したかもしれない罪や、これから犯すかもしれない罪や、他の吸血種たちへの影響力を考えると、話を聞かないままここで朔を行かせるわけにはいかないのだろう。彼女の立場上。信念上も。

朔の境遇に関して罪を負う誰かについてや、彼と同じ境遇の吸血種たちについても、朔に訊きたいことは山ほどあるはずだ。

朱里は、朔を見逃せない。見逃したいという気持ちはあっても、そして、自分では彼にかなわないとわかっていても、逃がさないための最善を尽くさずにはいられない。

仮に、義理や同情から朔を見逃したとしても、彼女はそれを正直に、対策室に申告するだろう。保身のために、嘘をつくようなことはできない人だ。

「真面目だね。疲れない？　かなわないことはわかってるのに、逃げたいなら自分を倒していけって？」

俺はそれでも、別にいいけどさ。

もうどうでもいいというような投げやりな口調で言って、朔が一歩踏み出した。

「あーーーーー、もう！」

遠野が思わず叫ぶと、朱里も朔も、一瞬驚いて動きを止める。

仕方がない。もうこれしかない。

朱里の腕をつかんだ。

朱里が、えっという表情でこちらを見る。そのまま引き寄せて頬に唇を押し付けた。本当は口にしたいところだが、本気で嫌われたくはないし、今はこれで十分なはずだ。

ちゅっと音をたてて唇が離れても、朱里は目を見開いたまま硬直している。

思ったとおりだ。

吸血種としての能力を使うためには、集中する必要がある。致命的な弱点でなくとも、讃美歌や祈り、光、にんにくの匂いなど、それぞれにとっての「禁忌」は、その妨げになる。

彼女を張りつめさせていた集中力が失われ、頭の中が真っ白になったのがわかった。

朱里の腕をとったまま、遠野が朔を振り向くと、朔は――彼もまた、目を丸くしていたが――はっと気づいたように朱里の前へ出て、正面から目を合わせる。

宙を見ていた朱里の目が朔をとらえ、もろに視線がぶつかった。

朱里は、その瞬間に、しまった、と思っただろう。

しかし、遅かった。

かくんと膝が折れ、朱里がその場に座り込む。倒れる前に、なんとか遠野が、非力な腕で支えた。

（うっわ、細い……それに軽い。怖い）

傍らに膝をついて、そうっと、彼女の上半身を自分の体にもたれかけさせる。

壁にもたれかかるように座らされている碧生と見比べた。遠野の力では、二人を連れて移動するのは無理だ。助けを呼ぶしかない。碧生の携帯電話に、彼女の話していた警察の誰かの番号が残っているだろうから、連絡して来てもらうしかないだろう。朔が逃げた後で。

「借りを作ったのかな」

ナイフをしまって両手をコートのポケットに入れた朔が、複雑そうに呟く。

「水臭いこと言うなよ、僕とおまえの仲で」

親友だろ？

遠野がそう言うと、うさんくさそうに眉根を寄せられた。さすがだ。お見通しらしい。

「逃がしてあげたいけどできないって、朱里さんの顔に書いてあったからさ」

朔のためだけにしたことではないと、苦笑して白状する。

朱里と朔とを天秤《てんびん》にかけて、朔を選んだわけではない。その二人を天秤にかければ、遠野が選ぶべきは朱里のほうで、朔もそれはわかっているはずだった。

それでも、朔をつかまえさせたくはなかったし、できれば争う様子を見たくないと思ったのも本当だ。朱里のためにも朔のためにも、朔には逃げてもらいたかった。

「僕が邪魔したせいで、逃げられちゃったんだ。これで、彼女は勤務先に嘘をつかないでよくなったし、罪悪感にも悩まないで済むよ」

朔はそれについては何も言わず、しかし何か言いたげに、こちらを見下ろしている。

月と街灯の光に照らされて立つ朔は、なるほど、壮絶に美しく見えた。

確かに彼は、夜の住人なのだと納得する。

親友だと思っている。

生きていてくれて嬉しい。けれど、失わずに済んだというわけでは、ないようだ。

「明日、大学に行ったらいつも通り、ってわけにはいかないのかな、やっぱり」

わかっていても、言わずにはいられなかった。

朔は目を伏せ、頷く。

「そうだね。辻宮朔は消える」

それはおそらく、もう会えなくなるということなのに、淡々とした口調でそう答えた。

その後で、ぱっと顔をあげ、肩をすくめてみせる。あーあと、明るい声をあげた。

「大学生活、悪くなかったから、もーちょっと続けたかったけど、仕方ないね。じゃあね。結構楽しかったよ」

いつもの調子で、また明日とでもいうように軽く手を振って、朔は遠野に背を向けて歩き出し――二、三歩進んだところで立ち止まった。体は前を向いたまま、少しだけ首だけ動かしてこちらを見る。

「――嘘。すごく、楽しかったよ。バイバイ、遠野」

「朔！」

またすぐに歩き出そうとした背中に、声をかけた。

腕の中には朱里がいるから、立ち上がって追いかけることはできない。それでも、これが最後になるのは嫌だった。そう思っていることを、伝えておきたかった。

「万が一、伝わってなかったら嫌だから言っておくけど、僕はおまえが結構好きだよ」

朔は振り返らなかったが、足を止めた。

「引き止めても無駄なんだろうから、引き止めないけど、これっきりっていうのは寂しい。だから、何年後でもいいし、ちらっとでいいからさ、また顔見せに来てよ。親友だろ？」

朔は少しの間黙ってそこに立っていたが、やがて、

「気が向いたらね」

素っ気なく、そんなことを言った。嬉しいくせに。

歩き出した背中に、もう一言だけ投げかける。

「電話もメールも変えないでおくから！」

それには答えず、朔は行ってしまった。

角を曲がって見えなくなる前、最後に軽く、片手をあげたのが見えた。

「……ごめんね、朱里さん」

目を閉じている朱里に、小さく謝罪する。

朔の催眠術だか暗示だかの効果が、どれくらい続くのかはわからないが、おそらくもうしばらくは目を覚まさないだろう。少なくとも、朔が、警察の配備されているエリアを抜けるまで。もしかしたら、もう少し安全な場所へ逃げるまでは。

彼女自身が望んでいたかどうかは別として、職務遂行を邪魔したことは間違いない。

あんまり嫌われないといいなあ、と思いながら、しばらくの間、朱里の頰にまつげの影が落ちているのを眺めた。警察に連絡する前に、もう少し堪能しても許されるだろう。

どうやら朔は、存在を知られただけで対策室にマークされるような、いわば「大物」の吸血種のようだ。

朔がいつかまた、自分に会いにくる可能性があるのなら、対策室の職員である朱里とも、関係が切れずにいられるだろう――そういった打算が、まったく働かなかったわけではない。

しかし、友人としての辻宮朔と、これきりになりたくないという気持ちは、遠野にもある。

(僕の寿命が尽きないうちに、会いにきてくれるかなあ)

再会も、二度目の別れも、慌ただしくてなかなか実感がわかなかったけれど、ひとりになって、急に淋しくなった。

最後の言葉を信じることにする。

何の根拠も約束すらもなく、九年も待って、朱里とまた会えたのだ。

朔とも、またいつか会えるだろう。

9

翌朝登校すると、大学に朔の姿はなかった。

それぞれが目の下に隈を作ってひどい顔色だったが、朔を除くオカルト研究部のメンバーは、全員が登校していた。

綾女と千夏には、朱里たちの許可を得て、本当のことを話した。

千夏にとっては、朔が吸血種だろうが、行方不明だろうが、生きている、ということだけで十分だったようだ。泣き崩れてしまったので、詳しい話はできなかった。後日また、改めて話をすることになるだろう。

綾女は、死んだというよりは納得できると言って、冷静に話を聞き終え、一応は納得したようだった。

まだイーゼルにのせたままの肖像画を眺め、この絵は手放せないな、と呟く。

朔の姿を写したものは、この絵だけだ。

本人の言っていたとおり、朔は痕跡を残さず、きれいに姿を消してしまった。

事件のことは公になっていないから、大学を辞めたらしいという噂だけが流れ、特に親しくしていた遠野は、何人かの男子学生と何人もの女子学生から、何か知らないのかと訊かれた。知らないと答えている。そう答えるしかなかった。

どうしちゃったんだろう、どこに行っちゃったんだろうと、涙ぐんでいる女子学生もいた。うん、どこに行っちゃったんだろうね、と遠野が言うと、泣き出してしまった。

僕も知りたいよ。また会えるかな。

そう続けた、それは本心からの言葉だった。

遠野が九年前の記憶に基づいて描いた絵と変わらない姿で、朱里が遠野の前に現れたように、いつか、朔も綾女の描いた絵の中と同じ、最後に見たときと同じ姿で、自分たちの前に現れることがあるかもしれない。

今はそれを信じている。


「辻宮朔さんの行方については、対策室も追う予定です。おそらく名前は変えているでしょうし、もう国内にはいないでしょうが……」

詳細は話せないが、対策室も全貌を把握しきれていないいくつかの事件に、朔が関係しているかもしれないのだと、朱里が教えてくれた。遠野の知らないところで、朔はずいぶんと活躍――暗躍？――していたらしい。

朔の友人である遠野に気を遣ってのことだろう、彼が何かしたと決めつけているわけではなくて、あくまで重要参考人としてです、と朱里は念を押すように言った。

「辻宮さんが吸血種化した経緯にもおそらく事件性があって、少なくともその件においては、彼は被害者ですし……」

意思に反して吸血種にされた、という話だ。

「自分みたいな例は少なくないって、朔は言ってたけど」

「はい。それも、取り組まなければならない、深刻な問題です。対策室のほうでは、実態を把握できていません」

朱里は神妙な顔で頷き、「私は吸血種と人間とのハーフなので、当てはまりませんが」と前置きしてから、話し始める。

「ほとんどの吸血種が、後天的に吸血種になります。そして、吸血種には、美形が多いと言われています。自ら望んで吸血種になる人たちの多くは、いつまでも若くありたいと望むからで、そう望む人は、もともと美しい人が多いからだと」

それはわかるような気がする。

「また、自ら望んでいなくとも吸血種化させられる場合は、いつまでも若くいてほしいと望まれるからで、いずれにしても、美しい人間が吸血種になることが多いのだと。そう聞きます」

辻宮さんは後者だったのでしょう、と言って、朱里は目を伏せた。

「ただ美しいというだけで、生も死も奪われるなんて……あってはならないことです」

生まれつき半分吸血種の彼女が、そんなふうに言うのは不思議な気がした。けれど彼女は、まるで自分のことのように、痛ましげに眉をひそめている。

「大丈夫だよ。あいつふてぶてしいから」

傷つかなかったはずがないけれど、それでも、いつまでもうずくまったままでいるようなタイプではない。望まない変化だったとしても、そうなったらなったで、新しい能力を有効活用しようと考える、辻宮朔はそういう男だった。少なくとも、遠野の知る彼は。

遠野が言うと、朱里は、何も言わずに少し表情を和らげる。

朱里は、遠野が朔の確保の邪魔をしたことについて、責めなかった。碧生にさえ、あの後何があったのか、詳しく話してはいないようだ。

翌朝遠野から謝罪したが、遠野さんは辻宮さんのお友達なんですから当然です、と、むしろ気遣われてしまった。

朱里たちはもうしばらく、日本に滞在することになったそうだ。事件の事後処理のためと、朔のいなくなった後、都内の未登録吸血種たちの自治組織がどうなるのか、様子を見るためだという。

これまで吸血種間の揉め事が表沙汰になることがなかったのは、「ユエ」の力によるところが大きかったのだとしたら、反動でどうにかならないとも限らないと、彼女たちは心配しているようだった。

ロウに話を聞きにいくというので、頼み込んで同行した。

約束をとりつけたわけではなく、新宿に吸血種たちが出入りしているバーがあり、今夜ロウもそこに顔を出すという情報が入ったらしい。

すっかり日が暮れていたが、もう、それを気にする必要もない。

看板は出ていなかったが、よく見なければわからないような薄い字で、壁に直接VOID、と書いてあった。これが店名のようだ。

カウンターに、昨夜と同じ黒い服を着たロウを見つける。

ちょうど、話が終わったところらしい。カウンターから離れようとして、マスターに酒を勧められ、「後処理が残ってるから」とそれを断っているのが聞こえた。

歩き出そうとして朱里と遠野に気づいて、あんたたちか、というようにため息をつく。

そのまま行こうとしたが、

「あの夜のハンターは、身柄を拘束しています」

朱里がそう言うと、億劫《おっくう》そうにではあるが、足を止めてこちらを見た。

「辻……ユエさんを襲ったことについては、現行犯ですし、ユエさんの言ったことが本当なら、他にも捜査すべきことがありそうです。正しい処分を行うためにも、被害者側の証言……協力を得られたらと思っているんですが」

「ユエの居場所なら知らねえよ。期待してるとこ悪いけど」

ロウは疲れた顔で言う。

「あの夜、もう一度会って、後のことは頼むって言われて、引き継ぎっていうのかな。何がどこにあるとか、このことは誰に訊けばわかるとか、簡単な説明を受けて、それっきりだ。必要があれば、連絡が来るだろうけど」

ロウに後を任せたということは、やはり朔はこの街を——おそらくはこの国を離れたか、そうでなくとも、離れるつもりなのだ。彼を頼り、慕っている未登録吸血種たちを残して。

ロウのことも置いて。

「あなたは彼の、契約者なのでしょう。それでいいんですか」

「いいよ。あの人は、いつまでも同じ場所にはいないだろうってわかってた。そう言われてたし。これまでも、随分色んな国を転々としたみたいだし……自警団とか未登録吸血種の自治がどうとかってのも、別にリーダーになりたかったわけじゃなくて、自分が住みやすくするためだっていつも言ってた。俺との契約も」

最初からそういう約束だった、と静かに答えて、唇を結ぶ。

覚悟はしていたのだろう。朔も、何かあったときにはすぐに姿を消せるように、準備をしていたようだ。それでもやはり淋しいと、その目が言っていた。

いつか彼と、朔の話がしたいなと思った。しかしそれも、当分は無理だろう。朔が消えた後のこの街で、彼のしなければならないことはきっと山のようにある。

「後処理、というのは？」

「聞いてたのか」

朱里の質問に、ロウは顔をしかめた。しかし朱里はそれに気を悪くした様子もない。

「私たちも、もうしばらくは滞在する予定です。何か手伝えることがあったら、どうぞいつでも」

皮肉でもなんでもなく、真摯に言っているのがわかったのだろう。ロウはばつが悪そうに目を逸らした。

「俺があんたたちと、あんまり馴《な》れ合うわけにはいかないからな。気持ちだけもらっとくよ。

けど、登録済の吸血種たちにとっては、国内にも対策室の支部があったら助かるんじゃないか。登録制度について知らない新しい吸血種をすくいあげるシステムも、必要だろうし」

「そうですね、それも検討したいと思います。ロウさんはこれから大変でしょうが、本当に……分担できることがあれば、頼ってください。対策室と吸血種は、敵同士ではないんですから。名簿に登録していても、いなくても」

ロウは、何か言いたげな顔をしたが、結局何も言わず、朱里と遠野に背を向ける。

店を出ていく彼を、朱里は気遣わしげに見送った。

遠野は、そっと彼女のそばへ寄り、

「彼の動向をチェックしてたら、どこかで朔と会うのを押さえられるんじゃないかな」

彼女だけに聞こえるように言う。

ロウはああ言っていたが、この先ずっと連絡をとり合わないということはないだろう。国を出るにしても、準備には手助けが必要なはずだし、国を出た後も、いずれは信頼できる仲間に接触してくるだろう。

朔は案外淋しがりやだよ、と遠野が言うと、朱里はくすりと笑って、そうかもしれません、と言った。

「でも、今の対策室には、そこまで人員を割くだけの余裕がないんです。少なくとも、今すぐには動けません。今後日本にも対策室の支部が設置されたら、ロウさんは要注意人物として監視の対象になるかもしれませんが……それは、先のことです」

朔が国外に逃亡する前に身柄を拘束することは、あきらめているようだ。

昨夜は唯一の機会だったということになるが、それを取り逃がしたことについて、朱里が気にしているようには見えなかった。

朔に訊きたいことは山ほどあっても、彼の意に反して拘束してまで聞き出すことは、彼女にとっても本意ではなかったのだろう。立場上はそうすべきだとしても、そうせずに済んだことに、安堵する気持ちもあるのかもしれない。もっとも、あの様子では、遠野が止めなかったとしても、朱里が朔の身柄を拘束できたとは到底思えなかったが。

「いつか、吸血種と人間の架け橋になれたらと思っていました。そのための仕組みを作って、整備して、たくさんの人に吸血種のことを知ってもらうための活動ができたらと……でも、そもそも私たちが、何も知らなかったのかもしれません。知っているつもりで、表面しか見ていなかったのかも」

神妙な面持ちで、朱里は言う。

「私が知らなくて、知るべきことは、たくさんあるんだとわかりました。今後は未登録の吸血種の人たちからも、色々とお話を聞かせてほしいと思っています。辻宮さんとも、いつか、ちゃんとお話がしたいです。それをあきらめたわけではありません」

その目は真剣で、強い決意に満ちていた。その決意自体は好ましいものだったし、生真面目で責任感が強い、そんなところも魅力だが、少しだけ心配になる。何にでもまっすぐだと、ぶつかったときの衝撃も大きい。もう少し、力を抜いてもいいような気がした。

せめて、自分といるときくらいは。

「それなら、ロウさんより僕をマークしておいたほうがいいかもしれないよ。何せ、朔とは親友だからね」

わざと明るく、彼女の顔を覗き込むようにして言った。

「朔がいつまでも、僕と連絡をとらずにいられるわけないんだから。友達少ないし、あいつ」

朱里はくすりと笑い、

「そうですね。そのときは、辻宮さんから話をしてもらえるように……対策室としても、彼の信頼に足るだけの実績を積んでおけるように、私も頑張ります」

わずかに肩の力の抜けた様子で、言った。

にっこりと笑い返す。

朱里と親しくなるために朔をダシにしている自覚はあったが、親友なら、これくらいのことで文句を言ったりはしないはずだ。

それに朔は最初から、遠野の恋愛に協力的だった。吸血種同士なら、よほど注意して気配を消していない限りわかるらしいから、朔は朱里が吸血種だということに、会った時点で気づいていたはずだ。そのうえで応援してくれたのは、彼自身、朱里と同じように——人間と吸血種は、個人個人を見れば何も変わらない、わかり合い、対等な関係を築くことができると——考えていたのではないかと、今は思う。

もしかしたら、朔は朱里と会う前から——遠野の初恋の話を聞いた時点で、彼女が吸血種であることの可能性に思い当たっていたのかもしれない。それがきっかけで、遠野に興味を持ったのかもしれない。

だとしたら、遠野が朔と親しくなったのは、九年前の、朱里との出会いがきっかけとも言える。

「やっぱり運命感じちゃうな、色々と」

「何ですか？」

「ううん、独り言」

ＶＯＩＤを出て、新宿駅へ向かって並んで歩き出した。

もうすっかり夜なのに、カラオケ店や家電量販店の並ぶ通りは電飾や店の明かりに照らされ、若者たちでにぎわっている。

どこもかしこも明るくて、何かが闇の中に潜む余地もないように見えた。

しかし、闇の中などではない、この喧噪《けんそう》の中にも、吸血種がいるのかもしれない。遠野にはわからない。

いるかもしれないと、これまでは、考えたこともなかった。

遠野たちの後からVOIDを出てきた客が、二人を追い越して、当たり前のように雑踏の中に紛れた。

「朱里さんはこれから、碧生さんと合流するの？」

「はい、ホテルで、対策室本部と電話会議の予定があります。時差があるので、それまで時間がありますが……遠野さんは、帰られますよね」

「うーんと、実は、行きたいところがあって」

言われて思い出す。朱里に許可をとろうと思っていたのだった。

「ね、三田村さんの家って、今、入っていい状態なのかな。庭に入るだけでいいんだけど」

「え？」

「三田村さんと……あとタロウにも、お花を供えたいんだけど、いいかな」

三田村が死んだことは、近所の人たちには知らされていない。そもそも、彼はほとんど近所づきあいをしていなかったようだ。警察からは、三田村は入院して、その後引っ越したということにする予定だと聞いているから、今後も知られないままだろう。

それは仕方のないことかもしれない。けれど、誰にもその死を知られず、悼まれることもないのは、悲しい。

せめて自分だけでもと思ったのだ。

夜の間になら、花束を抱えて出入りしても、見咎められることはないはずだった。

朱里は頷き、自分も一緒に行くと言ってくれた。

二人で駅の中の花屋に寄って、小さな花束を買う。

最初から供花にするためにまとめられたものではなく、大げさでない、淡い色合いのものを選んだ。

そのほうが、きっとふさわしい。


小さな花束を抱えて、朱里と二人で、三田村宅を訪れた。

もう警戒の必要もなくなり、周辺住民への外出禁止令——というより、外出自粛の要請程度のものだったが——も解除されたというのに、人気はほとんどない。

千夏の家の辺りにはまだ、仕事帰りらしい人が歩いていたが、三田村宅の近くまで来ると、誰ともすれ違わなくなった。

さっきまでの新宿駅の人の多さと比べると、別世界のようだった。とても、電車で三十分の距離とは思えない。

「つきあってもらってごめんね」

「いえ……私も、会議の前に寄りたいと思っていました」

朱里はそう言って首を振った。

「供花のためだけではなく……さっきロウさんが、後処理があると話していたでしょう。一連の事件現場から、辻宮さんにつながる痕跡を消したり……そういうことかもしれないと、気になっていたんです。考えすぎかもしれませんが」

事件現場の近くをうろうろしていれば、ロウに遭遇するかもしれないということらしい。しかし、彼女にとっては残念なことに、空振りのようだ。辺りには、ロウどころか、住民の姿すらない。

だから、当初の予定通り、人目を気にすることなく、三田村宅の敷地に入ることができた。

遺体はとっくに運び出されていて、血の跡を隠していたシートも、今は取り除かれていた。まだ完全に掃除が済んだわけではなく、血の跡は、土をかけて隠しているだけのようだったが、こうして夜、暗い中で一見しただけではわからなくなっている。

三田村とタロウがここで暮らして、ここで最期を迎えたことは、自分たち以外の誰も知らない。

庭の真ん中に、そっと花束を置いて、手を合わせた。

三田村はおそらく、望んで吸血種になったのではないのだろう。そこにどんな物語があったのか、今となってはわからない。

血を飲まなければ、吸血種でも少しずつ老いていくと朔は言っていた。どれくらいの時間、三田村が一人で生きてきたのか、それを想像した。

永遠に近い時間だ。一人で過ごすには長すぎる。

ゆっくりゆっくりと過ぎていく、終わりの見えない時の中で、彼が愛犬に無限の命を分け与えてしまった気持ちは、わからなくもない。

たとえば、ひっそりと生きてきたらしい三田村に、誰かが気づいていたら。

もしも、この国に対策室があったら。未登録の吸血種が孤立することのないようなシステムがあったら。ヒトと吸血種が、互いを認め合って、吸血種が息をひそめていなくてもいいような世界だったら。

こんな結末は避けられたのではないかと思ったが、口には出さなかった。

ＶＯＩＤでロウがああ言ったのも、三田村を孤立させたまま死なせてしまったことに、思うところがあるからだろう。

　彼ら自警団は未登録吸血種のセーフティネットになっているが、それでも、すべての未登録吸血種とつながっているわけではない。そもそもが、登録制を拒んだ吸血種たちの集まりなのだ。どうしても、誰ともつながらず孤立する吸血種は出てしまうだろう。救いの手を求めていても、どこに向かって手を伸ばせばいいかわからない吸血種も。

　これから先は、なおのことだ。この街はユエを失った。

　どうにかしなければならないとは、皆が気づいている。

　目を開けると、隣りで、朱里も目を閉じ、手を合わせていた。

「朔がさ、三田村さんは自殺だって言ってたけど」

　遠野が声をかけると、朱里は目を開ける。

　合掌していた手を下ろし、遠野のほうを見て頷いた。

「ええ、司法解剖の結果を聞きました。上から噛み傷がついて、見た目にはほとんどわからなくなっていたそうですが、直接の死因は、銀のナイフで首を切ったことのようです」

　首にえぐられたような噛み痕があったから、首の肉を食いちぎられて死んだのだと思っていた。他の二人の被害者のように。しかし、首を噛まれたとき、おそらくすでに三田村は死んでいた。少なくとも、致命傷を負った後だった。

それを知って、思いついたことがあった。

「ナイフの切り傷の上から、肉を噛みちぎられてたでしょ。あれ、野犬が食べたんだろうって朔は言ってたし、まあ、そうなんだろうけど……その可能性のほうが、高いんだろうけど」

首を切った傷口から血が溢れて、その匂いに釣られて、野犬がそこに牙を立てたのだと、そう考えるのが自然なのだろうけれど。

「もしかしたらさ、タロウが、銀のナイフでついた傷を、噛みちぎろうとしたんじゃないかなって、ちょっと思ったんだ。銀でついた傷だけは治らないって言ってたけど、傷口ごと切り落とせば、すぐ再生するって、朔が見せてくれたよね。だから」

銀のナイフでついた傷でも、その部分をすぐに傷ごとえぐりとれば、助かったかもしれない。吸血種の再生能力なら。

タロウは致命的な傷を噛みちぎり取り除くことで、飼い主を助けようとしたのではないか。

「そういうことも、あるかもしれないなって」

話しながら、無理があるなと思った。

どんなに賢くても、犬が、とっさにそこまで考えたとは考えにくい。

三田村の首を傷つけたのが銀のナイフだということ、それが致命傷だということを、タロウが吸血種としての本能で知りえたとしても。

三田村の首の傷は、単に、死後に野犬にやられたものと考えるほうがずっと自然だ。

遠野も自分でわかっていたし、朱里もそう思わないはずがなかった。

それでも彼女は、そうかもしれませんね、と言ってくれた。

「百瀬さんに、対策室に入りたいと言われました。辻宮さんが生きていたことを伝えた後で、少しだけ話したんです。落ち着いてから、改めて相談に乗ると答えましたが」

「そっか」

朔を探すつもりなのだろう。

復讐のためよりは、ずっといい。

千夏が、彼女自身の望みのためにその道を選ぶなら、応援したい。

吸血種とヒトとが、互いを尊重しながら共存できるような世界を作ることが、彼女個人の望みにもつながっている。

そのために、千夏は努力を惜しまないだろう。

そうして――そうしたら、いつかまた、オカルト研究部の皆で集まれる日が来るだろうか。

「辻宮さんが吸血種だったとわかっても、百瀬さんの気持ちは変わらないんですね」

目を伏せて、静かに、朱里がそんなことを言うから、

「僕だって、朱里さんが吸血種でもそうでなくても好……変わらないよ」

思わず言ってしまった。

あまり押しすぎては引かれてしまうと思って言い直したが、目が合った瞬間に朱里は固まり、すぐに視線を逸らす。

目を泳がせ、動揺を隠せずにいる彼女に苦笑した。

意識してもらえるのはいいが、せっかく二人でいるのに、ぎくしゃくするのはもったいない。

プレッシャーをかけたいわけでもないので、深刻な雰囲気にならないように笑みを浮かべ、明るい声で言った。

「百瀬さんは、特に、そういうの大好きだしね。禁断のっていうか、障害のある恋みたいなのが……少女マンガだったか、小説だったか忘れちゃったんだけど、吸血鬼の美青年と人間の女の子の恋物語に、はまってた時期があったなあ。僕は読んでないんだけど、彼女があらすじを教えてくれて」

その物語のヒロインは、物語の最後に、恋人とともに生きるため、吸血鬼になることを選ぶ。

それがハッピーエンドなのかどうか、あらすじを聞いただけの遠野にはわからなかった。

しかし千夏が、その結末を、ハッピーエンドと受け止めていたのは間違いない。

愛する人と永遠に生きるって素敵ですよね、他のすべてを捨てて、ヒトとしての生も捨てて、愛する人を選ぶんです。先輩もそういうの、いいと思いませんか——千夏は確か、そう言っていた。

それを話すと、朱里は、百瀬さんらしいですねと笑う。

「遠野さんは、同意したんですか」

「そうだね、本人たちが望んでそれを選択したんなら、ハッピーエンドだろうし、ラブストーリーとしてはロマンティックなんだろうと思うけど……そういう形だけが恋の成就だとも思わないかな。たとえ生きられる時間の長さがばらばらでも、それでも一緒にいたいって願って、片方の人生が終わるまで一緒にいられるなら、それも素敵なことだと思うよ」

朱里がこちらを見ているのに気づいて、そちらを向いた。

また目が合ったけれど、今度は逸らされない。

ああしまった、深刻な話にしないつもりだったのに、失敗しただろうか。

しかし朱里は、そうですね、と静かに言って、目を伏せた。

「私も、そう思います」

ちゃんと受け止めて、考えてくれている。

今すぐ答えがほしいわけではなかった。長期戦は覚悟している、いや、むしろ、長期戦でこそ、勝ち目があると思っている。

長期戦に持ち込むために、今、ひとつずつ、足場を作っているところなのだ。

一足飛びに駆けあがろうとしたら、崩れてしまうかもしれない。落ち着いて堅実に、自分らしく周到に——そう思うのに、こうして朱里の一言を聞いて、一瞬の表情を目にしただけで、気持ちは昂って、抑えるのに苦労した。

急いではダメだと思いながらも、すぐにでも、何度でも伝えたくなる。

(だって、仕方ないよなあ)

好きな人がそこにいて、好きだと伝えることができる、この状況がすでに奇跡的なのだと、すでに遠野は知ってしまっている。

塀と生垣に囲まれた庭から出ると、街灯の光が直接届く通りがずいぶんと明るく感じた。

今夜は空が晴れ、月も出ているから、なおさらだった。

月の光で照らされた朱里の輪郭が、きらきらしている。

ああ、初めて会ったときと同じだ。

日が落ちてから、朱里は眼鏡を外している。そのせいでいっそう、九年前のあの夜と重なった。

思わず見惚れる。

「ねえ、朱里さん」

駅へ向かって歩き出す前に足を止め、声をかけた。

二人きりでいる今のうちに、話しておかなければいけないことがある。

「日本にも対策室の支部を作るって話、現実的なものだって考えてもいいのかな。百瀬さんに、相談されたって言ってたけど」

大切な話だ。

朱里も立ち止まり、体ごとこちらを向いた。

「僕も、対策室に入りたいんだ。どうすればいいのかな。そのために、僕は何をすればいい？」

朔が死んだと思ったとき――事件の現場が一晩で何もなかったかのようになっていたとき、こんなことはおかしいと思った。

朔は生きていたが、一人目の被害者の遺族は、家族に何があったのかわからないまま、二人目の被害者なんて、事件があったことすら公表されていない。行方不明で処理され、いつか忘れられていく。本来なら、あってはならないことだ。

一方で、公表できないという理由もわかる。吸血種の存在すら、一般には知られていないのだ。

遠野たちのように、先入観も利害関係もない立場で、冷静に一から説明を受けるのとはわけが違う。事実を聞かされた遺族は当然、吸血種をおそれ、憎むだろう。そしてその憎しみは伝播《でんぱ》する。何の予備知識もないところへ吸血種による殺人が起きたという事実が広がれば大混乱になるし、人々に吸血種への偏見を植え付け、憎しみばかりを煽ることになるだろう。そうなれば、共存など望むべくもない。

吸血種による犯罪は少ないから、事実上、起きてしまった事件は、こうして揉み消されてしまう。大多数の、何の罪もない吸血種たちを守るため、混乱を避けるため——今はまだ、真実を伝えるための準備が、整っていない。

しかし、結局、それも、より多数を守るために、一部の人間を切り捨てているだけだ。

そんな状況は健全ではない。

変えなければならない。

この世界に、吸血種が存在している事実を、事実として知ってもらうことができたら、人種や、国籍や、信仰や、セクシュアリティで、かつて存在した差別が少しずつ減ってきたように、吸血種の存在も、ありのまま受け入れられる世界だったら——そんな世界だったら、朔も、去らなくてもよかったはずだ。

世界を変えたいという思いは嘘でなくても、結局、自分にとって一番大事なのは、朔や、千夏や、綾女が幸せでいられること、そして、朱里と一緒にいられることで、純粋な使命感や、朱里の抱く理想への共感だけから言っているのではなかった。下心があるのは、もう彼女にもわかってしまっているはずだから、隠さない。

世界をよくしたいのは、自分が幸せでいるためだ。

朱里と一緒にいるためだ。それの何が悪い。

開き直って、胸を張った。

「資格がいるならとるし、必要なら、ちゃんと体も鍛えるよ。朱里さんのこと守れるように——それは言いすぎだとしても、せめて、足手まといにならないように」

「足手まといだなんて……」

言いかけて、朱里は口をつぐむ。

そのままうつむいた。

理解のある人間が増えてほしいと言っていた。対策室にも人手はほしいはずだ。

それなのに、彼女は喜んでいるようには見えなかった。

「意味のある仕事だと、思っています。仲間が増えるのも嬉しいです。でも、危険もともなう仕事です。私自身、考えが甘かったかもしれません」

胸元の生地をぎゅっと握り、何故か辛そうに、顔を歪める。

「昨日、犬に襲われたとき、遠野さんは、私をかばって前へ出ました。ちゃんとお礼も言えていませんでした……おかげで、助かりました。でも、あんな危険なことは、もう」

彼女が言い終わる前に、遠野は首を横に振った。

もうしない、とは誓えない。あのときだって、そうしようと考えてそうしたわけでもないのだ。

ただ一つ言えることは、朱里が危険なら、何度でも、自分は同じことをするだろうということだった。

「僕はかなりインドアな男で、見てのとおりのモヤシだけど、好きな女の子が危険だったら、かばうのなんか当たり前だよ」

「遠野さん、私は」

吸血種です、と続けようとしたのだろうか。

だから、ただの人間の遠野に、かばわれる必要なんてないと。

しかし、言い終わる前に、何かが彼女の注意を引いた。

はっとしたように顔をあげ、振り返る。

その瞬間に、遠野にも、すぐそこの角を曲がって現れた黒い影が見えた。

犬だ。

かなり汚れて、一目でわかる傷を負っているが、走る速度は落ちない。こちらへ来る。

その後ろから、犬を追ってだろう、ボウガンを構えた男が現れた。

ブラッドリーではない。彼はつかまったはずだ。ブラッドリーの仲間なのか、それとも、遅れて来日した別のハンターだろうか。彼も、負傷しているようだった。

男の放った銀の矢が、アスファルトの上で跳ねた。犬には届かない。

犬が目に入ってから、それがこちらへ到達するまではあっという間だった。

地面を蹴って近づいてくるのが、スローモーションのようによく見えた。

その短い間に、頭の中で、すごいスピードで考えが廻る。

三田村は、タロウが友達の野良犬を連れてくると言っていた。

そのうち一匹は、おそらく、タロウが殺した。三田村宅の庭で死骸が見つかった一匹だ。

それから、三田村の血を舐めたか肉を食べたかして、吸血種になった一匹。タロウと行動していて、朔に殺された。

もう一匹。

タロウの友達の野良犬は、もう一匹いたのだ。

（ああ、そういえば、朔は――「何匹もいるとは思わなかった」って）

普通、二匹を、何匹も、とは言わない。

気づかなかった。昨夜は出てこなかった、あるいは逃げ出した三匹目の存在を、自分たちは見落としていた。

それをハンターが見つけ、追い立てて、犬はここまで逃げてきたのだ――餌場であった、三田村の庭に向かって。

遠野と朱里のいる、この場所へ向かって。

遠野より半歩分だけ近くにいた朱里に、犬が飛びかかる。ひときわ強く地面を蹴って。

その瞬間は、もう、何も考えていなかった。

ただ体が動いていて、前へ出たとき彼女の驚いた顔が見えて、ああそうだ、たった今、ちょうどその話をしていたんだっけと思い出す。

痛みはなかったけれど、衝撃がきて、悲鳴のような朱里の声が耳を打った。

衝撃のまま、体が、朱里のほうへと倒れ込む。頼りない細い体に、支えられた。

首から左肩に、濡れた感触。

ああ、これ、僕の血か、と気がついた。

(これ、たぶん、ダメなやつだ)

星なんてない夜空と、自分を覗き込む朱里の顔が見えた。いつのまにか、仰向けになっているようだ。
（犬は？　ハンターは？　朱里さんは、怪我してない？）
色々な質問が浮かんだけれど、泣きそうな彼女に、かけるべき言葉はどれも違う。
最後なら、もう少し余裕がほしいんだけどな、と残念に思った。
何か、かっこいいことを言い残せるような。
しかし、そんな時間は残されていないとわかった。
ごぼりと、口から何かが溢れた。
（まあ、しょうがないっていうか、後悔とかはないけど）
昨夜のことを思い出した。一度だけ触れた感触を。
――やっぱり、口にしとけばよかったかな。

遠野の首が、えぐられるのを見た。
捕食対象として食いついたわけではない。進行方向にあった障害物を排除するため、攻撃しただけだった。そんな、朱里から見れば浅い牙での一撃で、遠野の皮膚は裂け、血しぶきがあがった。

我に返ると同時にホルダーから引き抜いたスタンバトンで、犬を薙ぎ払い、地面に叩きつける。

頭蓋の砕ける感触がした。

吸血種でも、再生が間に合わないダメージを与えれば、無力化できる。そんな戦い方をしたことは、これまでなかったけれど、知っていた。

金属ではあるが、先端が尖っているわけでもないバトンを、力任せに地面に突き立て、犬を串刺しにして固定する。

見覚えのあるハンターが、方向転換して去っていくのが見えたが、追う気はなかった。

バトンを放して自由になった両手で、地面へと倒れ込みかけた遠野の体をなんとか支え、地面に横たえた。

遠野は、自分の身に何が起きたのか、理解していないような表情をしていた。

痛みを感じなくなっているのかもしれない。痛みを脳に伝えても仕方がない状態になると、体は脳に信号を送らなくなることがある。

それはつまり、と考えるまでもなかった。一目瞭然だった。

致命傷だ。助からない。

「どうして……」

朱里は吸血種だ。ハーフで、吸血種としての力は強くないけれど、それでも肉体の強靭《きょうじん》さや再生力は、ヒトとは比べものにならない。

自分なら、噛まれても、致命傷にはならなかった。

昨夜の朔を見て、遠野も、それはわかっていたはずなのに。

(あなたが命を投げ出す必要なんてなかった)

そんな残酷なことは言えない。

彼の頭を手で支え、傍らに膝をついて覗き込む。

かすかに、彼の唇が動いていた。

「……しつこく、したら……嫌われ……思っ、……たけど、たぶん、最後……から」

耳を近づけて、掠《かす》れた声を拾う。

「九年、まえ、から……」

それを最後に、唇は動かなくなった。

「遠野さん？」

目はまだ開いている。しかし、見えているかは怪しかった。

朱里の呼びかけに、微笑んだように見えた。

そしてそれを最後に、ゆっくりと、まぶたが閉じていく。

ぞっとした。

「大丈夫です、助かります。すぐに救急車が来ますから……遠野さん！」

遠野の上半身を膝の上にのせ、絶えず声をかけながら、携帯電話を取り出す。

ボタンを押す手が震えた。救急車なんて、間に合わない。間に合ったって、どうしようもないのはわかっていた。

どうしよう。

どうしたら？

「お願いです、お願い、死なないで……！」

涙声で叫んだ、そのとき、遠野の上に影が落ちた。

顔をあげると、黒いコートを着た辻宮朔が立っている。

死にゆく親友を前にして、動揺もせず、怒りか悲しみか、何かをこらえるかのように眉根を寄せて、静かに。

ハンターを狩りに来たのか、それとも、最後の一匹を始末しに来たのか——吸血種としての気配を隠そうともせず、彼はそこにいるのに、こんなにも近づかれるまで、気づかなかった。

「辻……」

「ハーフは引っ込んでなよ」

吐き捨てると、コートの内側に手を入れて何かを取り出した。

「君の血じゃ、遠野は助けられないだろ」

その手には、親指ほどの太さの黒いガラスの瓶が握られている。

中身は見えなかった。しかし、それが何かは、朔の言葉でわかった。

「ロウがずっとほしがってたから、持ってきたんだけど――まさか遠野に、こんなもの使う日がくるとは思わなかったな」

「あ、……待っ」

遠野の傍らに屈み込み、瓶の栓を開け――彼の口元へ、瓶を近づける。

栓が開いた瞬間に、吸血種の、強い気配がその場に満ちた。

朱里とは違う、強く濃い、吸血種の血だ。

三田村がタロウに血を与えたように、朔の血を与えることで、遠野は一命をとりとめるだろう。

けれど、それはヒトとしての命ではない。

彼が何をしようとしているのかを理解して、けれど止めることもできず、凍りついたままでいる朱里をちらりと見て、朔はその手を止める。

少し考えるようなそぶりを見せると、立ち上がり、きゅ、と栓を閉めた。

「……君に任せるよ」

そして、短い一言とともに、栓の閉まったままの瓶を、朱里に向けて突き出す。

「俺には決められない。俺にはそんな権利はないし、命をかけてかばわれたのも、俺じゃない」

呆然と見上げる朱里を、逃げるなというように見据えて言った。

君が選ぶんだ、と。

朱里は腕を持ち上げ、見た目よりも重い、その小瓶を受け取る。

その重みの意味を、朱里は知っていた。

「意思に反して吸血種になったというあなたが、こんな……」

「俺のときとは状況が違う。確かに、明確な意思確認はできていないけど、遠野は死にたくないと思うよ。君と一緒に生きたいって、遠野が願ってないはずがない。わかってるだろ」

悩んでいる時間はないよと、容赦なく、朔が畳み掛ける。

「永遠の命を得た後で、遠野がそれを苦痛に思うなら——そのときは君が、責任を持って殺してあげたら？」

冷たく、突き放すように言った。

手の中の小瓶から、もう意識のない、かろうじて息だけは絶えていない、膝の上の遠野へと視線を移す。

彼の生を奪う権利も、死を奪う権利も、自分にはない。

どちらを選んでも、罪を負うことになるけれど——そんなことは、自分の罪などは、問題ではなかった。

このまま何もしなかったら、彼は、選択の機会すら与えられず、失われてしまう。

どれだけ罪深いことかわかっていても、手の中にある小瓶を投げ捨てることはできなかった。すがるように握りしめる。

少しの間、黙って朱里を見下ろしていた朔は、ふっと一瞬目元を緩ませると、

「俺だって、親友に生涯恨まれたくはないんだよ」

そう言って、背を向けた。

薄いコートの裾を翻して、歩き出す。振り向かず。

まるで、結末を知っているかのように——朱里の選択を見届けることなく、彼は立ち去った。

朱里は、遠野とともに、そこに残される。

朱里がどんな選択をしても、誰も見ていない。

「……ごめんなさい」

許されることではない。

わかっている。

「ごめんなさい、遠野さん、でも……私、さっきの言葉、最後まで聞きたいんです」

もう一度。――何度でも。

栓を抜いた。

赦《ゆる》してもらえなくてもいい。

10

数日ぶりに大学へ行くと、しばらく会っていなかった知人から、「おまえまで大学辞めちゃったのかと思ったよ」と言われて歓迎された。

朔とばかりつるんでいたが、遠野にも大学内に言葉を交わす知り合いはいる。そのほとんどが、朔を介して知り合った人間だった。

しかし彼らはすでに、朔がいなくなったことを受け入れている。朔は人気者だったので、皆残念がってはいたが、彼が何故いなくなったのか、どこへ行ったのか、彼がそもそも、どんな人間だったのか――そういったことに、疑問を持ってはいないようだった。

おそらく朔は、そんなふうに、彼らとつきあっていた。

例外は、遠野や、綾女や、千夏だけだ。

(どんな揉め事もすぐ収めちゃったり、女の子たちにどれだけ好かれても、愁嘆場になることが一度もなかったのは――催眠とか、そういう力だったのかな)

今思えば、もしやあれはと思うようなことが、いくつかあった。

「あれ、眼鏡変えた？」

「あ、うん。よくわかるね」

遠野は相手のフルネームすら覚えていないのに、よく見ているなと感心する。

けどまた黒縁かあ、ちょっと遊んでみればいいのに、などと手を伸ばそうとするのをかわし、「黒縁に慣れてるからね」と笑って返す。

「ちょっと割っちゃって、新調したんだ。前のと似たタイプのを選んだんだよ」

新しい眼鏡は、朱里が用意してくれたものだった。

度は入っていない。かわりに、UV加工のしてあるレンズがはまっている。

遠野にはもう、視力を矯正する必要はなかった。

名前もよく覚えていない知人と並んで授業を受けて、社交辞令の飲み会の誘いを断り、いつも通り、部室へと移動する。

綾女と千夏にだけは、怪我をしたのでしばらく安静にしていると、メールで連絡していた。

「久しぶりだな。怪我はもういいのか」

ドアを開けると、綾女がいた。彼女が誰よりも早く部室に来て、いつでもそこにいるというのは当たり前のことだったけれど、たったそれだけのことに、安心する。

「平気です。もうすっかり」

「元気そうじゃないか。面会謝絶には見えない。単なる登校拒否か？」

いつもの軽口に、はは、と笑ってごまかそうとして、やめる。

相手は綾女だ。

重い空気にはしたくなかったから、せめて口調だけは軽いまま、頭を掻いて言った。

「っていうか——ここしばらく、天気がよかったので」

その一言で、綾女は察したようだった。

まさか、というようにこちらを見るのに、苦笑しながら頷く。

綾女は絶句していたが、やがて、そうか、と言って目を伏せた。

なんとなく、彼女には全部話そうと思った。自分に血をくれた吸血種が誰なのかも、それを選んだのが誰なのかも。

(今言えてよかった)

今言えなかったら、この先、ずっと言えないままだったかもしれない。

もともと友達は少なかったが、こうして、一人でも、本当のことを言える相手がいるというのはきっと、とても幸福なことなのだ。

当たり前のことであるべきなのに。

自分が何者であるのかを言えないなんて、そちらのほうがおかしいはずなのに。

朔は、言わなかった。

オカルト研究部なんかに入ったのも、誰かに話したいと思ったからかもしれない――というのは、考えすぎだろうか。朔のことだから、ただの気まぐれかもしれない。

それでも朔は、楽しかったと言った。

この場所は彼にとって、意味のあるものだったはずだ。

あんなことにならず、朔が大学を辞めずに済んで、もっと長く一緒にいられたら――朔だけが年をとらないことに違和感を覚えるほど、一緒にいられたら、朔はいつか、打ち明けてくれただろうか。

「あ、遠野先輩！」

部室のドアが開いて、千夏が入ってくる。

クリーム色のブラウスとカーディガンに、えんじ色のフレアスカート姿で、いつも通りの彼女だった。

喪服のように黒いワンピースを着ていたときの、悲壮な決意は、もう、見てとれない。

「出てこられたんですね。よかった。怪我をしたって聞いたから……」

「うん、そんなに大した怪我じゃなかったんだ。百瀬さんも大丈夫そうで、よかった」

「私は元気元気ですよ！　人生に目標ができちゃったし」

たった数日で、すっかり立ち直ったように見える。そう見えるだけかもしれないが、少なくとも、そう見えるように装えるくらいにはなったということだ。

想い人が吸血種だったと発覚し、しかも、行方不明になってしまったというのは、普通ならかなりの衝撃だろうが、それでも、死んでしまうよりはいい。死んだと思ったものが生きていた、というだけで、千夏にとっては、その後の諸々がすべて、受け入れられる程度の情報になったのだろう。

朔が吸血種であるということの意味は、いずれ、彼女に重くのしかかるかもしれない。そんな日が、いつか来るかもしれない。けれど少なくとも今、彼女が笑顔で前向きでいることには、本当に安心した。

「遠野先輩が大学を休んでいる間に、私、ジムと格闘技の教室に通い始めたんです。基礎体力をつけるところから始めなきゃいけないって思ったから、ランニングも」

「さすがだねえ」

素直に感心する。朔が殺されたと聞いた翌日には、純銀のナイフを購入していた彼女らしい、行動の早さだった。

「先輩も通います？　対策室に入るんですよね。体、鍛えたほうがいいかもしれませんよ」

「僕は頭脳労働で認めてもらえるように頑張るよ」

眉を下げて言うと、じゃあ、私が先輩を守ってあげますね、と千夏は頼もしいことを言う。

千夏はもう、朱里が吸血種だということを知っている。吸血種に恋をする者同士、これまで以上に——これまでとは違った種類の親近感を、遠野に対しては持っているのかもしれない。

ありがとう、と笑顔で返した。

元気すぎるくらいに元気で前向きに振る舞う彼女が、無理をしていないとは思えない。彼女が本当に安定するまでには、まだしばらくかかるだろう。しかし、本当はまだ辛いはずだ、なんて、指摘する必要はなかった。

千夏のことは、綾女と同じ、大事な仲間で、同志だと思っている。

だからこそ、今はまだ言えない。

遠野がもう、人間ではないこと。

あの夜は、一度に色々なことがありすぎた。

ここ数日はそんな感じだったが、極めつきだ。

ハンターに追われた犬に飛びかかられて、目が覚めたら、朱里の膝枕で横になっているという信じがたいような状況で、自分がどうなっているのか、遠野はとっさに把握できなかった。

体のどこも痛くはなくて、ただ、倦怠感があった。

頬と、それから、上半身に濡れた感触。少し視線を動かして、頬が濡れているのは、朱里の涙が落ちたせいだとわかった。上半身、特に左の肩から首筋がぐっしょりと濡れているのは、まさか涙ではないだろう。そんな量ではなかった。

何が起きたのかわからなかったが、とにかく、泣いている彼女を放ってはおけなくて、どうしたの、大丈夫だよ、と慰める。

膝枕は一瞬でも長く続けてほしかったので、頭を上げないまま。

視界がぐらぐらして、違和感があったので、眼鏡が汚れているせいかと思って外してみたら、視界がクリアになった。

眼鏡を外したのに、クリアになった。

あれ、と思ったとき、朱里が耐えきれないというようにうつむいて、涙を流しながら、ごめんなさいと言った。

何故謝られているのか、最初は意味がわからなかったけれど、数秒後に気がついた。

眼鏡がなくてもはっきりと、朱里の泣いている顔が見えている。

その理由と、意味を。


千夏が、格闘技教室の時間だから、と言って帰っていった後、二人きりになった部室で、綾女にあの夜あったことを話した。

気を失った後のことは、遠野も朱里から聞いただけなので詳しいことはわからなかったが、吸血種になった直後は日光の下に出られないので、目が覚めてからも日中は朱里たちの用意したホテルの部屋にいたことや、その間に彼女たちから聞かされた、吸血種についての色々な話も、すべて。

綾女は難しい顔で聞いていたが、

「朱里をかばって死にかけて、気づいたら、吸血種になっていた。花村はそれで納得しているのか？」

話が終わると、白衣の両腕を組み、眉間に皺を寄せて、いっそう険しい顔になって言った。

「意に反して吸血種にされたという点では、辻宮とそう変わらないように聞こえるぞ」

本人が納得しているなら、私が口を出すことじゃないが、と苦い口調で付け足す。

自由や、自分の意思を何よりも大事にしている彼女にとっては、聞き流せなかったのだろう。

遠野に朔の血を飲ませた朱里自身も、遠野以上に気にしているようだった。

何度も何度も、泣かないでと、遠野が彼女を慰めた。それを思い出して、申し訳ないような、くすぐったいような気持ちになる。

遠野自身には、まだ、それほど実感がないのだ。

「うーん、納得っていうか、まだ実感はないんだけど……とにかく、助けてもらったんだって思ってますよ」

朔がどんな状況で吸血種になったのかについては、詳しいことはわからないが、自分の場合は、意に反しているとまでは言えなかった。確かに同意はなかったが、緊急の状況で、朔の血をもらわなければ、間違いなく自分は死んでいたのだ。

あの場でもし、自分に選択肢が与えられていたらどうしたかはわからないが――もしかしたら、生きられるものなら生かしてほしいと願ったかもしれない。

せっかく再会できたのに、ここで終わりにしたくないと、自分から。

「もしかしたら、いつか、吸血種でいることが嫌になって、どうしてあのとき死なせてくれなかったんだ……なんて、思うこともあるかもしれません。そんな日が絶対に来ないとまでは、言えないけど」

少なくとも今は、朱里にも、朔にも、恨む気持ちは少しもない。むしろ、感謝している。

朱里にも言ったことを、今度は綾女に、笑顔で告げた。

「彼女が、自分の信念を捻じ曲げてまで、僕を死なせたくないって思ってくれたことが、嬉しいんです」

正直に言って、あの瞬間のことは、ほとんど覚えていない。

考える間もなく体が動いていたから、本当に、「気がついたら」という感じだった。

けれど、計算する暇もなかったあの一瞬で、確かに自分は、彼女のために命を投げ出してもいいと思ったのだ。そう思っていたから、体が勝手に動いた。

恋のために、命を投げ出したのは自分の意思だった。

死を投げ出すことになったって、後悔はない。

「そうか。余計なことだったな」

「そんなことないですよ。ありがとうございます」

ふっと表情を緩めて視線を逸らした綾女に、笑って首を振った。

彼女のような友人は、得がたく、大切で、必要なものだ。自分のような人間には、特に。

（ああ、もう人間じゃないんだっけ――）

まだ実感がないだけで、なくしてしまったものもあるのだろう。

それでも、これが今の自分なのだから、受け入れてこれからを考えるしかない。どうせなら、できる限り、前向きに。

「僕、卒業したら渡米しようと思います」

「そうか」

「同窓会しましょうね。いつか、全員で」

今ここにいない彼も含めて。

遠野が言うと、綾女は片目を眇《すが》めて苦笑する。

「気が早い話だな。まだ卒業もしていないのに」

「ですね。でも、それを励みにして頑張ります」

「私が生きているうちに頼むぞ。絶対に辻宮を引っ張ってこい」

その日が今から楽しみだというように、綾女は腕を組んだままで微笑んでいる。

必ず、と返した。

「しばらくは、朱里さんと碧生さんと、一緒に行動することになってるんです。監視っていう意味もあり、保護って意味もあり……みたいな感じで。今日も、朱里さんのとってくれたホテルに帰ります。夜のうちに一度家に寄って、荷物を運んで……明日も登校しますよ。日中は出歩けないけど、明日はちょうど、遅い時間の講義をとってるから。部室にもまた顔を出します」

綾女は、ああ、と相槌を打ってから、少しの間沈黙し、

「さすがに、今回のことが計算ずくなわけがないが——結果的には、おまえの望む通りになったな」

笑みを消して、遠野を見て、そんなことを言った。

沈黙したのは、口に出すかどうか、迷ったのだろう。

「そうですね。結果オーライです」

笑顔で答える。

朱里には聞かせられないが、綾女にはどうせお見通しだ。

これから先、自分が朱里に向けるのと同じ感情を、朱里が自分に向けてくれるかどうかはわからない。

けれど、少なくとも彼女は、遠野が求める限り、遠野から離れることはないだろう。

彼女をかばって死にかけて、彼女自身の手で、吸血種にした男だ。

おそらく最初で最後の。

この結果には満足している。

綾女はそれ以上は、何も言わなかった。

外へ出ると、もう辺りは暗かった。

暗くなっても、周囲が見え辛くなることはない。むしろ隅々まで、よりはっきりと見通せるようになった。

吸血種になった影響なのだろうが、日差しのない時間帯のほうが過ごしやすく、落ち着くようだ。体が軽く感じるし、夜の空気は肌になじむ。細胞レベルで、「そう」なっているのだろう。まだ変わったばかりで安定していないから、視力の回復や身体能力の向上に浮かれてあまり出歩かないように、と碧生に言われている。

朱里は、あの夜、遠野が目を覚ました直後は泣いていたが、一時間ほどで、急に仕事モードに切り替わったかのようにてきぱきと動き出した。

遠野は吸血種のことを何も知らないのだから、自分がしっかりしなくては、と思ったのだろう。

あれこれと世話をやいてくれ、色々なことを教えてくれた。

吸血種になった直後の体は不安定で、日光の刺激を受けやすくなるから、部屋から出ないようにと言い、肌を保護するクリームや、遮光効果の高い傘やカーテン、衣類も手配してくれた。

どれくらいで、日に当たっても平気になるのかは、個人差があるらしい。

半分だけが吸血種の朱里や、契約者である碧生は日光が平気だし、朔も平気で昼間に出歩いていたが、完全に吸血種化する前の状態で日光に当たると、ひどい火傷を負い、動けなくなってしまうこともあるという。

完全に吸血種化して安定したかどうかはどうしたらわかるのかと朱里に尋ねたら、私は経験がないですが、と前置きして、

「風邪気味だったのが、あ、治ったな、とわかるような感じだ、と聞いています」

そう教えてくれた。

なるほど、言われてみればなんとなく、風邪のひき始めや病後のような、じんわりとした「調子の悪さ」のようなものがある。しかしそれも日中だけで、日が暮れれば、むしろ調子が良いくらいだった。五感が急に研ぎ澄まされたように感じて、半日ほどは気分が悪かったけれど、もうそれにも慣れた。

それよりも、心配そうに朱里がそばについていてくれることが嬉しくて、そわそわしてしまうくらいだったけれど、

「いろいろ、助けてくれてありがとう。迷惑をかけるけど……」

きっとここは、殊勝にしていたほうがいい。そう思って、わざと弱々しく言ったら、案の定、朱里は「そんな」と首を横に振った。

迷惑なんかじゃない、気にしないでほしい、対策室の人間としては当然のことだし、何より自分には責任があるのだから……と、ひとしきり恐縮した後で、彼女はしゅんとしてうつむいてしまう。

「遠野さんは、私を……赦さなくても、いいんです。私のしたことは、とりかえしがつきません」

昨夜のように、また、今にも泣きだしそうな表情だ。

「どうして？　朱里さんと朔は、命の恩人だよ」

同情を買おうとして、哀れっぽく装いすぎたか。彼女は真面目だから、責任を感じているのだろう。

やりすぎたと反省して、慌てて言った。

「大丈夫だよ。朱里さんにとって、そんなに悩むくらい大変なことなのに、それでも僕を生かすために吸血種にしてくれたなんて、そうすることを選んでくれたなんて、そのことがもう、幸せだもん」

助けてもらったのだと、恩人だと思っているのも本当だ。

心配して、優しくしてもらえるのは嬉しいけれど、悲しい顔をさせたいわけではない。心からの言葉だったのだが、気を遣って、慰めてもらっていると感じたのか、朱里は沈んだ表情のまま、ありがとうございます、と言った。

「行為自体を、後悔しているわけじゃないんです。今は……遠野さんが生きていてくれて、ただ嬉しいです。遠野さんも、命が助かってよかったと、その嬉しさが先にきているかもしれません。でも、いつか」

もしもいつか。

涙はこぼれはしなかったが、大きな目がうるんでいる。

「大丈夫だよ。生きてればいいことも嫌なこともあるだろうけど、僕は生きてること自体を嫌だと思ったりはしないよ。まして、朱里さんと一緒なら」

最後の一言は、ずるいかなと思ったけれど、言ってしまった。これも本心だ。

朱里は答えない。

「信じられない？」

「……ごめんなさい」

「信じられるまで、何度でも言うよ。僕は大丈夫。幸せだよ」

安心してもらえるように、笑顔で繰り返したけれど、朱里の表情は暗いままだ。

困ったな、と苦笑する。どんな表情だって、可愛いけれど。

「何回言ったら、信じてくれる？」

膝に手を置いて腰をかがめ、顔を覗き込むようにして訊いた。

子どもに対するような声音に、朱里の顔が泣きそうに歪む。

唇を震わせて、ずっと、と答えた。

「ずっと、不安なままかもしれません。何度言われても、信じられないままかもしれません」

「だったら、ずっと言い続けるよ」

朱里はとうとう下を向き、手のひらで目元を隠してしまった。

頬を伝って涙が落ちるのが見えたけれど、見ないふりをして、遠野は彼女が落ち着くのを待った。

好きな女の子が泣いているのに、なんだかちょっと嬉しいなんて、自分も大概だ。そう思いながら。

そんなやりとりがあったのが、二日前のことだ。

遠野は校舎から正門までの道を歩きながら、頭上にあげた左手首を右手でつかんで引っ張り、うんっと伸びをする。

空気が澄んで冷たいせいだろうか、登校してきたときよりもさらに、視界はクリアだ。うんと遠くの何かに視線を固定して、意識すると、カメラがズームするように、そのものの細部までが見える。吸血種の体にも、もう大分慣れたようだった。

正門を出て見回すと、大学の敷地をぐるりと囲む塀の終わり、角のところに朱里が立っている。

吸血種化してから初めての登校だから、様子を見にきたのだろう。

こちらをうかがっている、心配そうな表情まではっきり見えた。

これだけ距離が離れていて、薄暗い中でも。

(まあ、悪いことばっかりじゃないよ、たぶんね)

好きな女の子の顔がよく見えるということ一つをとっても。

笑顔で手を振り、朱里のほうへ向かって歩き出した。

彼女はまだ、自分を見るとき、辛そうな顔をする。罪の意識はなかなか消えないだろうし、遠野自身が吸血種になったことで苦しんでいないか、まだ不安なようだったが、時間をかけてわかってもらえばいい。

これから先の人生が永遠なら、それも悪くないと思えるような世界を作るまでだ。

一人ではない。きっと実現する。時間はかかるだろうが、一歩ずつだ。

（まずは、同窓会の開催からかな）

そして、そのときは、朱里も一緒に。

それを目的に努力する。

九年も、会えるかどうかもわからないままで思い続けた。けれど九年なんて、永遠の中では瞬きほどの時間だ。

これから、時間はたっぷりある。

花村遠野の恋も人生も、始まったばかりだ。

この作品は二〇一八年六月小社より刊行された『世界の終わりと始まりの不完全な処遇』を改題したものです。

幻冬舎文庫

●最新刊
レッドリスト
絶滅進化論
安生　正

都内で謎の感染症が発生。厚生労働省の降旗と、感染症研究所の都築は原因究明にあたる。地下鉄構内の連続殺人など未曽有の事件も勃発。混乱を極めた東京で人々は生き残ることができるのか？

●最新刊
夏の手
大橋裕之

「今年は夏が日本にこないんだよ。夏さんがこないと日本は夏にならないって」。みっちゃんが教えてくれた。だったら、夏さんをぼくらで連れてこようぜ！　ずっと忘れられないひと夏の冒険。

●最新刊
口笛の上手な白雪姫
小川洋子

公衆浴場の脱衣場にいる小母さんは、身なりに構わず、おまけに不愛想。けれど他の誰にも真似できない口笛で、赤ん坊には愛された——。偏愛と孤独を友とし生きる人々に訪れる奇跡を描く。

●最新刊
こういう旅はもう二度としないだろう
銀色夏生

旅ができるということは奇跡のように素晴らしいこと。そしてもちろん、私たちの人生こそが長いひとつの旅なのです。

（文庫版あとがきより）

●最新刊
十五の夏　上・下
佐藤　優

1975年夏。高校合格のご褒美で、僕はたった一人でソ連・東欧の旅に出た——。今はなき〝東側〟の人々と出会い語らい、食べて飲んで考えた。少年を「佐藤優」たらしめた40日間の全記録。

幻冬舎文庫

●最新刊
森瑤子の帽子
島﨑今日子

38歳でデビューし時代の寵児となった作家・森瑤子。しかし活躍の裏では妻・母・女としての葛藤を抱えていた。作家としての成功と孤独、そして日本のバブル期を描いた傑作ノンフィクション。

●最新刊
80's エイティーズ ある80年代の物語
橘　玲

ぼくにとっての「80's」とは大学を卒業した一九八二年からオウム真理教の地下鉄サリン事件が起きた九五年までだ。恥ずかしい言い方だが、この時代がぼくの青春だった――私ノンフィクション。

●最新刊
凍てつく太陽
葉真中顕

昭和二十年、終戦間際の北海道を監視する特高警察「北の特高」。彼らの前に現れた連続毒殺犯「スルク」とは何者か。そして陸軍がひた隠しにする軍事機密とは。大藪賞&推協賞受賞の傑作ミステリ。

●最新刊
ゴッホのあしあと
原田マハ

生前一枚しか絵が売れず、三七歳で自殺したフィンセント・ファン・ゴッホ。彼は本当に狂気の人だったのか？　その死の真相は？　アート小説の第一人者である著者が世界的謎を追う。

●最新刊
インジョーカー
組織犯罪対策課　八神瑛子
深町秋生

八神瑛子が刑事の道に迷い、監察から厳しくマークされるなか、企業から使い捨ての扱いを受ける外国人技能実習生が強盗事件を起こした。刑事生命の危機を越え、瑛子は事件の闇を暴けるのか？

幻冬舎文庫

●最新刊
美しいものを見に行くツアーひとり参加
益田ミリ

北欧のオーロラ、ドイツのクリスマスマーケット、赤毛のアンの舞台・プリンスエドワード島……。一度きりの人生。行きたい所に行って、見たいものを見て、食べたいものを食べるのだ。

●最新刊
風は西から
村山由佳

大手居酒屋チェーンに就職し、張り切っていたはずの健介が命を絶った。恋人の千秋は彼の名誉を取り戻すべく大企業を相手に闘いを挑む。小さな人間が懸命に闘う姿に胸が熱くなる、感動長篇。

●最新刊
ウォーターゲーム
吉田修一

水道民営化の利権に群がる政治家や企業が画策したダム爆破テロ。AN通信の鷹野一彦と田岡は首謀者を追い奔走するが、事件の真相に迫るスクープが大スキャンダルを巻き起こす。三部作完結！

●最新刊
吹上奇譚　第一話　ミミとこだち
吉本ばなな

双子のミミとこだちは、何があっても互いの味方。しかしある日、こだちが突然失踪してしまう。故郷吹上町で明かされる真実が、ミミ生来の魅力を目覚めさせていく。唯一無二の哲学ホラー、開幕。

●好評既刊
コンサバター　大英博物館の天才修復士
一色さゆり

大英博物館の膨大なコレクションを管理する天才修復士、ケント・スギモト。彼のもとには、日々謎めいた美術品が持ち込まれる。実在の美術品にまつわる謎を解く、アート・ミステリー。

花村遠野《はなむらとおの》の恋《こい》と故意《こい》

織守《おりがみ》きょうや

令和2年8月10日　初版発行

発行人――石原正康
編集人――高部真人
発行所――株式会社幻冬舎
〒151-0051東京都渋谷区千駄ヶ谷4-9-7
電話　03(5411)6222(営業)
　　　03(5411)6211(編集)
　　振替00120-8-767643
印刷・製本―株式会社　光邦
装丁者――高橋雅之

幻冬舎文庫

ISBN978-4-344-43004-4　C0193　お-59-1

幻冬舎ホームページアドレス　https://www.gentosha.co.jp/
この本に関するご意見・ご感想をメールでお寄せいただく場合は、
comment@gentosha.co.jpまで。